Marguerite Duras

玛格丽特 · 杜拉斯

（1914—1996）

法国小说家、剧作家、电影导演，本名玛格丽特 · 多纳迪厄，作品涵盖小说、随笔、剧本、电影等多种形式，以《情人》获得法国龚古尔文学奖，以《广岛之恋》和《印度之歌》等赢得国际声誉。早期作品形式古典，后逐渐打破传统叙事方式，并赋予心理分析的内涵，给艺术带来了革新。

Marguerite Duras

玛格丽特·杜拉斯

Un barrage contre le Pacifique

Marguerite Duras

抵挡太平洋的堤坝

[法]玛格丽特·杜拉斯 著

谭立德 译

上海译文出版社

目 录

给罗贝尔

第一部

他们仨都觉得买下这匹马可是个好主意。即便这笔钱大概只够支付约瑟夫的烟钱。首先，这是个主意，这证明他们还能够有些主意。其次，他们感觉不那么孤单了，通过这匹马，他们同外部世界联系起来了，他们仍然能够从这个世界汲取某种东西，即使这不是什么大不了的东西，即使这微不足道，他们仍旧有能力取得某种从未属于他们的东西，他们能够把它径直带往他们那一小片浸透盐分的平原，直到内心充满愁闷和辛酸的他们仨。这就是运输： 甚至从不毛之地的沙漠，还是可以挖出点什么东西，然后运往生活在别处的人们，运往上流社会的人们那儿。

这持续了八天。这匹马太老了，作为一匹

马，它比母亲老多了，简直是百岁老翁。它尽量一丝不苟地干着人们要求它干的活儿，但这活儿显然早已超出它的体力，后来，它死了。

他们为此而感到厌烦，在这一小片平原上，没有了马匹，他们就重新又回到孤独和永远的贫乏之中，对此，他们是如此厌烦，以至当天晚上就决定，第二天，他们三人都去朗镇，想去看看别人，得到些许安慰。

正是第二天在朗镇，他们将碰上改变他们一家生活的机遇。

因此，既然一个主意使人有所作为，那么，它总是一个好主意，即便一切都被搞得颠三倒四，譬如说，买一些濒临死亡的马。因此，这一类主意总是好主意，即便一切都惨重地失败了；因为，那样至少人们最终变得无法忍耐，如果一开始人们就认为那些主意是坏主意，那么，人们永远不会变成那样。

于是，那天傍晚，最后一次，约下午五点的

时候，约瑟夫那马车刺耳的声音远远地从朗镇方向的道路上传来。

母亲点点头。

“还早，所以不会有很多人。”

不一会儿就听见鞭子抽打的劈啪声和约瑟夫的叫喊声，马车出现在道路上。约瑟夫在前面，后座上则坐着两个马来女人。那匹马走得非常慢，与其说它在走，倒不如说它在用蹄子刮擦路面。约瑟夫鞭打着它，不过，他本该鞭打路面，因为路面都不会比它更无知觉。约瑟夫在与吊脚楼并排的地方停下车。女人们下了车，继续朝康镇那儿步行而去。约瑟夫跳下车，用缰绳拉着马，离开大路，拐入通向吊脚楼的小路。母亲在阳台前的土台上等他。

“它根本不再挪步了。”

苏珊坐在吊脚楼下，背靠着一根木桩。她站起身来，走近土台，不过，并没有离开阴凉处。约瑟夫开始给马卸套。他很热，滴滴汗珠从他的盔形帽檐流到面颊上。他一卸完套就从马身旁闪开几步，开始认真地打量它。正是在上个星期，他才有这个搞运输业务来赚点钱的主意。他花了二百法郎购买了全套行头，马、车和鞍辔。但是这匹马比想象的要老得多。从第一天起，一卸完套，它就去站在吊脚楼对面的秧田坡面上，然后，耷拉着脑袋，好几个小时都呆在那儿。它时而乖乖地吃草，但也是一副心不在焉的样子，仿佛它实际上已经发过誓不再吃草，只不过偶尔忘记罢了。不知道除了衰老之外，它还可能有什么。前一天，约瑟夫给它拿来饭团和几块糖，设法给它开开胃口，但是，它嗅了嗅，便又转过身去，出神地凝视着长满青青禾苗的稻田。在它过去把木材从森林运往平原的生涯中，大概除了被开垦的荒地里枯黄的干草以外，没有吃过别的东西，以至于它对其他食物再也不感兴趣了。

约瑟夫朝它走去，抚摩着它的脖子。

“吃吧，”约瑟夫大声说，“吃吧。”

马依然不吃。约瑟夫早就开始说它可能得肺结核了。母亲则认为不是，跟自己一样，它活腻了，宁愿听凭自己死掉。然而，直到那一天之前，它不仅能够往返于邦代村和吊脚楼之间，而且，晚上，卸了套后，它就独自走向秧田，不管怎样，好歹它是独自走过去的。今天，可不，它就呆在那儿，在约瑟夫前面的土台上。它时不时轻轻地摇晃着身子。

“他妈的，”约瑟夫说，“它甚至不愿意上那儿去。”

母亲走了过来。她光着双脚，戴着一顶大草帽，草帽直扣到眉际。灰白的头发用内胎垫圈系住，编成细细的辫子，垂在背后晃荡。她身上那条按照本地样式裁剪的石榴红裙子，宽松、无袖，乳房处已磨损了，她双乳下垂，但仍然挺丰腴，在裙袍里无拘无束。

“我跟你说过别买这匹马。花二百法郎竟买了这么一匹半死不活的马和这么一辆不结实的车。”

“你要是再不闭嘴，我就一走了之。”

苏珊从吊脚楼下出来，走到马跟前。她也戴

着一顶大草帽，几绺红褐色的头发从帽檐下露出来。跟约瑟夫和母亲一样，她也光着脚，身穿到膝盖下的黑裤和无袖的蓝上衣。

“你如果走的话，你就对喽。”苏珊说道。

“我可没问你的意见。”约瑟夫说道。

“可我，我得告诉你。”

母亲扑向女儿，想要掴她耳光。苏珊避开母亲，转过身躲进吊脚楼下的阴凉处。母亲开始长吁短叹。现在，这匹马似乎两条后腿都半瘫痪了。它根本不往前移。约瑟夫松开他本想用来牵马的笼头，从马屁股向前推。那匹马一点一点地往前挪，一直摇摇晃晃地挪到斜坡。一到那儿，它就停住，把鼻孔深埋入嫩绿的秧苗中。约瑟夫、母亲和苏珊朝它转过身，一动不动，满怀着希望。但是，不。它的鼻孔轻轻地拂过秧苗，一次，又一次，它稍稍抬起头，然后，弯下了长长的脖子，沉重的脑袋耷拉着，一动也不动，厚厚的嘴唇贴近苗尖。

约瑟夫颇为踌躇，原地转过身，点上烟，走

回车旁。他把马具堆放在前座上，然后把车一直拉到吊脚楼下。

通常，他就把车停在楼梯旁，可是，那天晚上，他把车拉到深处，在那几根主桩之间。

随后，他好像在思考他还能做什么。他又一次转身看看那匹马，然后，朝库房走去。这时，他似乎发现他妹妹又回来靠着那根木桩坐了下来。

“你在那儿干什么？”

“天热。”苏珊说道。

“大家都热。”

他走进库房，拿出一袋电石，他把电石倒进一个白铁箱。然后，他把袋子放回库房里，回到箱子旁，开始用手把电石掰碎。他吸了一口气，说道：

“是那些母鹿在发臭，应该把它们扔掉，我真不明白，你怎么能呆在这里。”

“那可没你的电石臭。”

约瑟夫站起身，手提电石箱，又要朝库房走

去。随即，他改变了主意，走回车旁，猛地踢了一脚车轮。然后，他步伐坚定地登上吊脚楼的楼梯。

母亲又开始锄草了。这是她第三次在土台周边的斜坡上种植红色美人蕉。干旱经常使得这些美人蕉枯死，然而，她锲而不舍。在她前面，下士浇灌了坡面后，正在中耕。他的耳朵越来越聋，母亲不得不越来越大声地吼叫，给他下各种指令。靠近大路的桥前，下士的妻子和女儿正在涝洼地里钓鱼，她们俩蹲在泥泞里钓鱼已经有整整一个小时。他们吃鱼已有三年之久，总是同样的鱼，就是她们每天傍晚在桥前同一片水洼里钓上来的鱼。

吊脚楼下比较安静些。约瑟夫让库房的门敞开着，一股带有母鹿味儿的新鲜空气飘过来。一共有四头鹿，其中一头公鹿。前两天，约瑟夫打了公鹿和一头母鹿，另外两头母鹿是在三天前打的，这两头母鹿不再流血了。其他的几头鹿，血从敞开的下颌处还在一滴一滴地往外流。约瑟夫常常去打猎，有时，两晚中就要去打一次猎。母亲斥责他，因为他浪费子弹去杀那些三天后就要扔到河里去的母鹿。但是，约瑟夫不甘心从森林归来时一无所获。于是，大家总是装做好像在吃鹿肉，老是把母鹿挂在吊脚楼下，等到鹿肉腐烂发臭，就扔到河里去。大家都讨厌吃鹿肉。最近一段时间，他们更乐意吃约瑟夫打来的黑肉涉禽，是在河口那儿，在海边沿着租借地的大片盐碱沼泽地里打来的。

苏珊等约瑟夫来找她一起去河里洗澡。她不愿意率先从吊脚楼下走出来。还是等他来为佳。她和约瑟夫在一起的时候，母亲就嚷嚷得少些。

约瑟夫下楼了。

“快来。我可不等了。”

苏珊跑上楼换游泳衣。她还没换好，瞧见她上楼的母亲就已经嚷嚷开了。母亲这么大声嚷嚷，倒不是为了让人更清楚地听见她希望别人明白的事情。她随意地对料想中的幕后人物叫喊，与眼下所发生的毫无关系。

苏珊从吊脚楼下来时，她发现对母亲的叫喊无动于衷的约瑟夫，又在关注那匹马。他竭尽全力按下马头，想让马鼻子埋进秧苗里。马听凭他摆布，但就是不碰秧苗。苏珊走近约瑟夫身旁。

“行啦，走吧。”

“我想，完了，”约瑟夫伤心地说，“它快死了。”

他挺不情愿地离开了那匹马，然后，他们一起朝木桥走去，到河流最深的地方。

孩子们一瞅见约瑟夫走向河边，便离开他们正在玩耍的大路，跟在他身后跳进水里。最先到达的那些孩子和他一样扎进水里，其他的就三五成群地滚入灰色的泡沫里。约瑟夫习惯于同孩子们一起玩耍。他让他们骑在自己的肩膀上，让他们翻筋斗，有时，让其中一个孩子抱住他的脖子，就这样带着喜出望外的孩子，顺着水流而下，一直游到桥那一端的村子附近。可是，今天，他不想玩儿。他在幽深狭窄的水区里游来游去，犹如鱼儿在鱼缸里一般。从河岸俯视着河水的马纹丝不动。阳光下，它站在布满石子的地面，一副闭目塞听的样子。

“我不知道它怎么了。”约瑟夫说，“但是，它快死了。这是肯定的。”

他重又钻入水中，后面跟着一群孩子。苏珊游泳没有约瑟夫游得好。她不时地离开水面，坐在河岸上，凝视着那条路，路的一侧通向朗镇，另一侧通向康镇，还有远得多的地方，通向城市，这座殖民地最大的城市，即首都，离这里有八百公里之遥。也许会有那么一天，一辆小汽车终于停在吊脚楼前。一个男人或一个女人从车上下来向约瑟夫或苏珊问路，或者要帮个什么忙。她并不很清楚人家可能向她打听什么情况，在这平原上，只有一条从朗镇途经康镇到城里的路。因此，不可能迷路。但我们无法预料一切，苏珊满怀着希望。某一天，也许一个男人停下来，为什么不呢？因为他可能发现她在桥边。他也许会喜欢上她，然后提议要把她带到城里去。但是，那条路上，除了客车，很少有汽车经过，白天最多不过两三辆。总是同样的那几辆狩猎者的车，他们要到离此地六十公里远的朗镇，几天以后，就看见他们的车往相反方向开过去。这些车全速行驶，不停地鸣响喇叭，以驱赶道路上的孩子。在瞧见这些车出现在一团尘土里很早之前，人们就听见森林里响起沉闷而强有力的喇叭声。约瑟夫也在等待一辆可能停靠在吊脚楼前的汽车。那辆车也许是由一位淡金黄色头发的女子驾驶，她抽着三五牌香烟，而且还涂脂抹粉的。她，她也许会请约瑟夫帮她修一下轮胎呢。

几乎每隔十分钟，母亲就在美人蕉丛中抬起脑袋，朝他们指手画脚，大声叫嚷。

只要他们俩在一起，母亲就不走近他们。她只是大声喊叫。自从堤坝坍塌以来，不论对什么事情，如果不开始大喊大叫，她就几乎什么话都说不出来。以前，她的孩子们并不担心她发怒恼火。但自从有了堤坝这回事，她就病了，甚至，据医生说，已有生命危险。她已经发作过三次，按医生的说法，这三次都很可能致命。可以让她嚷嚷一会儿，但不能太久。大动肝火就会引起她发作。

究其发病根源，医生追溯为堤坝的坍塌。他也许错了。那么多的怨愤只能是一年年、一天天，慢慢地积累起来。并非只有一个原因，而是有着成千上万的原因，其中包括堤坝的坍塌，人世间的不公，她的孩子在河里游泳的场面……

然而，母亲的早年丝毫没有预示她晚年必定遇到的厄运具有如此重要的影响，以至医生现在会谈到她将因此而死，将死于不幸。

母亲是农家女，她曾经是那么优秀的学生，故而，她的双亲由着她一直读到大学毕业。随后，她在法国北部一座村庄里当了两年小学教员。那是一八九九年。有几个星期天，她站在村政府门口张贴的殖民地宣传布告前遐想联翩。“加入殖民大军吧”，“年轻人，到殖民地去，财富正在等待你们”。宣传画里，在一棵果实累累的香蕉树的树荫下，一对身着白色服装的殖民者夫妇坐在摇椅里晃来晃去，而当地的居民则围着他们，一边微笑一边忙碌。她嫁给了一位小学教员，他同她一样，在这北方乡村里，觉得厌烦得要命；同她一样，成了皮埃尔·洛蒂的一些阴郁神秘作品的受害者。婚后不久，他们一起递交申请，要求成为殖民地的教员，于是，他们被任命前往当时人们称为法属印度支那的这块大殖民地。

苏珊和约瑟夫是在他们到达殖民地的头两年出生的。苏珊诞生后，母亲便放弃了国立教育职业。她只是个别授课，教教法语。她的丈夫被任命为当地一所学校的校长，她说，尽管要负担他们的孩子，他们还是生活得挺阔绰。毫无异议，那些年是她一生中最美好的岁月，是充满幸福的岁月。至少，她是这么说的。她回忆起那些年月，就好像在回忆一个遥远而理想的地方，在回忆一座岛屿。随着年华流逝，她越来越少谈起那段时日，但是，每当她谈起时，总是怀有同样的激情。于是，每一次，她都会为他们在那尽善尽美意境中发现新的完美，发现她丈夫身上新的优点，发现他们当时拥有的富裕生活的新的一面，这种富裕的生活几乎变成了一种奢侈的享受，对此，约瑟夫和苏珊可有点怀疑。

她丈夫去世时，苏珊和约瑟夫尚幼小年少。关于后来的时日，她从来不愿谈起。她说那时非常艰难，至今她还在寻思，自己究竟怎么能够摆脱困境的。她曾继续教了两年法语课。然后，由于入不敷出，除了授法语课，她还教钢琴。再往后，随着孩子们长大了，依然捉襟见肘，她就应聘去伊甸电影院当钢琴师。她在那儿干了十年。十年后，她积攒了足够的钱，便向殖民地地籍管理总局提出购买租借地的申请。

凭着她已寡居，以前曾归属教育部门，如今又要负担两个孩子，她享有购买租借地的优先权。然而，她还是不得不等了两年才买到。

迄今，她到平原已有六个年头，当时，她带着约瑟夫和苏珊，驾驶着这辆他们一直还在用的雪铁龙 B12 来到此地。

从第一年起，她就把租借地的一半种上庄

稼。她指望这第一年的收成也许足以补偿建造吊脚楼花去的大部分费用。但是，七月潮汐袭击了平原，浸没了农作物。她以为自己只是遭遇了一次特大涨潮的不幸，于是，不管平原上那些企图说服她打消念头的人如何劝阻，第二年，母亲重新开始。海水又涨了。于是，她不得不承认这个现实：她的租借地是不能耕作的。这块地年年受海水侵袭。海水涨的高度确实每年都不一样，但总是涨到足以毁坏一切的高度，或是直接地，或是通过渗透。只有朝向道路的那五公顷地是个例外，她请人在这片土地中央，建了她的吊脚楼，就这样，她把十年的积蓄扔进了太平洋的海涛中。

不幸源自于她那难以置信的天真。在伊甸电影院的钢琴前度过的十年，她彻底地奉献，虽然只获取微薄的薪水，却在使她免遭命运和男人们的再度打击的同时，也避免了斗争和对不公正的众多体验。她从这十年的时间隧道出来，如同她进去时一样，纯洁、孤独，与邪恶势力毫无关联，对一直在她周围的殖民地官员的贪婪毫无所知。可耕作的租借地通常要以两倍的价格才能买到。其中一半的钱则偷偷进了地籍管理局那些负责给申请者分配土地的官员的口袋。这些官员真正掌握着整个租借地市场，他们变得越来越贪心。他们如此地贪得无厌，对任何特殊情况也绝不会有所收敛，以至无法满足他们强烈贪欲的母亲，即便她事先知道这样，即便她想避免别人给予一块无法耕作的租借地，也可能不得不放弃购买无论哪块租借地了。

母亲明白这一切的时候，为时已晚，她去找康镇的地籍管理局的职员，因为平原的地皮分配属于他们管辖。她还是天真地痛骂他们，并威胁说要告到上面去。他们对她说，他们与这一错误毫不相干。毫无疑问，他们的前任要对此负责，但从那以后，他就已返回本土了。然而，母亲坚持不懈，再次提出申诉，她是如此执著，使他们感到，要摆脱干系就必须威胁她。如果她继续这么下去，他们就要在预定期限之前收回她的租借地。这是他们掌握的让受害者闭嘴的最有效的论据。因为，他们必然宁愿有一块哪怕是虚有其表的租借地，好歹也强过一无所有。租借地向来是有条件地给予的。如果在给出的期限之后，整个租借地没有全部耕种的话，那么，地籍管理局可以收回这块地。平原上的任何一块租借地都不是最终给予的。正是这些无法耕作的租借地，使地籍管理局不费吹灰之力从其他真正的、可耕作的租借地获取可观的利益。地籍管理局的官员们有分配选择的权限，他们以最适合他们本身利益的方式，等待时机来分配手头大量无法耕作的土地，这些土地经常被分下去，然后同样经常地被收回来，可以说成了他们的调节基金。

在康镇平原的十五块租借地上，他们曾经安置、毁掉、驱赶、再安置、再毁掉、再驱赶可能有上百个家庭。留在平原的仅有的租借地经营者以贩卖鸦片或其他毒品为生，他们必须把自己一部分不正当的收入买通地籍管理员，那帮地籍管理员则称这种收入是“非法的”。

到达平原两年后，母亲正义的怒火并没有使她免除第一次地籍审查。这些完全是形式上的审查变成了一次对租借地经营者的走访，是对他们的提醒，提醒他们第一次租借期限已过。

“世界上任何人都不能在这块租借地上种出什么东西来……”经营者恳求道。

管理员便反驳说道：“奇怪，我们的总督府竟会把不适合耕作的地分下去。”

母亲开始对这种贪污的内情看得更清楚，她就开发她那座吊脚楼的存在价值。吊脚楼尚未完工，但不容置疑地还是体现了某种价值利用的开始，这应该使她获得更长的期限。地籍管理员同意了。于是，她延长了一年的期限。那一年，是她到的第三年，她不认为重新做以往的那些事还有用处，因此，她任凭太平洋的海水自由泛滥。何况，她想要从头再来，也找不到资金了。为了建成她的吊脚楼，她已经两次向殖民地银行申请了贷款。然而，银行只是在征求了地籍管理局的意见之后才会有所举动。母亲之所以能够得到一些贷款，也只是以未完成的吊脚楼作为抵押，而且，正是为了建完吊脚楼，她才借钱。因为，这吊脚楼，是属于她的，完完全全为她所有，每天，她都高兴地看着它建造起来。随着她越来越贫困，在她眼里，吊脚楼反倒越来越有价值，越来越稳固牢靠。

第一次地籍审查之后，又有了第二次。就在堤坝被冲毁的那一年，在堤坝倒塌后的那个星期。约瑟夫已经长大到可以介入这件事的年龄。他对枪支使用非常熟悉。那天，他拿出枪，顶在地籍管理员的鼻子底下，于是，管理员不再坚持，转身返回他巡视用的小轿车里。此后，在这一方面，母亲相对安静些了。

吊脚楼使母亲得到了延长的期限，于是，她满怀勇气地把自己的新计划告知康镇的地籍管理员。新计划请求在与租借地毗邻的土地上贫困生活的农民们，同她一起构筑抵挡大海的堤坝。堤坝对大家都有利。这些堤坝将沿着太平洋海岸伸展，并且可以把河水提高到七月涨潮时的限度。

管理员颇为惊奇，觉得这个计划有点乌托邦，脱离现实，但是，也并不反对。她总可以拟出计划，邮寄给他们。他们认为，原则上，平原的排水工程是政府计划中的项目，但据他们所知，并没有任何条例禁止租借地经营者在自己的租借地建筑堤坝。不过，还是要通知他们并取得地方地籍管理部门的同意。母亲度过几个不眠之夜，拟就她的计划后，便寄了出去，然后，等待批准。她等了很长时间，毫不气馁，因为，她早已习惯于这种等待。这些等待，唯有这些等待，是把她同世界强权——地籍管理局、银行——连接在一起的神秘纽带，而她连人带物全都归属于这世界强权。等了几个星期之后，她决定去康镇。地籍管理员们早已经收到她的计划书了。他们之所以不给她答复，是因为他们对租借地的排水显然不感兴趣。尽管如此，他们还是默许她筑堤坝。母亲对这样的结果感到自豪，高兴地走了。

必须要用红树原木来支撑堤坝。当然，母亲独自一人承担这笔费用。当时，她刚用尚未完工的吊脚楼作了抵押。她花掉全部抵押的钱买红树原木，而吊脚楼则永远也没有建完。

医生说得并不错。我们可以相信，正是从那时起，一切都真正开始了。堤坝由几百名因为一种突如其来的狂热希望而终于从上千年的麻木状态中苏醒的平原农民悉心构筑而成，然而，这些堤坝，在太平洋的海涛猛烈而根本性的冲击下，一夜之间竟然如纸牌搭的房子那样坍圮，面对这样的情景，的确，谁能不痛心呢？谁能不感到极大的悲哀和愤怒呢？谁会不去研究如此狂热的希望的起源，却想用这注定倒霉的一夜所发生的事件来解释这一切，即从平原上一成不变的穷困到母亲的疾病发作呢？谁还会坚持自然灾难这种肤浅而迷惑人的解释呢？

约瑟夫老是逼苏珊到水里去。他也许想要她熟练地游泳，可以和他一起到朗镇洗海水浴。但是，苏珊则瞻前顾后。有时，特别在雨季，森林一夜之间被淹没时，一只松鼠，或一只麝鼠，或一只小孔雀，已经溺死了，顺着水流而下，遇见这些东西使她感到恶心。

因为母亲一直在叽里咕噜地抱怨，约瑟夫决定离开这条河流。苏珊也放弃观察汽车，跟随着约瑟夫。

“他妈的，”约瑟夫说，“明天，咱们就去朗镇。”

他抬起头，朝着母亲那儿。

“来啦，”他喊道，“别这样大叫大嚷的。”

他不再去想那匹马了，因为，他现在要考虑到母亲。他赶紧走到母亲身旁。母亲满脸通红，眼泪汪汪，一如她得病以来的模样。她不停地在哀叹。

“你最好吃你的药丸，”苏珊说，“别大叫大嚷的。”

“我对老天爷做了什么呀，”母亲尖叫道，“让我有这样的孽种。”

约瑟夫从母亲前面走过，上了吊脚楼，然后，拿着一杯水和药下来。跟往常一样，母亲开始拒绝服用。又跟往常一样，她最终还是服了药。每天晚上，游完泳，他们必须给她服药，让她安静下来。因为，实际上，她不能忍受的，就是眼看他们居然从他们在平原上过的这种生活中解脱出来，去消遣娱乐。“她脾气变得古怪了。”苏珊说道。约瑟夫无法提出相反的意见。

苏珊到浴室用滗出来盛在坛子里的水冲澡，然后，穿好衣服。约瑟夫，他不去冲澡，他就穿着泳裤，直到第二天早晨。苏珊从浴室出来的时候，阳台上，留声机已经响起来。约瑟夫躺在一把长椅子上，不再去想母亲，又想着他的马，他反感地盯住那匹马。

“真不走运。”约瑟夫说道。

“要是你把留声机卖了，你就可以再买一匹好马，一天跑三个来回，而不是一个。”

“要是我卖掉留声机，我就走了，而且飞快地走了。”

留声机在约瑟夫的生活中占有很大的位置。他有五张唱片，通常，每天晚上洗澡后，他都放上一遍。有时，他感到十分腻烦时，就把唱片不停地，翻来覆去地放，整整一夜，直到母亲屡次起床，前来威胁要把留声机扔到河里去为止。苏珊拿了把椅子，过来坐在哥哥的身旁。

“如果你卖掉留声机，去买一匹马，那么，半个月之后，你就可以再买一台新的留声机。”

“半个月不听留声机，我早就离开此地了。”

苏珊不再吱声。

母亲在餐室准备晚餐。她已经点上了乙炔灯。

在这个地方，天色的确很快就黑了。太阳一落山，农民们就点燃湿木柴，提防猛兽的侵袭，孩子们一边乱嚷嚷，一边回到各自家中。孩子们一到懂事的年龄，家长就告诉他们要留神沼泽地可怕的夜晚和猛兽。然而，老虎远不如孩子们饥饿，它们很少吃孩子。康镇沼泽平原的一侧被中国海——母亲则固执地称之为太平洋，在她眼里，“中国海”有点外省的意味，然而，因为她青春年少时，正是对太平洋满怀着梦想，而不是对任何一个徒劳地把事情复杂化的小海——环绕，平原东边则被长长的山脉围住，山脉顺着海岸绵延，从亚洲大陆地势高处，沿着一条曲线蜿蜒而下，直到暹罗湾，在那儿它被湮没了，然后又化成一大群显得越来越小的岛屿出现，但这些小岛都布满了郁郁葱葱的热带森林，事实上，这里的孩子并非丧身于老虎之口，他们死于饥饿，死于因饥饿带来的疾病、因饥饿引发的意外。这条道路穿过整个狭窄的平原。按道理，这条路本是为了把平原未来的财富运往朗镇，但是，平原是如此贫穷，除了没吃饱而老是张着粉红色小嘴的孩子们，它没有任何别的财富，因此，这条路只是供猎人所用，他们仅仅路过而已，供麇集在那儿贪玩而又饥肠辘辘的孩子们所用，饥饿并不阻止孩子们玩耍。

“我今天夜里就去。”约瑟夫突然宣布道。

母亲停下炉边干的活，过来站到他面前。

“你不能去，我跟你说，你不能去。”

“我要去，”约瑟夫说，“没什么可干的，我要去。”

当约瑟夫在阳台上待得太久时，面对着森林，他就无法抵制狩猎的欲望。

“带我去吧，”苏珊说，“约瑟夫，带我一起去吧。”

母亲叫唤起来。

“夜里打猎我是不带女人去的，而你，如果你再乱叫乱喊的，我立刻就去。”

他把自己关在房间里准备毛瑟枪和子弹。母亲一边叽里咕噜地抱怨，一边回到餐室继续准备晚餐。苏珊就待在阳台那儿。约瑟夫去狩猎的夜晚，她们俩都睡得很晚。母亲利用这个机会，按她自己说的那样，“记她的账”。不过，也不知是什么账。不管怎样，在这样的夜晚，她就不睡觉。她时不时离开她的账本，走到阳台上，聆听森林传来的声音，力图看到约瑟夫手中的灯的光轮。然后，她重新开始算账，就像约瑟夫说的，算“她那些糊涂账”。

“吃饭了。”母亲说道。

还是涉禽肉和米饭，下士的妻子端上来几条烤鱼。

“又是一个不眠之夜。”母亲说道。

在磷光似的微弱灯光下，她显得越发苍白。药丸开始发挥效用了。她打了个呵欠。

“妈妈，别担心，我会早回家的。”约瑟夫乖乖地说道。

“当我害怕发作的时候，我是在为你们担心。”

她站起身，从餐柜里取出一盒黄油和一罐炼乳，放在孩子们面前。苏珊往她的米饭里倒了一大杯炼乳。母亲把黄油涂在几片面包上，然后，把面包片浸在一碗清咖啡里。约瑟夫吃涉禽肉。那是一块上好的深色、带血的肉。

“这有一股鱼味儿，”约瑟夫说，“但挺有营养的。”

“正是这样，”母亲说，“约瑟夫，你得小心。”

在想让孩子们吃得多些的时候，她总是对他们很温和。

“别担心，我会小心的。”

“不是今天晚上去朗镇，”苏珊说道。

“咱们明天去，”约瑟夫说，“你在朗镇找不到合适的，他们都已经结婚了，只有阿哥斯迪。”

“我决不会把她嫁给阿哥斯迪，”母亲说，“即使他来恳求我也不行。”

“他什么都不会求你的。”苏珊说，“尽管如此，我在这儿是找不到的。”

“也许他不求更好，”母亲说，“我知道我在说什么，不过，他好歹可以追求。”

“他甚至根本没有想到她。”约瑟夫说，“这挺难的。有的人没有钱却嫁出去了，但她们必须长得很漂亮，不过，这是少有的。”

“不过，”苏珊说，“我说到朗镇去，可不仅仅是为了这个，邮轮到的那天，朗镇人来人往挺热闹，那儿有电，餐厅里有一台极好的唱机。”

“别再拿朗镇来烦我们了。”约瑟夫说道。

母亲把米饼放在他们面前，每隔三天，客车从康镇运来这些米饼。然后，她开始松开辫子。

她的头发在她受过伤的手指间吱吱作响，就像一堆干草一样。她已经吃完饭，端详着她的孩子。在他们吃饭的时候，她就坐在他们对面，盯着他们的一举一动。她希望苏珊再长大些，约瑟夫也再长大些。她认为这还是可能的。然而，约瑟夫二十岁了，而且，个子长得比她高得多。

“吃点肉，”她对苏珊说，“这种炼乳，不会给你什么营养。”

“而且，会弄坏牙齿，”约瑟夫说，“我呀，这玩意儿把我里面的牙齿全都弄烂了。甚至还悄悄地继续在烂呢。”

“等有了钱，就给你装上牙。”母亲说，“苏珊，吃点肉。”

苏珊拿了一小块涉禽肉。这种肉让她恶心，她一小口一小口地吃。

约瑟夫吃完了饭，他已经在给他的猎灯充电。母亲继续编发辫，同时给约瑟夫热了一杯咖啡。猎灯一充好电，约瑟夫就把它拧亮，装在他戴的帽子上。之后，他便出去走到阳台上检查一下灯的能见度。这个晚上，他想必第一次忘记了他的马。但是，正是在这一瞬间，在乙炔灯光的照明中，他又瞥见了这匹马。

“他妈的，”约瑟夫叫喊起来，“这一次，它完了。”

母亲和苏珊跑到约瑟夫身旁。在灯光明亮的场域中，她们也瞧见了马。它终于直挺挺地躺下了。它的脑袋搁在坡上，鼻孔则埋在秧苗中，轻轻地触到灰色的水。

“真可怕。”母亲说道。

她把手放在额头上，显出痛苦的神情，她一动不动地待在约瑟夫身旁。

“你也许应该走近些看，”她终于说，“看看它是否真的死了。”

约瑟夫慢慢地下了楼，走向斜坡，猎灯灯光照射着前方，那盏猎灯一直在他前额处的帽檐上。他还没走到马跟前，苏珊就回到了吊脚楼里，重新坐在餐桌旁的位置上，想吃完那块涉禽肉。但是，她本来就小的胃口这时已经索然无存。她不想吃了，便回到客厅，坐在藤安乐椅上，背对着马。

“可怜的畜生，”母亲悲叹着说，“真想不到，就今天它还从邦代村那儿走回来呢。”

苏珊听见她在悲叹，但没有瞧见她。她大概在阳台上凝望着约瑟夫。上星期，吊脚楼后面那个农舍里有个孩子死了。母亲曾整夜守着孩子，当他清晨去世时，她也是这样悲叹。

“多不幸啊！”母亲喊道，“约瑟夫，怎么样啦？”

“它还有呼吸。”

母亲回到餐室。

“我们能做些什么呢？苏珊，去把车里那条旧的方格盖布拿来。”

苏珊走下楼，到吊脚楼下，避免朝马那儿看。她拿起B12后座上的盖布，又上了楼，把布递给母亲。母亲下楼到约瑟夫那儿，几分钟后，她和约瑟夫一起上楼。

“真可怕，”母亲说，“它盯着我们。”

“行啦，这匹马说得够了，”苏珊说，“明天，咱们去朗镇。”

“什么？”母亲说道。

“是约瑟夫说的。”苏珊答道。

约瑟夫穿上网球鞋。他神色恼怒地走了。母亲开始收拾餐桌，然后，埋头算她的账。用约瑟夫的话来说，算“她那些糊涂账”。

他们去朗镇时，母亲已重新编好辫子，穿上了鞋。但是，她依然穿着她那石榴红色的布连衣裙，再说，除了睡觉，她一向是穿着它的。当刚洗了裙子，她就躺下睡觉，等裙子晾干。苏珊也穿上了鞋，穿上她拥有的唯一的一双鞋，那是她们在城里大减价时买的一双黑缎舞鞋。不过，她借此机会换了服装，脱下那条马来式长裤，换上了连衣裙。约瑟夫则和往常一样。他往往甚至连鞋都不穿。然而，如果是暹罗湾邮轮到的那天，他就蹬上网球鞋，以便能和那些女客一起跳舞。

一到朗镇的餐厅，他们瞅见院子里停着一辆非常漂亮的黑色七座利穆新轿车。车里，一名穿着制服的司机在耐心等候。他们还没有见过这样的车。这不可能是猎人的车。猎人们没有利穆新车，而只有车篷可卸下或折叠的敞篷汽车。约瑟夫从B12跳下。他缓缓地走近那辆车，围着它绕了两圈。然后，他伫立在发动机前，在司机惊讶的目光下，久久地端量那辆车。“塔尔伯特牌或者是莱昂·博来牌，”约瑟夫说道。他无法确定是什么牌子，就同苏珊和母亲一起上餐厅的酒吧。

餐厅里有三名邮局职员，几名海军军官，正同一些女客坐在桌旁，从来不会错过一艘邮轮的小阿哥斯迪也在，最后，还有一个出乎意料的年轻人，独自坐在桌边，估计就是利穆新车的车主。

巴尔老爹站起身，慢慢地离开账台，朝母亲那儿走去。他当朗镇餐厅的老板已有二十年了。他从来就没有离开过餐厅。他老了，胖了。现在，是一个五十岁左右的男人，中过风，胖墩墩，仿佛被茴香酒浸透似的。几年前，巴尔老爹收养了平原的一个孩子，这孩子替他干餐厅里所有的活儿，而且，空闲时，在柜台后面替他打扇，巴尔老爹躲在那儿像入定一般坐着醒酒。有时，人们瞧见他，巴尔老爹，汗流浃背，一杯正喝着的茴香酒就在离他不远的地方。他只是在接待顾客的时候才挪步。别的事情，他就什么都不管了。他缓步朝顾客们走去，慢得像一头从水里出来的巨型海洋怪兽，他那令人难忘的大肚子，活像个硕大的苦艾酒桶，如此地妨碍他行走，他的脚几乎都不离地面。他不仅仅喝酒。他还从事走私酒的买卖，并因此而十分富有。有人从很远的地方，从北方的种植园来找他买酒。他没有孩子，没有家庭，然而，他视钱如命，从来不愿借钱给人，要不就以极高的利息借，以至平原上没有人会犯傻，或者说有窍门，接受这么高的利息。这正如他的意，他确信，在平原上，借出去的钱就如泼出去的水收不回来。不过，他是平原上唯一一个可以说是喜欢平原的白人。的确，他在这里找到了一种生存的手段，同时，也找到了生存理由：茴香酒。人们说他心眼好，因为他收养了一个孩子。虽然，这孩子为他打扇，但是，人们会想，孩子在他那里打扇毕竟要比在平原的大太阳底下放牛强。这一善举，以及给他带来的声誉，使他在走私买卖中感到心安理得。这大概对于殖民地总督府为他颁发荣誉勋章这件事也有很大影响，颁发勋章的理由是表彰他始终不渝地为了法兰西的威望，在朗镇这个“偏远岗位”，坚守了二十年。

“生意怎么样？”巴尔老爹握着母亲的手问道。

“还好，还好。”母亲没多说什么。

“您的顾客很大方吧，”约瑟夫说，“他妈的，那辆利穆新车……”

“那车是从北方来的做橡胶生意的那个家伙的，比这里的可有钱。”

“您可没什么好抱怨的，”母亲说，“每星期三艘邮轮，这多好。而且，还有茴香酒。”

“那可是有风险的，现在，邮轮每个星期都

回来，有风险的，每个星期都乱得很。”

“把那个北方来的种植园主指给我看。”母亲说道。

“就在那个角落，靠近阿哥斯迪坐着的那个家伙。他从巴黎来。”

他们已经瞅见他在阿哥斯迪旁边。他一个人坐在桌旁。这是个年轻人，看来有二十五岁，身穿米灰色柞丝绸西服。他把一顶同样米灰色的毡帽放在桌子上。当他举杯喝一口茴香酒时，他们瞧见他手指上戴着一枚极美的钻戒，母亲默默地、瞠目结舌地凝视着钻戒。

“他妈的，多棒的车呀，”约瑟夫说，然后，他又补充说，“至于其他，活像个猴儿。”

那枚钻戒很大，柞丝绸西服剪裁得十分合身。约瑟夫可从来都没有穿过柞丝绸衣服。他戴的软毡帽出自于某部影片：在登上四十马力的车，前往隆尚赛马场把自己的一半家产下赌注之前，这顶帽子被漫不经心地戴在头上，因为，主人公在为一个女人而忧伤。的确，他的脸长得并不英俊。肩窄臂短，他的身材中等偏下。一双小手保养得很好，有点瘦削，相当漂亮。而戴上了钻戒，使这双手具有一种华美的价值，但有点没落的意味。他孑然一人，是种植园主，青春年少。他注视着苏珊。母亲瞧见他盯着苏珊。母亲也瞅着女儿。电灯光下，苏珊脸上的雀斑不如大白天那么显眼。当然，这是个美丽的姑娘，她的眼睛闪闪发亮，眼神高傲，她很年轻，正当花样年华，而且，并不羞怯。

“你干吗把脸拉得老长？”母亲说，“你就不能显得可爱些吗？”

苏珊朝北方种植园主嫣然一笑。两张唱片放完了，是长长的狐步舞曲和探戈舞曲。第三张唱片播放的是狐步舞曲，这时，北方种植园主站起身来邀请苏珊。他站起来时，显然很不自在。当他朝苏珊那儿走去时，所有的人都定睛看着他的钻戒，巴尔老爹，阿哥斯迪，母亲，苏珊。旅客们并不看，他们早已见识过别的了，约瑟夫也不看，因为约瑟夫只看小轿车。但是，所有平原上的人都在看。应该说，这枚被那无知的主人遗忘在手指上的钻戒，其价值几乎相当于平原全部租借地价值的总和。

“夫人，可以吗？”北方种植园主在母亲面前弯腰问道。

母亲说，当然可以，请别客气，但脸却红了。舞池里，已经有一些军官同女客们在跳舞。小阿哥斯迪正同海关职员的妻子跳舞。

北方种植园主舞跳得不错。他舞步缓慢，带有某种拘谨，也许在着意这样向苏珊表现自己的分寸、阶层和敬意。

“可以把我介绍给令堂大人吗？”

“当然可以。”苏珊说道。

“您就住在这一带？”

“是的，我就住在这里。下面那辆车是您的吗？”

“您用若先生的名字来介绍我吧。”

“那车是哪儿产的？漂亮极了。”

“您这么喜欢小轿车吗？”若先生微笑着

问道。

他说话的声音不像种植园主或猎人。这声音来自异国他乡，温柔而优雅。

“非常喜欢。”苏珊说，“这里没有这样的轿车，要么就是敞篷汽车。”

“像您这样美丽的姑娘在平原想必会感到厌烦……”若先生在苏珊耳旁轻柔地说道。

两个月前，一天傍晚，小阿哥斯迪带她到餐厅外，当时唱机里正放着《拉莫娜》，然后，到了港口，他对她说，她是个美丽的姑娘，随后，他拥抱了她。另一次，一个月之后，一名邮轮上的军官向她建议，邀请她参观他的船，从参观一开始，他就把她带到头等舱的一间客房，对她说她是个美丽的姑娘，然后，拥抱了她。她只是让他们拥抱一下。眼下，是第三次，别人跟她说这样的话。

“那车是什么牌子？”苏珊问道。

“莫里斯·莱昂·博来。这是我最喜欢的牌子。如果您高兴的话，我们可以坐上它兜一圈。

别忘记把我介绍给令堂。”

“多少马力？”

“我想是二十四马力。”若先生说道。

“一辆莫里斯·莱昂·博来得多少钱？”

“这是一种特别的型号，专门在巴黎订购的。这辆车花了我五万法郎。”

那辆B12值四千法郎，母亲用了四年的工夫付清车款。

“贵得离谱。”苏珊说道。

若先生越来越近地注视苏珊的秀发，时不时地低下眼帘，眼睛下方就是她的嘴唇。

“如果我们有这样一辆车，我们每天晚上都会来朗镇，这会改变我们的生活，来朗镇，或去其他任何地方。”

“财富并不能带来幸福，”若先生忧伤地说，“不像您以为的那样。”

母亲声称：“只有财富才能带来幸福。只有对傻瓜，财富才不会创造幸福。”她又补充道：“当然，富有的时候，应该尽量保持理智。”而约瑟夫比她更加不容置疑地断言，财富带来幸福，这不成问题。若先生的利穆新，这么一辆车就会给约瑟夫带来幸福。

“我不知道，”苏珊说，“我们，我觉得我们在想方设法，就为了这样能带来幸福。”

“您是如此年轻。”他低声说，“啊，您不会明白。”

“并不是因为我年轻。”苏珊说，“而是您太有钱了。”

若先生现在使劲地搂紧她。当狐步舞曲结束时，他感到很遗憾。

“我真希望继续跳下去……”

他随着苏珊一直走到他们桌旁。

“我向你介绍若先生。”苏珊对母亲说道。

母亲站起身向若先生问好，并对他微笑。然而，约瑟夫却既不起身也不微笑。

“就坐在我们桌吧。”母亲说，“和我们一起喝点什么。”

他坐在约瑟夫旁边。

“我请客。”他说道。他转身向巴尔老爹说：

“冰镇好的香槟酒。”他吩咐说，“从巴黎回来后，我还没有喝到上好的香槟酒呢。”

“每天晚上都有邮轮捎来，”巴尔老爹说，“您会赞不绝口的。”

若先生粲然而笑，他的牙齿很漂亮。约瑟夫注意到他那一口牙齿，对若先生的全身，约瑟夫只看见这些牙齿。他显得有点恼怒：他的牙齿已经全坏了，他无法修整它们。除了牙齿，他有那么多的事情要安排，以至他有时怀疑，这些事情是否有一天能完成。

“您从巴黎来？”母亲问道。

“我在这儿下船。我在朗镇待三天。我来监督橡胶浆的装运。”

母亲红着脸，笑眯眯的，怀着钦佩的心情聆听若先生说话。而若先生意识到这一点，他好像为此挺得意。大概很少有人这样惊喜地倾听他的话。他定睛细看母亲，而且还避免过于注意他颇感兴趣的苏珊。他还没有提防她的兄长，还没有。他只注意到苏珊的眼里只有这个哥哥，约瑟夫却只是要么盯住他的牙齿，要么神色沮丧而愤怒地盯住那条路。

“他的车，”苏珊说，“是一辆莫里斯·莱昂·博来。”

当着第三者的面，苏珊总是感到与约瑟夫非常亲近，尤其是当他像今晚这样明显地厌烦。约瑟夫如梦初醒。他声调不愉快地问道：

“像这样的车有多少马力？”

“二十四。”若先生漫不经心地说道。

“他妈的，二十四马力……毫无疑问，有四挡速度啦？”

“是的，四挡。”

“一瞬间就可以启动了，不是吗？”

“是的，只要愿意，但是，这会损坏变速器。”

“行驶稳定性好吗？”

“一小时八十公里是轻而易举的。不过，这一辆，我不喜欢，我有一辆老式双座敞篷汽车，我开到一百公里都毫无问题。”

“一百公里耗油量多少？”

“公路上十五升，城里是十八升。你们呢，你们开的是什么牌子的车？”

约瑟夫神色惊愕地瞅着苏珊，然后，他猛地笑了起来。

“这不值得一提……”

“是一辆雪铁龙。”母亲说，“一辆性能不错的老牌雪铁龙，对我们很有用。在这条道上，这辆车就足够了。”

“我看你并不经常开这辆车。”约瑟夫说道。

音乐又响了起来。若先生用他戴着钻戒的手指轻轻地敲桌子，在打拍子。他回答之后，紧接着便是约瑟夫长久而深的沉默。但是，若先生大概也不敢变换个话题。他在回答约瑟夫的问题时，就一直凝视着苏珊。他坦然自若地这么做。因为苏珊是如此关注约瑟夫的反应，她的眼睛只盯住他。

“那辆双座敞篷车呢？”约瑟夫问道。

“怎么啦？”

“双座敞篷车一百公里的耗油量多少？”

“多一些。”若先生说，“公路上是十八升。它有三十马力。”

“他妈的。”约瑟夫说道。

“雪铁龙车耗油少些，是吗？”

约瑟夫大笑起来。他喝完杯中的香槟酒，然后，又倒了一杯。约瑟夫好像突然决定要消遣一番。

“二十四升，”他说道。

“呵！”若先生惊呼一声。

“但是，这是可以解释的。”

“耗油很多呀。”

“本来是十二升，”约瑟夫说，“但是，这有原因……蒸发器已经不再是蒸发器，成了个漏勺了。”

约瑟夫的狂笑具有传染性。是一种让人透不过气来、还显得孩子气的笑，带有某种不可抗拒的兴奋。母亲变得满脸通红，想要忍住笑，但没能做到。

“如果仅此而已，”约瑟夫说，“倒也没什么。”

母亲放声大笑。

“的确，”她说，“如果只是蒸发器……”

苏珊也在大笑。她的笑声和约瑟夫的不同，她的笑声有点像吹哨，更加尖利。这一切在几秒钟内发生的。若先生显得张皇失措。他大概在寻思，他的好评是否没有受到一点损害，他如何来避免这一风险。

“还有散热器呢！”苏珊说道。

“创纪录的，”约瑟夫说，“您从来没见过这样的。”

“说有多少，约瑟夫，说呀……”

“在我稍加修理之前，每百公里竟耗油五十升。”

“啊！”母亲哈哈大笑，“这真是少有，每百公里五十升。”

“还有呢，”约瑟夫说，“如果只有这些，就是蒸发器和散热器……”

“的确，”母亲说，“如果仅此而已……也没什么。”

若先生想笑出声来。他稍微有点勉强。也许他们很快就忘记他了。他们好像有点不大正常。

“而我们的轮胎！”约瑟夫说，“我们的轮胎……它们……”

约瑟夫笑得那么厉害，以致他语不成句。那同样无法遏止而神秘的笑声，使得苏珊和母亲精神振奋。

“您猜猜看，我们把什么裹在轮胎里，”约瑟夫说，“您猜……”

“猜吧，”苏珊说，“您猜猜……”

“反正他别想猜得到。”约瑟夫说道。

巴尔老爹的养子按照若先生的要求，已经拿来了第二瓶香槟酒。阿哥斯迪听他们说话，大笑不已。军官们和女客们尽管什么都不明白，但也开始轻声地笑了起来。

“好好想想，”苏珊说，“猜吧。请注意，幸好，并不总是……”

“我可不知道，是摩托车的内胎吧。”若先生说，他好像发现怎样和着这个乐曲跳舞了。

“根本不是，您猜得可是风马牛不相及。”苏珊说道。

“是香蕉叶子，”约瑟夫说，“我们把香蕉叶塞进轮胎……”

若先生第一次痛快地笑了起来。但是不像他们那样带劲，这也许是个性问题。约瑟夫在敞开胸怀地笑，笑得他喘不过气来，他的笑，变得哑然无声，却把他置于发作的临界点。若先生不再想邀请苏珊跳舞。他耐心地等待着这一切过去。

“这真是异乎寻常，就像在巴黎人们说的那样，怪诞。”

他们并没有注意他的话。

“我们，我们旅行时……”约瑟夫说，“我们就把下士缚在挡泥板上，在他身旁放一个喷水壶……”

他说一个词就打个嗝。

“代替了车灯……他也就充当了车灯……下

士就是我们的散热器，就是我们的车灯。”苏珊说道。

“啊！我喘不过气了……别说了……别说了……”母亲说道。

“还有车门，”约瑟夫说，“车门呢，是用铁丝固定住的……”

“我记不得了，”母亲说，“我甚至再也记不得我们的车门把手是怎么样的……”

“我们，”约瑟夫说，“不需要把手。我们跳进去，嗨！只要从有踏板的那边一跳就可以了。只要习惯了就行。”

“这个嘛，我们已经习惯了。”苏珊说道。

“别说了，”母亲说，“我马上就要犯病了。”

她满面通红。她年事已高，曾经历了那么多的不幸，而欢笑的机会却那么少，因而大笑果真控制住她的时候，就对她产生危险的刺激。她笑的气力仿佛不是出于她自己，令人不安，而且使人怀疑她笑的理由。

“我们，不需要车灯……”约瑟夫说，“一盏猎灯，也挺好了。”

若先生注视着他们，神情就像某个人在寻思这一切是否有朝一日会结束。不过，他依然不厌其烦地听着。

“能不期遇上像你们这样快活的人真令人高兴。”他说道。毫无疑问，他试图让他们离开那无尽无休的B12，走出这个迷宫。

“像我们这样快活的？……”母亲神情困窘地说道。

“他说什么，我们快活？……”苏珊重复道。

“啊！要是他知道，他妈的，要是他知道……”约瑟夫说道。

然而他，约瑟夫，显然，约瑟夫恨他。

“再说，”约瑟夫说，“如果只有油箱、车灯的问题……如果只有这些的话……”

母亲和苏珊紧张地瞅着他。约瑟夫又找到了什么来活跃气氛？她们还没有猜出来，但是，已经开始减弱的笑声重又使她们振奋起来。

“铁丝，”约瑟夫继续说，“香蕉叶，如果只有这些的话……”

“的确，如果只是这些的话……”苏珊神情疑惑地说道。

“如果只是汽车的问题……”约瑟夫说道。

“这没什么，”母亲说，“这根本没什么……”

急性子的约瑟夫笑在她们俩之前，他的笑感染了她们。

“不仅仅有汽车。我们还有堤坝……堤坝……”

母亲和苏珊极其满意地发出一阵尖利的笑声。阿哥斯迪也噗嗤笑出声来。而从账台那儿响起的低沉的咯咯声意味着巴尔老爹也参与进来了。

“啊！螃蟹……那些螃蟹……”母亲大声叫道。

“螃蟹可把我们的堤坝给吞了。”约瑟夫说道。

“甚至连螃蟹……”苏珊说，“也开始这么干。”

“真的……甚至连螃蟹，”母亲说，“它们也跟我们过不去……”

有些顾客已经重又开始跳舞了。阿哥斯迪还在捧腹大笑，因为他对他们家的事一清二楚，如同对自己的事情一样熟悉。这种事可能发生在他自己身上，也可能发生在平原上每个租借户的身上。母亲在平原上建起的堤坝既是一大不幸，同时又是一大笑话，这取决于在哪些日子谈论。这是巨大不幸中的一大笑话。这是可怕的，而且还是滑稽的。这就取决于你从哪个方面看：大海须臾间就把这些堤坝化为乌有，螃蟹把这些堤坝鼓捣成漏勺，从这方面看呢还是相反，从那些用六个月的工夫修筑起堤坝，却全然忘记大海和螃蟹必定造成危害的那些人方面看。令人吃惊的是，开始筑堤时，他们两百人竟然全都忘记了这一点。

母亲曾派下士去请的邻村的男人都来了。她把他们集中在吊脚楼附近，给他们解释她要他们做些什么。

“如果你们愿意，我们就可以赢得几百公顷的稻田，而且，这一切不用去求地籍管理局那帮狗崽子们帮忙。我们去修筑堤坝。有两种堤坝：一种是与大海平行的，还有另一种……”

农民们感到有些吃惊。首先，因为几千年来大海每每侵袭平原，他们对此早已习惯，以至他们也许从未想象到能够阻止大海这么做。其次，因为他们的贫困已经使他们无所作为，习惯于听天由命，这成为他们面对饿死的孩子或被盐碱灼毁的庄稼时，默默忍受的唯一办法。然而，他们连续三天都回到这里，而且人数越来越多。母亲向他们解释了自己如何考虑修建堤坝。按照她的看法，应该用红树树干给堤坝打木桩。她知道在哪儿可以弄到这种木材。在康镇附近有库存货，道路一旦竣工，这些木材就没有用了。承包人已经向她提议减价转让给她。此外，她独自一人来承担这笔费用。

一开始，有一百来人同意这么干。后来，当最初的一批人坐船从桥那儿出发到筑堤指定的场地时，其他的人也都成批成批地加入这一行列。一星期后，几乎所有的人都投入到堤坝的修筑中。一件无足轻重的事就足以使他们摆脱被动消极的状态。一位贫穷而年迈的妇人对他们说自己决定奋起斗争，这就使他们下决心斗争，仿佛有史以来他们就等着这一时刻。

然而，母亲并没有向任何技术人员请教修筑堤坝是否有效。她认为是有效的。她对此深信不疑。她一向如此行事，只认定明摆的事实，遵循她自己那与众不同的逻辑。而农民们对她言听计从，这就使她更加坚信自己确实找到了改变平原生活应该做的事。几百公顷的稻田不会再遭受海潮的祸害。所有的人都会富裕起来，或几乎富起来。孩子们不会死去。人们会有医生治疗。人们将修建一条长长的公路，这条路沿着堤坝伸展，并且把那些无主的土地连接起来。

圆木买好后，过了三个月，在这期间，必须等待海水完全退尽，地也要干燥得能够开始土方工程的施工。

正是在这等待期间，母亲实践着她一生的希望。每天夜晚，她都在草拟和修改农民们的条件，他们将要参加那即将可耕作的五百公顷土地的开垦事宜。但是，她心急如焚，她不能一边这样做计划，一边等待那个时刻的到来。她一把木材货款付清，立刻就用剩下的钱在河口处建了三间茅屋，称之为观察村。如此之多的农民对她的成功确信不疑，以至于她对此也没有丝毫疑虑。她一刻也没有怀疑，也许是因为她显得如此自信，他们才如此相信她。可是，她对他们如此言之凿凿，连地籍管理员也不由得会被说服。她的观察村一建成，母亲就在那儿安置了三户人家，给他们大米、小船和生活必需品，足以维持到被解救的土地获得收成为止。

修筑堤坝的最佳时刻到了。

男人们用大车把木材从道路旁运往海边，开始劳作。母亲同他们一道起早摸黑，早出晚归。这段时间，苏珊和约瑟夫捕猎很多。对他们来说，这也是一段充满希望的时日。他们对自己的母亲所从事的一切都深信不疑：一旦获得丰收，他们就可以进城做一次长途旅行，而且，三年内就可以永远地离开平原。

晚上，母亲有时请人分发奎宁和烟草给农民们，她借此机会，跟他们谈论他们生活中即将发生的变化。他们就同她一起嘲笑那些地籍管理员日后面对他们将获得的丰硕成果时的表情。她把自己的经历从头到尾、原原本本都讲给他们听，并详尽地告诉他们有关租借地市场组织的事。为了更好地保持住他们这股劲头，她还向他们解释，怎样通过康镇那些地籍管理员的丑恶行径，弄明白剥夺所有权法，为了种植中国胡椒树，许多人都吃过剥夺所有权法的苦头。她激情洋溢地说着，忍不住告诉他们她新近得知而如今完全清楚的康镇管理员那些贪污舞弊的花招。她终于摆脱了充塞着幻想和无知的过去，她就好像发现了一种新的语言，一种新的文化，她不能满足于说说而已。狗崽子，她说，那是一帮狗崽子。而堤坝，就是对他们的回报。农民们开心地笑了。

修筑堤坝期间，没有一个管理员来过。她有时曾对此感到有些意外。他们不可能不知道堤坝的重要性，不可能不为此而惊慌。然而，她自己却不敢给他们写信，生怕引起他们的注意，生怕这一尽管还是半官方性的自主行动被禁止继续进行下去。堤坝建成后，她才敢给他们写信。她告知他们，包括全部租借地在内的，一片庞大而成四边形的五百公顷土地即将被耕作。地籍管理局不作答复。

雨季到了。母亲在吊脚楼附近播种了大量秧苗。修筑堤坝的男人们来把幼苗移植到四边被堤坝围住的那片大地里。

两个月过去了。母亲常常下去察看那呈现出一片嫩绿的禾苗。禾苗开始一直在不断见长，直到七月的大潮汛期。

然后，时值七月，海水如往常那样上涨，侵袭了平原。堤坝不够坚实。它已经被稻田的小螃蟹啃蚀坏了。一夜之间，堤坝就塌了。

母亲安置在观察村的住户带着食粮，乘上帆

船，到另一边海岸。租借地毗邻村庄的农民们纷纷回到他们自己的村里。孩子们继续饥饿而死。但没有人抱怨母亲。

第二年，残存的那一小部分堤坝也坍塌了。

“我们堤坝的故事，滑稽得让人捧腹大笑。”约瑟夫说道。

于是，他在桌面上移动两个手指，模仿螃蟹行走的样子，模仿着螃蟹向堤坝走去的样子移向若先生。始终如一那么耐心的若先生对螃蟹的行走不感兴趣，他盯着苏珊看，而苏珊则昂着头，珠泪盈眶地大笑。

“你们真有意思，”若先生说，“你们真是不同凡响。”

他打着正在演奏的狐步舞曲的节拍，也许想鼓动苏珊去跳舞。

“我们堤坝的故事可是绝无仅有的。”约瑟夫说，“我们什么都想到了，就是没有想到这些螃蟹。”

“我们可阻断了它们的路。”苏珊说道。

“……但是，这对它们毫无影响，”约瑟夫又说，“它们伺机报复我们，蟹螯嘭嘭两下！堤坝就完蛋了。”

“泥土色的小螃蟹，”苏珊说，“简直就是为我们造的……”

“当时，也许，”母亲说，“应该用钢筋混凝土……可是，哪儿能搞到呢？”

约瑟夫打断她的话头。笑声停息了。

“应该告诉您，”苏珊说，“我们买的并不是土地……”

“那是水。”约瑟夫说道。

“是海水，是太平洋。”苏珊说道。

“是臭大粪。”约瑟夫说道。

“一个任何人都不会有的主意……”苏珊说道。

母亲收敛起笑容，蓦然间，神情又变得十分严肃。

“闭嘴，”她对苏珊说，“要不我扇你嘴巴。”

若先生闻言吓了一跳，不过，也就他一个人

这样。

“臭大粪，绝对是，”约瑟夫说，“臭大粪或者水，随您怎么说。而我们不得不在那儿像傻瓜似的等待那该死的水退去。”

“有朝一日，肯定会成的。”苏珊说道。

“五百年后吧，”约瑟夫说，“反正，我们有时间……”

“如果真是臭大粪，”坐在酒吧深处的阿哥斯迪说，“也许倒好……”

“该死的稻谷，”约瑟夫说，一边又笑了起来，“或许比根本没有稻谷好……”

他点起一支烟。若先生从兜里掏出一盒三五牌香烟，请苏珊和母亲抽。母亲面无笑容，神情热切地聆听约瑟夫说的话。

“买这块地的时候，我们以为一年后就会成为百万富翁。”约瑟夫继续说，“我们建了吊脚楼，然后，等着秧苗长起来。”

“稻秧至少开始长了。”苏珊说道。

“然后，那该死的潮水涨了，”约瑟夫说，

“于是，我们筑起堤坝……就是这样。我们就在那儿像傻瓜似的等着，甚至不知道在等什么……”

“我们就在家里等着，那座房子……”苏珊接着话头说道。

“那座房子甚至都还没有完工。”约瑟夫说道。

母亲试图说说自己的想法。

“别听他们的，那可是一座好房子，挺结实的。要是我把它卖掉的话，会卖个好价钱……三万法郎……”

“你这是痴心妄想，”约瑟夫说，“谁会买它？除非侥幸，除非碰巧遇上像我们这样疯疯癫癫的人。”

他骤然沉默不语。出现了一阵短暂的宁静。

“的确，我们大概是有点疯了……”苏珊梦幻似的说道。

约瑟夫温柔地对苏珊莞尔而笑。

“完全疯了……”他说道。

于是，谈话就这样自然而然地停止了。

苏珊的目光追随着跳舞的人群。约瑟夫站起身，去邀请海关职员的妻子跳舞。他曾同她睡过觉，为时好几个月，但是，现在，对她已经厌倦了。这是一个棕发、瘦削的女人。从那以后，她就跟阿哥斯迪睡觉。每换一张唱片，若先生都请苏珊跳舞。母亲独自一人坐在桌旁。她在打呵欠。

然后，邮轮的军官和女客示意要出发了。若先生又同苏珊跳了一曲。

“您不愿意试试我的车？我也许可以送您回家，然后回朗镇。这会让我感到很高兴的。”

他紧紧地搂着苏珊。这是个整洁、讲究的男人。如果说他相貌难看，可他的车却是出色的。

“也许约瑟夫可以开车？”

“这车很难开。”若先生犹豫地说道。

“约瑟夫能够开所有的车。”苏珊说道。

“如果您允许，那就下一次吧。”若先生温文尔雅地说道。

“我去问问母亲，”苏珊说，“约瑟夫也许先走，我们可以随后再走。”

“您……您想要您的母亲大人同我们一起走？”

苏珊挣脱了若先生的怀抱，定睛看着他。他很失望，这对他毫无好处。母亲孤零零地坐在桌旁，不停地在打呵欠。她神色显得很疲倦，因为她遭遇了很多的不幸，而且，她年事已高，不再习惯于大笑，这样的笑使她感到很累。

“我希望，”苏珊说，“我母亲能试试您的车。”

“我能再见到您吗？”

“您什么时候愿意见我都行。”苏珊说道。

“谢谢。”

他把苏珊搂得更紧了。

他的确是文质彬彬。苏珊怀着某种同情瞅着他。如果他经常到吊脚楼来，也许约瑟夫不能容忍他。

舞曲终了时，母亲站起身，准备离去。若先生提出送母亲和苏珊回家的建议，使得皆大欢喜。若先生向巴尔老爹付了钱，然后，他们一起都到了餐厅的院子里。当若先生的司机下车来打开车门时，约瑟夫猛地钻入莱昂·博来，使马达开始运转起来，试了五分钟车子的速率排挡。然后，他嘟嘟囔囔，骂骂咧咧地下车，根本不同若先生告别，他把猎灯固定在头上，用操纵手柄启动了 B12，独自一人先走了。母亲和苏珊看着他远去，内心忐忑不安。而若先生似乎已经习惯于他的做派，并不感到惊奇。

母亲和苏珊坐上利穆新车的后座，若先生则坐在司机旁的座位上。他们很快就赶上了约瑟夫。苏珊心里并不愿意超过他，但是，她只字不跟若先生提起，因为，他一定不会明白的。在莱昂·博来车灯的强光下，他们仿佛在大白天似的把他看得清清楚楚。他放下剩余的挡风玻璃，让 B12 可能有的都毕露无遗。他好像比刚才走的时候情绪更糟，对超过他的那辆莱昂·博来看都不看一眼。

在到达吊脚楼之前一会儿，母亲睡着了。在整个路程中，她对汽车的行驶状况根本就无动于衷，她想必在考虑这意外的收获，在考虑若先生。但是，即便这个意外的收获也没有战胜她的疲倦，她睡着了。她在哪儿都会睡着，甚至在客车里，在毫无遮盖的B12里，那辆车既无挡风玻璃，又没有车顶篷。

一到吊脚楼前，若先生就重申他的请求。他是否可以再来看这些人？他曾同他们一起度过了如此有趣的夜晚。半睡半醒的母亲礼貌地告诉若先生，她家的大门对他是敞开的，他随时都可以再来。若先生走后不久，约瑟夫回来了。他把客厅的门砰的一声关上，一言不发。他把自己关在房间里，然后，就像每次他感到厌烦时那样，他把所有的猎枪都拆开，上油，一直鼓捣到深夜。

这就是他们遇见的人。

若先生是一名家赀巨万的投机商的独生子，这名投机商的发迹堪称殖民地发家致富的典范。最初，他在殖民地最大城市的边界进行地皮投机生意。城市的扩张是如此迅速，只花了五年，他就获取了足够的利润，用所获收益再进行投资。他不再进行新的地皮投机生意，而是在这些土地上建造房屋。他让人建起廉价租赁房屋，这些被称为“给本地人的单间”的房屋是殖民地最早的那一类房子。这些小单间毗连邻接，全部都是一面朝向同样毗连的小院子，另一面则朝向街道。这些房子造价不高，于是，适应了本地整个小商贩阶层的需求，很受欢迎。十年后，殖民地到处充斥着这类小单间。此外，经验证明，这些小单间非常适宜鼠疫和霍乱的孳生蔓延。但是，因为只有房主得知殖民地当局曾进行的研究的结果，这些房子的租户总是有加无已。

若先生的父亲后来又对北方的橡胶种植园主感兴趣。橡胶业突飞猛进，许多人转眼间就成了种植园主，但他们毫无技能和专业知识。他们的种植园陷入困境。若先生的父亲看中了这些种植园。他买了下来。因为这些种植园状况不佳，他只付了很少的钱。然后，他把买下的种植园管理起来，使之恢复元气。橡胶业赚钱很多，但是照他看却太少。过了一两年，他以高昂的价格把这些种植园卖给新来的人，他更喜欢在那些最缺乏经验的人中挑选买主。在大多数情况下，他可以在两年后再买回来。

若先生是这个机智、敏锐的男人的无能、呆笨的孩子，真可笑。他那偌大的家产只有一名继承人，而这继承人却没有丝毫的想象力。这是他一生的脆弱点，唯一的决定性的脆弱点：他没能在孩子身上押上宝。以为自己养了一头小鹰，桌子底下却给你钻出只金丝雀。那又怎么办？要抗争这不公正的命运该求助于什么呢？

他把儿子送到欧洲学习，然而，他却不是那块料。蠢材自有他的远见，他根本就不学习。当父亲得知这一情况，便把他叫回来，力图让他对自己的某些生意发生兴趣。若先生老老实实地想要弥补他父亲遭受的不公正。但是，时常发生这样的情况：有人就是生来一事无成，甚至连这几乎不是伪装的游手好闲也做不好。不过，他还是规规矩矩地尽力而为。因为，要说诚实，他的确是诚实，而且真心诚意。但问题并不在此。如果他不是受到错误的教育，也许他不会变得像他父亲甘愿相信的那样愚蠢。如果他没有父亲，没有这份沉甸甸的家产构成的障碍，而是无依无靠，孑然一身，他也许会成功地补救自己性格中的不足。然而，他的父亲从未想到过若先生可能就是某种不公正的受害者。他一向只看见落在他头上的，在儿子问题上的不公正。而这命运是固有的，无法挽回的，他只能为此而黯然神伤。他从来都没有发现他儿子遭受到的不公正的原因。不过，对于这样的不公正，他确实可以纠正。他也许只要剥夺若先生的继承权就可以了，而若先生便可摆脱继承遗产这一过于沉重的负担。但是，他没有考虑过。不过，他是聪明人。而聪明人有他自己的思维习惯，这就妨碍他看清自己的处境。

这就是某个晚上在朗镇偶然落到苏珊身边的钟情者。我们可以说，他也完全同样地落到了约瑟夫和母亲的身旁。

对他们每个人来说，与若先生相遇具有决定性的重要意义。每个人都以自己的方式把希望寄托在若先生身上。最初几天，他显然经常来造访吊脚楼，自从那时候起，母亲就让他明白，她期待着他的求婚。若先生并不拒绝母亲那急切的劝诱。他那些许诺使母亲放心不下，特别是，他送给苏珊各种礼物，借助于他想在他们眼里扮演的这一有利角色，力图利用这样的缓兵之计。

在他们相遇后的一个月，他送给苏珊的第一件非同小可的东西是一台留声机。表面看来，他就像递一支香烟那样轻易地送了留声机，但是，他并没有忘记从苏珊那儿获取某些优待。就在他确定苏珊永远不会只对他这个人感兴趣的时候，他就尽量利用他的财产以及财产带给他的种种便利机会，其中第一个便利机会，对他来说，显然就是用一台新留声机，把他们如牢笼般幽闭的世界打开一个发出响声、拯救式的突破口。那一天，若先生放弃了苏珊的爱情。除了他后来选择钻戒以外，这是他认识苏珊期间，在他苍白的脸上闪现的唯一一道清醒的灵光。

并不是苏珊说起留声机，她甚至连想都没有想过。而是他，若先生自己想到的。

当他同苏珊谈起留声机时，像平常一样只有他们俩待在吊脚楼里。每天，他们都单独会面三个小时，这段时间约瑟夫和母亲正在外面忙这忙那，一边等着坐莱昂·博来去朗镇。若先生睡完午觉以后来，他脱下帽子，没精打采地坐在一把椅子上，在这三个小时里，他等了又等，期待着苏珊做出任意一个给予希望的表示，哪怕是一个小小的鼓励，也会使他相信自己比前一天有进展。他们这样单独交谈令母亲欣喜若狂。他们的交谈持续时间越长，母亲抱的希望就越大。她之所以要求他们让吊脚楼的大门敞开着，是因为只给若先生留一个解决办法，如果他想同她女儿睡觉，那只有结婚，没有别的出路。她总是戴着她的草帽，显得怪里怪气，身后跟着拿锄头的下士，她在吊脚楼前的一排排香蕉树间走来走去，这些香蕉树沿着路旁栽种。她时不时神色满意地瞅瞅客厅的门，在这门后所进行的事情可比她在香蕉树旁佯装干的活儿更加有效。约瑟夫呢，只要若先生在那儿，他从不登上吊脚楼。自从他的马死了以后，他就没完没了地忙于摆弄那辆B12。当那辆车没有任何毛病，不需要任何修理的时候，他就清洗它。他从不看那吊脚楼一眼。当他对B12腻烦的时候，他就到乡下去，他说，要另找一匹马。当他找不到另一匹马的时候，他就去朗镇，毫无理由，就是为了逃避吊脚楼。

因此，苏珊和若先生整个下午都单独相处，一直到去朗镇的那个钟点。苏珊恪守母亲的教诲，要使若先生对她怀有纯正的感情，可是又不太自信，就不时地向若先生提出一些关于他们婚礼的过于详细的细节问题。能问若先生的也就是这些了。而他什么也不问。他只是目光迷离地注视着苏珊，越是看她，眼神里就越多一些意味，就像平常，当激情使你感到透不过气来时那样。然而，由于老是被他这样盯视，苏珊有时因疲倦和厌烦而感到昏昏沉沉，但她惊醒时便发现若先生更加着迷地瞅着她。这真是永无了结之日。如果说在他们交往之初，苏珊对自己唤起了若先生身上的这些情感并无不快，那么，从那以后，唉，她对此已屡屡领教，深感烦扰。

然而，并不是苏珊说起留声机的。尽管这出乎意料，但就是他若先生提起的。那一天，他来时神色古怪，眼睛里闪现出少有的游移不定的亮光，这意味深长的目光能让人相信，破题儿第一遭，若先生也许头脑里有个点子。

“这唱机是个什么玩意儿？”他指着约瑟夫的旧留声机问道。

“您很清楚，”苏珊说，“这是一台留声机。是约瑟夫的。”

苏珊和约瑟夫对这台留声机了如指掌。那是在父亲去世前一年买的，母亲从来没有离开过它。在动身来到租借地之前，她卖掉了老唱片，让约瑟夫买来新唱片。这些新唱片，如今只剩了五张，约瑟夫小心翼翼地把这五张唱片放在自己的房间里。他独自一人享用这台留声机，除他之外，任何人都无权打开它，甚至不许碰他的唱片。不过，苏珊从来不会对约瑟夫做这样的事，但即便这样，约瑟夫还是信不过，每天晚上，听完后，他就把唱片拿到房间里放好。

“真奇怪，他居然那么喜欢这台留声机。”母亲说道。有时，她后悔把留声机带到租借地来，因为，音乐尤其会使约瑟夫产生抛弃一切的欲望。苏珊并不同意这一观点，她不认为这台留声机有害于约瑟夫。当他放完他所有的唱片时，他总是一成不变地声称：“我寻思，我们在这穷乡僻壤干什么呀。”她完全同意约瑟夫的话，即使母亲高声喊叫。伴随着《拉莫娜》这首必听的乐曲，他们更加强烈地希望将要把他们带往远方的汽车会立即停下。约瑟夫这样说起留声机，“当你没有女人，没有电影，当你一无所有的时候，有一台留声机，就不会感到太无聊了。”母亲说他在撒谎。实际上，他跟朗镇所有到了能睡觉年龄的白种女人都睡过觉。跟那些从朗镇到康镇的平原上最漂亮的本地女人都睡过觉。时而，在干运输时，他就跟他的女客户在车里睡。“我不由自主，”约瑟夫为自己辩解，“我想我可以同世界上所有的女人睡。”但是，这些平原上的女人，尽管那么漂亮，还是不能使他割舍留声机。

“它已经旧了。”若先生说，“这是很老的式样。我对留声机很懂。在我家里有一台电唱机，是我从巴黎带来的。您也许不知道，我特别喜欢音乐。”

“我们也非常喜欢音乐。不过，有电的时候您的电唱机的确是好，可是，像我们这儿没有电，我可不在乎什么电唱机。”

“并不是只有用电的留声机，”若先生说，

神态里满是言外之意，“也有别的不用电却很棒的留声机。”

他喜形于色。他已经送给苏珊一条连衣裙，一盒香粉，指甲油，口红，优质香皂和美容霜。不过，他常常是自然而然地把东西带来，并不事先告知。他来了，从口袋里掏出一个小包，递给苏珊，“猜猜看，我给您带什么来啦。”他开玩笑似的说。苏珊接过来，打开小包，“真是奇特的想法。”她说。通常就是这样。但是，这一天不一样。这一天有新动向。

新动向，的确是有新动向。他们谈完了各种留声机及其它们各自不同的优点后，若先生请求苏珊打开浴室的门，以便他看到她全裸的样子，他答应以送给她一台最新型号的“主人之声”，还有唱片，巴黎最新出品的唱片作为条件。果然，当苏珊像每天晚上去朗镇之前洗淋浴的时候，他小心地敲打浴室的门。

“开开门，”若先生轻声柔语地说，“我不会碰您的，我不会往前迈一步的，我只是看看您，开开门吧。”

苏珊纹丝不动，光线幽暗的浴室的门依然关着，在那门后，站着若先生。没有任何男人见过她真正意义上的裸体，除了约瑟夫，他有时在苏珊洗澡的时候，上楼来洗脚丫子。不过，这种情况时有发生，从他们很小时候起就这样，这不能算数。苏珊从头到脚打量着自己，久久地端详着若先生要求她让他看的身体。她感到意外，笑了起来，并不应答。

“只是看您一眼的时间，就一小会儿，”若先生叹息着说，“约瑟夫和您母亲在另一边呢。我求求您了。”

“我不愿意。”苏珊声音微弱地说道。

“为什么？小苏珊，为什么呢？我整天都待在您身边，我是那么地想看您。只要一秒钟。”

苏珊一动不动，一直在想弄明白该怎么办。她机械地吐出拒绝的字眼。不。起先，这个“不”，说得断然决然。但是，若先生一再恳求，这时，这个“不”渐渐地转向了，苏珊显得了无生气，缄默不语，任人摆布。他很想看她。这毕竟是一个男人的欲望。而她呢，她就在那儿，是值得被人看的，只要把门打开就可以。这世上还没有一个男人见过如此站在门后的少女。这生来不是被掩藏起来的，相反，是要被人看的，并且要在这世界取得成就，而这个人，这位若先生就属于这个世界。然而，正当她要去打开幽暗的浴室的门，让若先生的目光透入室内，让亮光最终照射在这谜一般的玉体上，这时，若先生说起了留声机。

“明天，您就会得到您的留声机了，”若先生说，“明天就有。一台棒极了的‘主人之声’。我亲爱的小苏珊，把门打开一秒钟吧，您就得到留声机啦。”

就是这样，正当苏珊要去开门，向这世界展示一下自己那少女的胴体时，这个世界却侮辱了她。手正放在插销上，她停了下来。

“您是个下流坯，”她轻声地说，“约瑟夫说得对，一个下流坯。”

我要朝他脸上吐唾沫。她打开了门，唾沫则留在口中。不值得这样做。真是触霉头，这个若先生，是晦气，犹如那堤坝，那死去的马，这不是某个人，仅仅是晦气。

“得了，看吧，”她说，“我的裸体让您烦透了吧。”

约瑟夫常说：“我的 B12 可把他烦透了。”每次，他经过莱昂·博来时，他就朝轮子踹几脚。若先生抓住门框凝视着她。他满脸通红，呼吸困难，仿佛刚刚挨了打，马上就要跌倒似的。苏珊又把门关上了。面对那紧闭的门，他在原地待了一会儿，默默无言，然后，苏珊听见他转身回到客厅。于是，在毫无必要地向若先生展示了自己的裸体后，苏珊如同她每次沐浴后那样，很快又穿好衣服。若先生的眼神怪怪的。

第二天，若先生郑重其事地给她带来了留声机，说道：“我说到做到。”他认为一丝不苟是显示自己尊严的最可靠的方式之一。

苏珊瞧见他来了，更确切地说，瞧见夹在他腋下的一个大纸盒来了，她，她知道那就是留声机。眼看着自己挑动的事发生了，并引起了惊讶，她暗自窃喜，感到几乎是妙不可言，竟使她端坐在椅子上，一动也不动。因为，并非只有她瞧见了这大纸盒，母亲和约瑟夫也瞧见了。当这个大纸盒被若先生夹在腋下从小路上经过时，他们两眼紧盯着它，而且，它进门后，他们仍然盯着那扇门，仿佛指望那扇门会告知他们盒子里装的是什么东西。但是，苏珊知道他们俩谁都不会中断手边的活儿，来打听是什么东西，哪怕它大如一部汽车，尤其是约瑟夫。对若先生送的或带来的东西，或仅仅是拿来给人看看的东西，他们俩都不会表露出丝毫的好奇心，不，他们不会听任自己流露出好奇的。的确，直到目前为止，若先生给苏珊带来的礼物包装都相当小，放在他口袋里或拿在手中，可是，这一个，看它的尺寸大小，按理说约瑟夫应当想到，里面装的东西无疑比以前的具有更宽泛的特性。他们谁都记不起曾几何时见到这样大小的给他们的包裹，不管以何等方式来到吊脚楼。除了红树原木，少有的发自地籍管理局和银行的信件，小阿哥斯迪的来访，六年来，没有任何人，也没有任何新式的或簇新的物件来过这里。虽说这玩意儿是若先生带来的，但毕竟是来自比若先生更加遥远的某个城市，某家商店，毕竟是崭新的，只供他们受用的。然而，无论是约瑟夫还是母亲都不屑于为此而上楼。若先生以充满自信的声音向他们问好，居然不怕得日射病，光着脑袋在路上走，他这些颇不寻常的举止，也不足以让他们抛开惯常的矜持。

若先生气喘吁吁地走近苏珊。他把盒子放在客厅的桌子上，如释重负地舒了一口气。这玩意儿想必挺重。苏珊纹丝不动，端详着盒子，眼里只有它，却无法因为对那边正在凝眸而望的两人来说，这还是一个谜而感到心满意足。

“真沉，”若先生说，“这是留声机。我就是这样，我说到做到。我希望您慢慢会了解我。”

为了确保他的胜利，并且，假定苏珊并不这么考虑，他又补充了后面那句话。

一边，桌子上有这台留声机。就在吊脚楼里。另一边，在敞开的门的门框外，是母亲和约瑟夫，如坐牢的囚徒一样渴望看一看。多亏了苏珊，留声机才会在那儿，在桌子上。她打开了浴室的门，让若先生那秽邪丑陋的眼光投到她身上，现在，留声机就摆在那儿，在桌上。而它，它完好无损，漂亮极了。她认为自己应该得到这台留声机。她理当把它送给约瑟夫。因为，像留声机这类东西理所当然应属于他。对她来说，只要用她独一无二的方法从若先生那儿弄来就行了。

若先生激动得哆哆嗦嗦，洋洋自得地朝留声机走去。苏珊猛地跳到他身旁，不让他靠近。若先生一下愣住了，放下双手，困惑不解地盯着她。

“应该等他们来。”苏珊说道。

留声机只有当着约瑟夫的面，才能走出未知

状态而显露出来。但是，要向若先生讲清这一点，如同向他解释谁是约瑟夫一样不可能。

若先生重新坐下，绞尽脑汁地思索着。因苦思冥索，额头上都起了皱纹。他睁大双眼，连连咂嘴。

“我不走运。”他声称道。

若先生很快就垂头丧气了。

“我真是白费劲，”他又说，“什么东西都不能触动您，甚至连我无微不至的善意都不行。您所喜欢的，就是那类……”

啊！面对留声机，约瑟夫会有怎样的脸色！现在，他们再也不能迟迟不上楼。若先生来得比平时晚，是因为这台留声机，现在，他离去的时间快到了，他们不可能不知道的。至于若先生嘛，既然他已经给了留声机，他就不那么重要了。没有了他的汽车，他的薄绸衣，他的司机，他也许就变成一个空空荡荡、完全透明的玻璃橱窗。

“哪类人？”

“阿哥斯迪和……约瑟夫那类人。”若先生战战兢兢地说道。

苏珊非常爽朗地向若先生微笑，而若先生，这一回，有留声机撑腰，承受住这一微笑。

“是的，”他大胆地说，“我说得没错，约瑟夫那类人。”

“您就是给我十台留声机，必定也是这样的。”

若先生低下头，感到灰心丧气。

“我不走运，正是因为这台留声机，您就对我说这些恶毒的话。”

约瑟夫和母亲正在回来的路上。若先生因尊严受到伤害而保持沉默，他没有瞧见他们走过来。

“他们来了。”苏珊说道。

她站起身，走近若先生。

“别这样拉长着脸。”

稍加辞色，若先生就恢复了勇气。他站起身，把苏珊拉进怀里，使劲地搂住她。

“我发疯一样地爱上了您，”他悒悒不欢地表露说，“我真的不知道自己怎么了，我从来没有对任何人有过这样的感觉。”

“什么也别告诉他们。”苏珊说道。

她下意识地挣脱了若先生的拥抱，但是，一直在向约瑟夫微笑，向那不远的未来微笑。

“昨天晚上看见您全裸后，我一夜都没有合眼。”

“他们一会儿问起这是什么东西时，由我来告诉他们。”

“对您来说，我毫无价值，什么都不是，”若先生又一次泄气地说，“我一天比一天更强烈地感觉到这一点。”

约瑟夫和母亲拾级登上吊脚楼，约瑟夫走在前面，他们突然出现在客厅。他们满身尘土，大汗淋漓，双脚沾满干泥巴。

“您好，”母亲说，“您身体好吗？”

“夫人，您好，”若先生说，“谢谢。您呢？”

若先生站起身，向他内心讨厌的母亲表示敬意，若先生善于做这些举动，而且驾轻就熟。

“我们，必须得这样过下去，现在，我脑袋里在想种香蕉的事，这可以让我活得长些。”

若先生又一次朝约瑟夫那儿走了两步，但打了退堂鼓。约瑟夫从来不向若先生问好，坚持是没有用的。

他们不可能没有瞧见桌上的盒子。这是不可能的。然而，并没有蛛丝马迹显露出他们已经看见了它，除了他们好像在避而不看，并远远地绕过桌子，可以不用靠得太近，仿佛他们什么也没有看见。还有，除了母亲脸上浮现的某种微笑，别的什么也看不出。今晚，母亲没有大声叫喊，没有悲叹自己多么劳累，而是在愉快地忍受着身心的疲惫。

约瑟夫穿过餐室到浴室。母亲点燃了酒精灯，叫着下士的名字。她这么大声吼叫着呼唤他，尽管完全是徒劳无用，她也很清楚这一点，然而，她想必是在叫他的妻子，让她通知下士。

下士的妻子从她待的地方，飞快地跑到她丈夫那儿，在他背上击一巴掌。这个时候，下士正蹲在土台上，享受母亲终于给他的片刻小憩，并认真地等待着汽车再次通过。他在自己所有的空闲时间里观看那条路，有时会看上一个小时，当他们去朗镇时，他就一直看到汽车以每小时六十公里的速度，悄然无声地从森林那头出现。

“他越来越聋了，”母亲说，“他变得越来越聋了。”

她去储藏室，然后又回到餐室，双眼始终低垂着。然而，这盒子是唯一比吊脚楼里其余东西更为显而易见的。

“我一直感到很吃惊，您雇了个聋子，”若先生说，语气如平常交谈那样，“平原上有很多仆人可雇。”

通常，当他们决定不去朗镇时，约瑟夫和母亲回家后几分钟，若先生也就走了。可是今晚，他背靠着客厅的门，站在那儿，显然，他在等待他那不寻常的时刻，揭晓留声机的时刻。

“的确，是大有人在。”母亲说，“不过，这个人，他曾经受了那么多的打击，所以，我看见他的双腿时，我就对自己说，在我的有生之年，我要承担起他……”

如果不快点告诉他们盒子里的内容，结局也许会很糟糕。约瑟夫由于好奇心的煎熬而烦躁不安，很可能朝藤条桌踢一脚，然后，开着B12，独自一人去朗镇。不过，对约瑟夫的放荡不羁已司空见惯的苏珊始终一言不发，坐在椅子上不动弹。下士上了楼，瞅见了盒子，久久地打量着它，然后把米饭放在桌子上，开始摆放餐具。下士放好餐具后，母亲定睛看着若先生，好像在思忖，这个时候，他在这儿干什么。去朗镇的时候早已过了，可他好像并没有觉察到似的。

“如果您愿意，可以留下来吃晚饭。”母亲对他说。她并不习惯同他这么客气。她的邀请无疑掩盖了要延续约瑟夫和苏珊的苦恼的意图。在她身上尚未完全泯灭年轻人般的活力，突然会流露出风趣、淘气的性情。

“谢谢您，”若先生说，“我真是求之不得。”

“没什么好吃的，”苏珊说，“我可先告诉您，总是这些蹩脚的肉。”

“您不了解我，”若先生这一回不无嘲弄地说，“我口味并不讲究。”

约瑟夫从浴室出来，瞅着若先生，仿佛在寻思这个钟点这个人在这儿干什么呢。然后，他瞧见桌上放了四个盘子，不得不如此，他坐下，决定不管怎样要饱餐一顿。下士又一次上楼，点亮了乙炔灯。于是，他们被沉沉夜色围绕着，连同这盒子一起关闭在吊脚楼里。

“他妈的，我饿了。”约瑟夫宣称说，“还是这蹩脚的肉？”

“请坐。”母亲对若先生说道。

约瑟夫早已独自一人就坐。如同每当约瑟夫在场时那样，若先生贪婪地抽着烟。他对约瑟夫有一种莫名其妙的恐惧。他出于本能坐在约瑟夫的对面。母亲给了他一块涉禽肉，大概为了哄哄约瑟夫，亲切地对他说：

“我在想，如果你不去杀那些鸟儿，我们能吃些什么。这有点鱼的味道，不过挺好吃，而且富有营养。”她又对着若先生加了一句。

“这也许是很有营养，”苏珊说，“但就是蹩脚货。”

孩子们用餐时，母亲总是又宽容，又有耐心。

“每天晚上都是老一套，他们从来都不满意。”

他们谈论着涉禽，就好像这些鸟儿与那盒子有着一种直到那时尚不为人所知的秘密关系，那盒子体积庞大，像一颗尚未爆炸的炮弹一样毫发无损，一直摆在藤条桌上。约瑟夫大口大口地吃得很快，比平时的吃相更粗鲁，实际上在强忍住心头的怒火。

“每天晚上都是老一套，”苏珊继续说，“因为，每天晚上都吃这些肉。从来就没有任何别的东西。”

正是母亲找到了脱身的办法。

她面带含有戏弄意味的可爱的微笑说道：

“的确，从各方面来看，平原上，很少有新鲜东西。”

苏珊莞尔而笑。约瑟夫还没有听明白个中意味。

“有时候却有。”苏珊说道。

若先生听懂了，心花怒放，开始大口大口地吃他盘中的涉禽肉，与他开始用餐时，品尝这道对他来说是新菜肴的非常巴黎式的吃法截然相反。

“这是一台留声机。”苏珊说道。

约瑟夫顿时停了下来。他的眼睛在半抬的眼皮下显现出来，闪闪发光。所有人，连同若先生都看着他。

“我们已经有了一台留声机。”约瑟夫说道。

“我想，”若先生说，“这一台，怎么说呢？更新式。”

苏珊离席而起，朝那盒子走去。她扯开了胶带，打开纸盒。然后，她小心翼翼地拿起留声机，把它放在餐厅的桌子上。留声机是黑色的，花岗石纹的皮面，带有镀铬把手。约瑟夫已经停止用餐。他抽着烟，入迷地看着苏珊的举动。母亲有点失望。留声机，如同狩猎，是约瑟夫强加的不幸。苏珊掀开盖子，留声机内部显现出来：绿色呢绒的圆盘，令人目眩的镀铬金属臂。在盖子里面镶有一块小铜片，上面是一个猎狐梗坐在有它三倍大的小屋前。铜片下方写有：主人之声。约瑟夫抬起眼睛，装出一副行家的样子打量着小铜片，试着操作镀铬金属臂。然后，在目睹了留声机，又亲手触摸了它以后，他完全忘记了苏珊，忘记了若先生，忘记了这台留声机是若先生带来的，忘记了他们都正在这里领略他的幸福，也忘记了他曾约定自己决不对这台留声机表示出丝毫的惊奇。他就像梦游患者般把留声机重新装上，把唱针拧紧在镀铬臂上，打开留声机，又把它关上，再开开。苏珊走回纸盒那儿，拿出一包唱片，交给他。这些唱片全是英文的，除了一张名为《新加坡的一夜》。约瑟夫一张一张地看。

“这都是些蠢玩意儿。”他低声地说，“不过，没关系。”

“我选的都是巴黎新出的唱片。”若先生怯生生地说道，面对约瑟夫的发作，而别人又完全把他置之度外的境遇，他感到有些窘迫。不过，约瑟夫并没有坚持下去。他捧起留声机，把它放在客厅的桌子上，挨着它坐下。然后，他拿起一张唱片，放在铺着绿呢的唱盘上，把唱针放上唱片。在所有人都保持沉默之际，一个声音响了起来，起先，显得奇特、不得体，几乎是粗俗的。

新加坡的一夜，
爱情的
一夜。
棕榈树下的一夜，
夏天的
一夜。

然而，唱片放到最后时，僵局打破了。约瑟

夫捧腹大笑。苏珊开怀大笑。连母亲都说：“挺不错。”若先生极其想要看到自己再次受到重视。他从这头走到那头，力图使自己最终作为恩人被这个家庭接纳。但无济于事。对于他周围的人来说，留声机和它的赠与者之间没有什么关联。《新加坡的一夜》放完后，约瑟夫把其他的新唱片一张一张地放了一遍，无所偏爱，原因很简单，他不懂英语。再说，这天晚上，我们无法得知约瑟夫是受到了音乐的感动，或是仅仅对如何操作留声机，对它完美的机械运转感兴趣。

若先生终于走了。他一离开，母亲就问苏珊是否知道留声机的价格。苏珊根本忘记问若先生。母亲感到有些失望，下意识地要求约瑟夫别再捣鼓留声机。但是，这个晚上，这就如同要求他停止呼吸一样。母亲没太坚持，回到自己的房间，闭门不出。她刚离开，约瑟夫就说：“放《拉莫娜》吧。”他去找出他的旧唱片，《拉莫娜》是其中最为珍贵的。

拉莫娜，我曾做了一个美梦。
拉莫娜，我们俩一起离去。
我们款步
而行，
远离一切嫉妒的目光
两位情侣
从未经历过如此温馨的夜晚……

无论约瑟夫还是苏珊，从来都不唱歌词。他们只哼曲子。对他们来说，这是他们听过的最美、最动人的歌曲。乐曲甘甜如蜜，柔柔地流动。若先生声称《拉莫娜》在巴黎已有多年没人唱了，然而，这对他们并不重要。每当约瑟夫放这张唱片，一切都变得更加明亮，更加真实；不喜欢这张唱片的母亲却显得更加衰老，而他们则听见自己的青春热血，犹如一头被监禁的鸟儿在拍打着太阳穴。有时，当母亲叫喊得不太厉害，他们可以从从容容地洗澡时，约瑟夫就用口哨吹这首曲子。苏珊想，也许日后他们离去时，他们用口哨吹的也会是这首曲子。这是歌颂未来的赞歌，是出发的赞歌，是对终止焦急等待的欢呼。他们期待的就是融会到这首产生于城市的诱惑的乐曲中去，这首曲子为这种诱惑而生成，在这些城市里被人咏唱，这些城市岌岌可危，瑰异神奇，充满爱情。这首乐曲使约瑟夫产生了对一个城里女人的渴望，这个女人与她几乎无法想象的平原上的女人有着天壤之别。在朗镇，巴尔老爹也有一张《拉莫娜》唱片，但没有约瑟夫的这张用得这么旧。有天晚上，就是在随着这首乐曲与苏珊跳了舞之后，阿哥斯迪突然把她拉出餐厅，把她带到港口那儿。他告诉苏珊，她已出落得美丽动人，并拥吻了她。“不知道为什么，我突然很想拥抱你。”他们一起回到吊脚楼。约瑟夫神情古怪地注视着苏珊，然后，忧伤而宽容地莞尔一笑。从那以后，小阿哥斯迪大概就忘记了这回事，而苏珊也很少再想起，但是，无论如何，这件事是与《拉莫娜》这首曲子紧密相连的。每次，约瑟夫放这张唱片时，对让·阿哥斯迪的亲吻的回忆仿佛就回荡在这首乐曲中。

唱片放完后，苏珊问道：

“你觉得这台留声机怎么样？”

“太棒了，而且，几乎不用配备什么。”

过了一会儿。

“你向他要的？”

“我什么也没有要。”

“他就把它给你了……就这样？”

苏珊几乎没有犹豫地回答道：

“他就这样给了。”

约瑟夫默默地笑了，宣称道：

“那是个笨蛋。不过，这留声机，真是妙不可言。”

就在若先生送给他们留声机之后不久，一天晚上，在朗镇，约瑟夫决定开始同他说话。

若先生借口要监督胡椒和橡胶浆的装载，决定延长在平原逗留的时间。他在朗镇的餐厅包了个房间，在康镇另外租了房间，时而睡在这里，时而睡在那里，可能是为了躲过他父亲的监视。有时，他去城里过一两天，但回来后，每天下午就去租借地转一圈。他原本满心期待着自己的财富会对苏珊产生影响，现在开始不抱希望了，也许这种失望反倒使他开始真诚地爱上了苏珊。母亲和约瑟夫的警觉无疑只会更加激化他认为即将成为伟大感情的东西。

最初，他造访的动机十分简单，就是带他们

去朗镇跳跳舞，开开心。

“我带你们去呼吸新鲜空气。”他大大方方地宣布道。

“新鲜空气，那可不缺，”约瑟夫说，“就像水。”

但是，很快，每天下午结束便去朗镇走走的习惯对他们变得自然而然，而若先生倒忘记邀请他们了。不过，通常，是苏珊宣布去朗镇的时刻到了。约瑟夫尽管反感，但还是和他们一同前往。首先，因为坐莱昂·博来半个小时就到那儿，而坐B12则要一个小时，仅仅这一好处也许就能够使他下这个决心，其次，因为他并非不乐意去喝喝酒，即使有时候由若先生付钱晚餐。就是在那时候，约瑟夫发现有人会爱上酗酒。

然而，没有人不明白，若先生提议的这些外出活动，如同每次赠送礼物，只是为了回避别人对他寄予的期望。况且，这些外出很快就在充满厌倦和愤怒的气氛中结束，若先生的亲切和宽厚也无法缓和这种气氛。只有在他们喝足了酒，特别是约瑟夫，喝得不再注意若先生，甚至对他视而不见，这时，情况才变得可以忍受。因为他们三人都不习惯喝香槟酒，那当然很快就达到预期的效果。连一点也不爱喝酒的母亲也喝上了。她声称，她喝酒是“为了淹没自己的耻辱”。

“两杯香槟酒喝下去，我就忘记我为什么到朗镇来，我觉得是我蒙骗了他，而不是他骗了我。”

若先生喝得很少。他曾经喝得很多，他说，酒精对他几乎不再起作用。不过，除了他与苏珊面对面时还起作用，使他涌动着更加伤感的热诚。他一边跳舞一边如此忧郁地瞧着苏珊，因此，有时，当餐厅里没有别的消遣时，约瑟夫就颇有兴趣地端量他。

“他在扮演鲁道夫·瓦伦蒂诺①呢。”他说，“但是，遗憾的是，他长了个牛犊般的笨蛋脑袋。”

---

① Rudolph Valentino（1895—1926），意大利裔美国演员。

这个说法让母亲挺高兴，她笑了起来。苏珊正在跳舞，猜测到他们为什么发笑，但若先生则不明白，或者不如说，他谨慎地不想寻找他们突然这么开心的原因。

“说得好，牛犊般的笨蛋。”母亲用推波助澜的语气重复说。

那样的夜晚，约瑟夫的比喻无疑显得低级趣味，可是，对母亲来说，这无关紧要。她，她觉得这些比喻都恰到好处。她感到厌烦极了，她洒脱地把酒杯举了起来。

“那么，我们等着……”她说道。

“当然咯。”约瑟夫哈哈大笑，表示赞同。

“他们在为我们的健康干杯。”苏珊在远处一边跳舞一边对若先生说道。

“我不大相信。”若先生回答说，“我们在那里时，他们从来都不这样……”

“那是因为腼腆。”苏珊微笑地说道。

“您的微笑令人痴迷……”若先生小声地说道。

“不过，”母亲又说，“我可从来没有喝过这么多的香槟酒。”

约瑟夫喜欢看见母亲这样的惬意状态，显得有点粗俗，而又令人满足，只有他能激发起母亲这样快活的情绪。有时，他感到太无聊了，就整个晚上拐弯抹角地开玩笑，甚至当着若先生的面。譬如，当若先生不跳舞的时候，一边盯着苏珊，一边低声地唱着他觉得恰到好处具有双关意义的歌曲：“巴黎，我爱你，我爱你，我爱你……”约瑟夫就仿效他认为的牛犊声音重复地唱：“我爱你，我爱你……”这一来使得大家哄堂大笑，而若先生也只得笑笑，但是，是多么无奈的笑。

然而，大部分时间，约瑟夫都在跳舞、喝酒，不大留意若先生。有时，他同阿哥斯迪闲聊，或者去港口观看邮轮装货，不然的话就去海滨洗澡。在这种情况下，他就告知苏珊和母亲，她们俩就跟着他，而她们身后，隔开一段距离，跟着若先生。当约瑟夫喝得有点过量的时候，他就声称要游到三公里远、离岸最近的岛屿那儿去。这个计划在他没喝酒时，他从来不提，可是，那些晚上，他认为自己有能力完成这个计划。实际上，在他还没有到达岛屿前，他很可能就垮了。于是，母亲开始大声喊叫。她吩咐若先生发动莱昂·博来。只有发动机的隆隆声能使约瑟夫忘记他的计划。若先生不会不觉得那个折磨他的人的计划蛮有意思的，显然，他勉强听从了母亲的话。

正是在朗镇的餐厅里如此度过的其中一个夜晚，约瑟夫对若先生谈到了苏珊，而且，仅此一次，向他表明了自己的观点。事后，他再也不跟若先生说话，除了很久以后，他对若先生表示出极大的蔑视。

苏珊像平常一样在同若先生跳舞。母亲神情忧郁地瞧着他们。有时，特别是当她酒还没有喝够的时候，香槟酒使她见了若先生更加伤心。虽然，那天晚上，餐厅里有不少人，尤其有些女性旅客，约瑟夫则没有跳舞。也许，每天晚上这样跳舞使他感到厌倦，或者，也许，他决定要同若先生谈话使他没了兴致。他瞧着若先生比平时更加无拘无束地同苏珊跳舞。

“这就是人们所称的一事无成的人。”约瑟夫突然开始说起话来。

母亲对此不能肯定。

“这说明不了什么。我也一样，我就是最一事无成的人。”

她变得更加忧郁了。

“证据就是，对我来说，唯一的解决办法是把我女儿嫁给这个没出息的家伙。”

“那不是一回事，”约瑟夫说，“你不走运。其实，你是对的，这说明不了什么。重要的是，他得做决定。我们等得腻烦了。”

“我已经等得太久了。”母亲抱怨说，“为了租借地，为了堤坝。仅仅为了那五公顷地的抵押，我就等了两年。”

约瑟夫看着母亲，仿佛获得灵感似的。

“我们只会这样，等着，但是，只要下决心

不再愿意等待就行。我去跟他谈谈。”

若先生和苏珊跳完一曲回来。当他穿过舞池时，母亲说道：

“有时，我瞧着他，就好像在观看自己的一生，而且看来很不妙。”

若先生一落座，约瑟夫便开口讲话。

“我们厌烦了。”

若先生已经习惯了约瑟夫的措辞。

“对不起。”他说，“我马上再要一瓶香槟酒。”

“不是这个，”约瑟夫说，“我们是因为您而感到厌烦。”

若先生满脸通红。

“我们刚才谈到了您，”母亲说，“我们觉得很无聊。这事儿已经持续得太久了，我们很明白您到底要什么。您每天晚上把我们带到朗镇来，也是枉费工夫，这骗不了任何人。”

“我们也感到，一个多月以来，就这样老想着跟我妹妹睡觉是很危险的。我，我永远不会容忍这种事情发生。”

若先生低垂下眼睛。苏珊想他也许会站起身来，一走了之。但毫无疑问，他太缺乏想象力，根本想不到这么做。约瑟夫并没有喝得很多，他说话时内心交织着忧伤和厌恶，直到那时，他都强忍住这些情绪，因此，听见他终于表达出来，他们不能不感到如释重负。

“我不隐瞒，”若先生悄声地说，“我对您的妹妹怀着一种深深的感情。”

他每天都在向苏珊倾诉自己对她的感情。我呢，如果我嫁给他，对他将毫无感情。我，我不谈什么感情。她感到自己比任何时候都更加坚定地站在约瑟夫这一边。

“去跟别人说吧！我可不信。”母亲突然粗暴地说道，试图用约瑟夫那样的腔调说话。

“这有可能，”约瑟夫说，“但是，这说明不了什么。最重要的是您要娶她。”

他指指母亲。

“为了她。我呢，我相信，我越了解您，就

越不满意。”

若先生稍微恢复了镇静。他固执地低垂着眼睛。大家都盯住这如同封闭住的脑袋，这个如同地籍管理局、银行、太平洋一样瞎眼的人，要对付他的百万家产，就像对付这些恶势力一样，他们一筹莫展。尽管若先生知之甚少，但他知道他不能娶苏珊。

“不可能，”若先生口气战战兢兢地说，“在十五天内决定娶某个人的。”

约瑟夫微微一笑。一般来说，的确是这样。

“在某些特殊情况下，”他说，“可以在十五天内做出决定。情况就是这样。”

若先生抬了一下眼睛。他不知所以然。约瑟夫也许应该作些说明，但这很困难，他做不到。

“假如我们是富人，”母亲说，“也许就不同了。有钱人家里，可以等上个两年。”

“如果您不明白就算了，”约瑟夫说，“要么就娶她，要么就完，没有别的选择。”

约瑟夫稍等片时，一板一眼慢慢地说道：

“并不是我们不让她和她想要的人睡觉，而是您，如果您要和她睡觉，您就必须娶她。这就是我们骂您是畜生的方式。”

若先生又一次抬起头。面对如此大胆的直率，他大为惊愕，以至都顾不得生气。再说，这种说法跟他关系不大。人们也许会寻思，约瑟夫是否不仅仅为了他一个人说这话，而是为了听见自己说出刚发现的事：最后说的有关那些若先生们的话。

“很久以来，我就想跟您说这些话了。”约瑟夫补充说道。

“你们真是硬心肠，”若先生说，“我本来并不认为第一天晚上……”

他在撒谎。大家想到这一点已经有一个星期了。

“我们并不强迫您娶她。”母亲用一种调解的语气说，“只是先告知您。”

若先生隐忍不言。若先生的单纯想必会触动许多人。

“而且，”约瑟夫突然笑嘻嘻地说，“即便我们接受了所有的东西，留声机、香槟酒，这对您也无济于事。”

母亲看了若先生一眼，目光里隐约含着恻隐之情。

“我们是非常不幸的人。”她以解释的口气说道。

若先生终于抬起眼睛，看着母亲，由于他那不公正的命运，他认为别人应该对他作出某种解释。

“我也一样，我从来就没有感到过幸福，”他说，“别人总是强迫我做那些我不愿意做的事情。半个月以来，我做了一些我喜欢做的事，而这会儿……”

约瑟夫再也不去留意他了。

“走之前，我想跟你跳一支舞。”约瑟夫对苏珊说道。

他请巴尔老爹放《拉莫娜》。他们俩翩跹起舞。约瑟夫根本不同苏珊提起与若先生的谈话。

他同她说起了《拉莫娜》。

“如果我有一点钱的话，我就买一张新的《拉莫娜》。”

母亲坐在桌旁，瞧着他们跳舞。若先生坐在她对面，把玩着他的钻戒，一会儿摘下一会儿又戴上。

“他有时态度粗鲁，但这不是他的错，”母亲说，“他没有受过什么教育。”

“她不在乎我，”若先生低声地说，“她一声不响。”

“既然您那么富有……”母亲说道。

“这毫不相干，而且相反。”

也许，他并不像他看起来的那样傻。

“我必须防备。”他声明。

母亲望着他必须防备的人。他们正伴随着《拉莫娜》的乐曲在跳华尔兹。真是一双漂亮的儿女。总而言之，她毕竟还生养了漂亮的孩子。他们显得很幸福地在一起跳舞。她发现他们很相像。他们长着相同的肩膀，跟她的肩膀一样，一样的肤色，一样带点红棕色的头发，她的头发颜色也是那样，眼神里有着一样独特的傲劲。苏珊越来越像约瑟夫了。她认为比起约瑟夫自己更了解苏珊。

“她很年轻。”若先生口气沮丧地说道。

“不很年轻了。”母亲微笑地说，“我，我要是您，我就会娶她。”

舞跳完了。约瑟夫可不愿坐下。

“走吧。”他说道。

从那天起，他再也不跟若先生说话了。

他们之间的关系越来越冷淡。事实上，他们在他面前的言谈举止比以前更加随心所欲、肆无忌惮。

依然是在客厅，而且依然是在母亲的眼光注视下，若先生在教苏珊涂指甲油的技巧。苏珊坐在他的对面。她身着一条漂亮的蓝色丝绸连衣裙，这是留声机之后，若先生给她带来的许多东西中的一件。桌子上，放着三小瓶颜色各不相同的指甲油、一罐香脂和一小瓶香水。

“您给我修去指甲边皮时，把我弄痛了。”苏珊喃喃地抱怨。

若先生可并不那么急于弄完，想必是为了尽可能久地握住苏珊的手。他已经做了三次试验。

“这一种最适合您。”他终于说，很内行地观赏着自己的杰作。

苏珊抬起手，以便看得更清楚些。若先生选

的指甲油是一种带点橙黄的红色，使她的皮肤更加显棕色。她对这个问题没有很明确的看法。她把另一只要涂指甲油的手递给若先生，若先生握住她的手，并亲吻手心。

“如果要去朗镇的话，”苏珊说，“就得赶紧，还有一只手要涂呢。”

从敞开的门看出去，他们瞧见约瑟夫在下士的帮助下，正试着把沿路的小木桥恢复平直。骄阳似火。约瑟夫时不时吐出几句显然是针对若先生的恶言恶语，但是，若先生大概已经习惯于这种待遇，好像骂的不是他。

“王八蛋，还有他那二十四马力的车，我简直讨厌透了。”

“的确，”苏珊说，“是您弄坏了桥，应该把您的车停在大道上。”

涂好了手指甲，若先生又给苏珊涂脚指甲。他快弄完了。苏珊把一只脚搁在桌上，让指甲油晾干，他则给另一只脚最后“补涂”指甲油。

“这样行了。”苏珊说，忘了无论若先生多

么想要，也不可能给她涂上更多的指甲油。

若先生叹了口气，放下苏珊的脚，靠着椅背。他涂完了。他微微有些出汗。

“咱们不去朗镇，跳一会儿舞好吗？”若先生问，“用新的留声机放唱片来跳舞好吗？”

“约瑟夫不愿意别人碰它。”苏珊说，“而且，我都腻烦跳舞了。”

若先生又叹了口气，显出一副哀求的模样。

“如果说我想要把您紧紧地抱在怀里，这并不是我的错……”

苏珊满意地瞧着自己的脚和手。

“我，我可不想在什么人怀里。”

若先生垂下脑袋。

“您使我非常痛苦。”他语气消沉地说道。

“我去穿衣服准备到朗镇去。待在这里。如果她看不见您，她要骂的可是我。”

“别害怕。”若先生苦涩地微笑着说道。

苏珊走到阳台上叫唤。

“约瑟夫，咱们去朗镇。”

“如果我想去，我们才去，”母亲尖叫起来，“只有我想去，我们才去！”

苏珊回头转向若先生。

“她这么说说，其实，她求之不得。”

若先生对争论不感兴趣。他凝视着苏珊那双在丝绸裙下清晰地显露出来的玉腿。

“您穿着连衣裙还是像全裸着一样，”他说，“而我，我却绝对没有任何权利。”

他好像完全心灰意冷，点燃起一支烟。

“我再也不知道应该做些什么使您爱上我，”他继续说，“我想如果我们结婚的话，我会极其不幸的。”

苏珊没有去穿衣服，而是坐在他面前，怀着某种好奇盯住他看。但是，她几乎立刻就不注意他了，尽管一直在看着他，却视而不见，仿佛他是透明的，她必须通过这张脸，才能隐约看见金钱的令人眩晕的许诺。

“如果我们结婚的话，我也许会把您金屋藏娇。”若先生逆来顺受地表明道。

"如果我们结婚的话，我会有辆什么样的车？"

这也许是第三十次她提出这个问题了。不过，她对这类问题从来不感到厌倦。若先生装出一副毫不在乎的样子。

"我已经跟您说了，您想要的那种。"

"那么，约瑟夫呢？"

"我不知道我是否会给约瑟夫一辆车，"若先生急忙说，"这我可不能向您许诺。我已经跟您说过了。"

苏珊的眼光停止了在财富的那些奇妙地带探测，又回到这不让她陷入那些地带的障碍物来。她的微笑渐渐消退。她脸色剧变，以至若先生几乎马上就又说道：

"那取决于您，您知道，取决于您对我的态度。"

"您也许可以送给她一辆车，"苏珊甜甜地说服他，"这也一样。"

"我们从来没有讨论过送一辆车给您的母

亲，”若先生神态失望地说，“我可不像您以为的那么富有。”

“对她也许就算了，但是，如果约瑟夫没有车，那么您可以留着您所有的车，包括给我的那辆，然后，去娶您想要的人。”

若先生抓住苏珊的手，想要制止她变得残酷无情。他面带哀求的表情，好像都快要哭了。

“您知道约瑟夫会有他的车的，您使我变得什么都肯干了。”

苏珊朝约瑟夫那儿转过身去，他已经修好了小木桥。现在，他正在用从路上拣的石头加固桥墩。他一直在咕咕哝哝发牢骚。

“下次要让他们自己修，这些混蛋，如果他们再这样，我们就往他们的蒸发器扔沙子，反正这里不缺沙子。”

一段时间以来，每当苏珊想到约瑟夫，就感到难受，毫无疑问，是因为他还没有任何人，而她，她毕竟有若先生。

“仅仅握住您的手，”若先生嗓音颤抖地

说，“就对我产生奇妙极了的作用。”

她刚才让他握住她的手。有时，她让他握住她的手一会儿。譬如，在讨论如果他们结婚是否会送一辆车给约瑟夫这个问题的时候。

他凝视着苏珊，他闻着她散发的气息，他拥吻她，通常，这使他心情极其愉快。

“即使我不是约瑟夫的妹妹，我也会非常乐意送一辆车给他。”

“我亲爱的，我也很乐意，请相信这一点。”

“我想，如果送他一辆车，他会高兴得发疯。”苏珊说道。

“我的小苏珊，他会有车的，我的宝贝。”

苏珊嫣然而笑。夜里，在他出门打猎的时候，我会把车开到吊脚楼下，在方向盘上，我会挂上一张小纸牌，上面写着“给约瑟夫”。

若先生为了充分利用苏珊沉浸在美妙的想象中而心不在焉之机，也许甚至会无意中答应送一辆车给下士。他已经摸到前臂，比手肘略高些的地方。苏珊猛地意识到了。

“我去穿衣服，”她说，同时缩回了手臂。

她站起身，走进浴室，关上门。过了一会儿，若先生来敲门。自从送了留声机之后，他开始养成了习惯，她也一样。每天晚上都是这样。

“开开门，苏珊，给我开开门。”

“我非常希望这个时候她上楼，这是我想要的……”

“一秒钟，就看您一眼的时间……”

“她或者约瑟夫。约瑟夫很强壮。他一脚就把人踢到河里去。”

若先生根本就不听。

“只是一小会儿，一秒钟。”

若先生并非不知道他所冒的风险。但是，他听着水滴落在苏珊身上的声音，对约瑟夫的恐惧心理都无法抵抗这声音。他用尽全身的力气靠在门上。

“真想象不到您一丝不挂，真想象不到您一丝不挂。”他嗓音暗哑，反复地说道。

“您可提起一件事。”苏珊说，“如果您处在我的位置，我不会想要看您的。”

想起若先生没有戴钻戒、帽子，没有利穆新车，然而穿着游泳衣在朗镇的海滩上闲逛的模样，苏珊就怒火中烧。

“您在朗镇为什么不洗澡？”

若先生稍微恢复了镇定，也没那么使劲地靠在门上了。

“我不能洗海水浴。”若先生尽可能威严地说道。

苏珊高兴地往自己身上擦肥皂。若先生给她买了薰衣草味香皂，从那以后，她每天要洗两三次澡，可以使自己总是香喷喷的。薰衣草的香味飘到若先生鼻中，让他了解到苏珊洗澡洗到哪一步，使他越发觉得苦恼。

“为什么不允许您洗海水浴？”

“因为我体质弱，海水浴使我感到疲倦。开开门，我的小苏珊……就一秒钟……”

“这不是真的，是因为您长得难看。”

苏珊猜测他正贴紧浴室的门，忍受着她说的

一切，因为他肯定自己会获胜。

“一秒钟，仅仅一秒钟而已……”

苏珊想起约瑟夫在朗镇跟他说的话。“不是我不让她和她想要的人睡觉，而是如果您要和她睡觉，就必须娶她。这就是我们骂您是畜生的方式。”

“约瑟夫说得对……”

若先生用全身的力气推门。

“我才不管约瑟夫说什么呢。”

“这不是真的，您怕约瑟夫，甚至不是一般的害怕。”

他又一次闭上嘴，轻轻地离开了门。

“我想，”他悄悄地说，“我从来没有见过比您更恶毒的人了。”

苏珊停止了冲洗。母亲也曾说过这样的话。这是真的吗？她在镜子里打量着自己，寻找着，但并没有找到任何说明这一点的痕迹。约瑟夫，他说不，说她并不恶毒，只是冷漠、傲慢而已，他让母亲放心。但是，听见别人这么说，即使是听到若先生说这话，仍然使苏珊内心产生一种恐惧。每当若先生这么说的时候，她就给他打开门。所以，他就越来越频繁地说这句话。

“去看看他们是否一直在那头。”

她听见若先生迅速地走进客厅。他傲然地站在门口，并点燃了一支烟。他竭力要使自己平静下来，但是，他的手颤抖不已。约瑟夫和下士还没有加固完桥墩。他们看来还不想马上回来。母亲也和他们在一起，她好像正在全神贯注地看着他们，和每次她看约瑟夫干活时的神情一样。若先生回到浴室门外。

“他们一直在那头呢，苏珊，快点。”

苏珊把门微微开了一点。若先生朝她冲上一步。苏珊蓦地用力关上门。若先生便待在门外。

“现在，去客厅。”苏珊说。

她开始穿上衣服。她动作迅速，根本不瞧自己一眼。昨天晚上，若先生曾对她说，如果她同意和他一起到城里旅行，他就会送给她一枚钻戒。苏珊问他钻石的价格，他没有明确说明，但他告诉她肯定值这座吊脚楼。她没有对约瑟夫提起这件事。若先生告诉她钻戒已经在他家里，就等着她做出决定后给她。苏珊穿上了连衣裙。现在，她给若先生打开浴室的门已不再够了。那对留声机来说是足够了，但是，对钻戒却不够。钻戒价值相当于十台，二十台留声机。在城里待三天，我不碰您，我们去看电影。关于这个打算，他只跟苏珊说起过一次，就在前一天晚上，他们在朗镇跳舞的时候，他悄声说的。一枚值一座吊脚楼的钻戒。

苏珊打开了门，走到阳台上，就着亮光化妆。然后，她去客厅又见到了若先生。这一天里，唯有这一瞬间，苏珊隐隐约约地考虑他是否还值得少许同情呢。浴室那一幕发生后，他似乎被打垮了，以他的软弱，忍受了如此的重负，经受了如此剧烈的欲海情波，他完全被压倒了。他已经承受了如此的考验，这倒使他有了一些人情味。但是，苏珊却找不到一个不欺骗他的方式，来告诉他这一点，尽管她努力寻找，总是徒劳。

于是，她放弃了。而正是在那个时候，每天晚上去朗镇散步的事才决定下来。而且，这很快变得比其余所有的事情都重要。约瑟夫已经修完了木桥，但是母亲一直在跟他不知唠叨什么。

“您很美。”若先生说，但没有抬头。

已经听见在河里戏耍的孩子们的叫喊声。母亲并不想去朗镇。她老了。她变得疯疯癫癫，惹人讨厌。有一些男人到朗镇来，有狩猎者，种植园主，但她可能对此做什么呢？总有一天，苏珊会离开平原，母亲也一样。她打量着若先生。也许还是跟这个人走，因为她那么穷，而平原离那些男人待的城市是那么遥远。

“您美丽而又性感。”若先生说道。

苏珊对若先生微笑。

“我现在只有十七岁，我将变得更美。”

若先生抬起头。

“我如果把您从这里带走，您会离开我的，我肯定。”

母亲和约瑟夫登上楼梯。他们觉得太热了。

约瑟夫用手帕擦额头上的汗。母亲则摘去了草帽，太阳穴上有一道红印。

“你在这儿，”约瑟夫对苏珊说，“你不会化妆，简直像个妓女。”

“她就像她是的模样。”母亲说，“有什么必要跟她说这些话？”

她倒在椅子上，这时，感到厌倦的约瑟夫则回到自己的房间里。

“去朗镇吗？”苏珊问道。

“你们俩都干了些什么？”母亲问若先生。

“夫人，我对令爱敬重有加……”

“万一我发现了什么，我可是要迫使您在一星期内娶她。”

若先生站起身，靠在门上。跟往常一样，母亲或约瑟夫在场时，他就不停地抽烟，从来也不坐下。

“我们什么也没做，”苏珊说，“我们甚至互相碰都没碰过，你别担心，我没那么傻，我清楚……”

“闭嘴。你什么也不明白。”

若先生走到阳台。苏珊再也不想他们是否去朗镇。和母亲一起，无法知道会怎么样。也不该指望约瑟夫，他对若先生极其反感，根本就不提朗镇，尽管他每天都想去那儿。母亲拉了一把椅子到身旁，把两条腿伸在上面。她的脚底板使人联想到下士的脚板，皮肤已变得坚硬，而且饱经土台上小碎石的磨损。她不时地大声叹息，揩自己额上的汗。她面色通红。

“给我拿点咖啡。”

苏珊站起身，去取餐柜上的一壶冷咖啡。她倒了一杯给母亲。母亲从苏珊手里拿过杯子，一边轻声地呻吟。

“我吃不消了，给我药丸。”

苏珊去找药丸，然后给了她。她默默地顺从着。最好就是这样，默默地服从，这样，母亲的怒火就自个儿熄灭了。若先生一直待在阳台上。约瑟夫在淋浴，浴室里传出瓶瓶罐罐的碰撞声。太阳快要下山。孩子们从河里出来，已经在向茅屋跑去。

“把我的眼镜给我。”

苏珊到房间里把眼镜拿来给她。她可能还要苏珊拿别的东西，她的账簿、她的包等等。必须服从她。感受孩子们的耐心是她的乐趣，也是她的幸福。她拿到眼镜便戴上了，开始偷偷地审视苏珊，非常仔细地端详她。苏珊面对门而坐，知道母亲在瞧着她。她也知道随之将发生什么，她竭力回避母亲的眼光。她不再去想朗镇了。

“你跟他谈了吗？”她终于问道。

“我一直在同他谈呢。我想是因为他的父亲，他才决定不了。”

“你必须最后再同他谈一次。如果这三天内决定不下来，我要同他谈，我给他一个星期做决定。”

“并不是他不愿意，而是他的父亲。他的父亲要他同富家女结婚。”

“他非常富有，尽可以追求阔小姐，而阔小姐有选择的权利，不会要他。应该设身处地为我们想，一位母亲需要把自己的女儿给这样一个男人。”

“我会同他谈的，你别担心。”

母亲不再说话。她继续端详着苏珊。

“你跟他什么也没做，是真的吗？”

“什么也没有。首先，我根本不想。”

母亲叹了口气，然后，羞涩地低声问道：

“要是这事儿成了，你怎么办？”

苏珊转过身来，微笑着瞧她。但是，母亲没有一丝笑容，嘴角颤抖不已。也许，她又快要哭了。

“我会搞定的，”苏珊说，“你这么说，就像我可以应付……”

“如果你实在没有办法的话，我宁愿你待在这里。所有这一切都是我的错……”

“住嘴，”苏珊说，“别说傻话，这不是任何人的错。”

“真的，可真是这样的。”

“别说了，”苏珊恳求她，“别说了。咱们去朗镇吧。”

“好，走吧，只要你们那么高兴去，你们总是会得逞的。”

母亲改变了看法。她决定他们不应该再单独待在吊脚楼里，即使大门敞开也不行。想必她认为，这已不足以刺激若先生的急躁情绪。既然这个人老是在期待不知什么东西，她说，那么，她非常清楚，要促使他求婚，这样已经不够了。

于是，苏珊就在河边斜坡上木桥的阴影下见若先生。大家都在等他下决心。母亲已经同他谈过，并给他一星期时间考虑。若先生接受了这一期限。他向母亲承认他父亲对他有别的安排，虽然在这块殖民地，资产状况配得上他们家的年轻姑娘并不多，但还是有足够的人选，因此，他很难使他父亲让步。然而，他答应母亲，为了达到目的，他一定全力以赴。但是，就在他说要不遗余力地说服他父亲的那些日子里，他越来越多地对苏珊说起钻戒，只对她一个人说。仅这一枚戒指就值整个一幢吊脚楼。如果苏珊同意和他一起进城做一次为时三天的短期旅行，他就会把这钻戒给她。

苏珊在几周前曾在那儿观察猎人们汽车的地方接待他。

“我从来没有受到如此的待遇。”若先生说道。

苏珊莞尔一笑。她也更喜欢在那儿见若先生，她和母亲的意见一致。而且，现在，当若先生在桥下等她的时候，她可以安安静静地洗澡了。他因此成了一个几乎滑稽极了的可笑人物，而苏珊却更能容忍他。

“如果我把这情形告诉我的朋友们，他们不会相信的。”若先生接着说道。

下午的天气还是火辣辣地热，骄阳正当空高照。最年幼的孩子还在芒果树下午睡。年龄大些的孩子则在放牛，有的呆在牛背上，有的则同时在洼地里钓鱼。他们都在唱歌。他们稚嫩的嗓音，尖声尖气的，在宁静而火热的空气中回响。

母亲在修剪香蕉树。下士扶着树，然后，在母亲后面给香蕉树浇水。

“平原上的香蕉树已经太多了，”若先生嘲讽地说，“这里，人们把香蕉喂猪呢。”

“得由着她。”苏珊说道。

母亲假装相信，她那些受到特别照料的香蕉树会结出特别美的果实，她可以把它们卖掉。但主要是她喜欢种植，不管是什么植物，甚至是平原盛产的香蕉树。即便堤坝被冲毁，她也没有一天不种些东西，无论什么能生长的植物，无论能长出枝条或果实或叶子，或什么也不长，仅仅是在生长的植物。数月前，她种了一种植物。这种植物要花上一百年才能成材，用于制作高级木器。她在一个愁云惨雾的日子里栽种了它，那一天，她大概突然之间对未来完全绝望了，思绪茫然。她一把它种下就哭泣着凝视这植物，哀叹着自己人生在世不能在这片土地留下对别人更有用的痕迹，只有这么一棵自己也许甚至看不到初绽花朵的树。第二天，她到种下这棵乌木树的地方去看，但遍寻不见。约瑟夫已经把它拔掉，扔到河里去了。母亲大发雷霆。“这种要长一百年的玩意儿，”约瑟夫解释说，“老看着它，让我讨厌。”母亲妥协了，从此，她只好选择那些生长迅速的植物。“你有足够的理由抱怨，”约瑟夫曾对她说过，“无须寻找别的理由，你尽管种香蕉树吧。”这正是她已经做的，于是，她特别选择香蕉树来种。

当母亲对植物不感兴趣时，就关心起孩子们。

平原上有许多孩子。这简直是一种灾难。到处都有孩子，他们栖息在树上，栅栏上，水牛背上，梦想着，或蹲在河边钓鱼，或在泥泞中打滚，寻找稻田里的小蟹。在河里也能发现在涉水、玩耍或游泳的孩子。在驶向大海，驶向太平洋绿色岛屿的帆船船头也有着喜笑颜开、欢欣雀跃的孩子，他们待在大柳条筐里，只露出个脑袋，比世界上任何人都开心地笑着。往往在到达山坡上的村落前，甚至在瞧见村头的芒果树之前，人们先遇见那些森林村庄里的孩子，他们皮肤上涂满了红花油，防止蚊子的叮咬，身后跟着一群群野狗。因为，孩子们到哪里，总是把他们的伙伴带在身后，就是这些瘦骨嶙峋、满身疥疮的野狗，它们是偷家禽的老手，马来人用石头块赶跑它们，只有在大饥荒时期，马来人才食用这些狗，它们是那么瘦，那么难嚼动。唯有孩子们将就与它们为伴。而这些野狗如果不跟着孩子，想必也只有饿死，孩子们的粪便是它们的主要食物。

太阳一落山，孩子们就隐没在茅舍里，吃了米饭，就地睡在竹板条上。天一亮，他们重又蜂拥于平原各处，身后总是跟着野狗，这些野狗蜷缩在茅屋木基之间平原特有的又热又臭的泥泞中，整夜等候着孩子们。

这些孩子像雨，像果子，像洪水。他们如有

规律的潮水般每年来临，或者也可以说如同收获或开花那样如期而至。平原上每个女人，只要她还比较年轻，能使她丈夫产生欲求，那么她每年都会有孩子。旱季时，稻田的活儿减少了，男人们就更想做爱，而女人们自然而然地在这个季节里忙着怀孕。随后的几个月里，女人们的肚子就渐渐大了。因此，除了已经出生的孩子以外，还有在女人们的肚子里的孩子。这一切都按照植物成长的节奏，有规律地持续着，每年，每个女人的肚子仿佛在悠长而深沉的呼吸中鼓起，怀上了孩子，然后，把他甩掉，缓口气再怀另一个孩子。

一直到将近一岁左右，孩子都是被放在一个缠在肚子和肩膀上的棉兜里，挂在他们母亲身上生活。直到十二岁，长到能给自己捉虱子，他们都是剃的光头，而且，差不多直到这个年纪，他们都是一丝不挂的。然后，他们系一块棉质的缠腰布。孩子一岁时，母亲就放他们远远的，把他们交给更大的孩子，只是在喂食时才把他们抱回来，口对口地喂他们自己预先嚼烂的米饭。当她们偶尔在一个白人面前这么做时，这个白人就会反感地把头扭过去。母亲们则对此付之一笑。在平原上，这种反感又能代表什么呢？许许多多年以前，人们就是这样喂养孩子的。这是为了尽量从死亡中拯救一部分孩子。因为，孩子如此大量地死去，以至平原的污泥中容纳了更多的死孩子，比那些有闲暇坐在牛背上唱歌的孩子多得多。孩子死得那么多，以至人们不再为他们哭泣，很久以来，人们已经不为他们举行葬礼了。仅仅是父亲劳作完毕回来，在茅屋前挖一个小穴，把死去的孩子放倒在里面。孩子们只是像山丘上的野芒果，像河口的小猴儿那样回归土地。他们主要是死于青芒果传染的霍乱，但是，平原上似乎没有人知道这一点。每年，芒果季节时，就看见孩子们攀上树枝，或待在树下，饥肠辘辘地等待着，于是，随后的日子里，孩子大批死亡。下一年，其他的孩子攀登上同样的芒果树，取代这些孩子，而他们也死了，因为，挨饿的孩子们面对青芒果永远是饥不择食的。另外有些孩子溺死在河里。还有些孩子死于日射病，或变成瞎子。有些孩子和野狗一样体内塞满虫子，给憋死了。

必须有孩子死去。平原太狭窄了，而海潮总是和母亲的希望相反，几个世纪内都不会退去。每年，潮水或远或近地上涨，不管怎样都要毁掉一部分收成，作恶过后就退却了。但是，不管潮水涨得远或近，孩子们，他们总是顽强地出生。必须死去一些孩子。因为，如果仅仅几年时间内，平原的孩子不再死亡的话，平原上充斥了如此之多的孩子，以至由于人们无法喂养他们，可能会把他们喂狗，或者，也许就把他们撂在森林边，可是，到那时，谁知道，也许连老虎最终都不再想吃他们了。因此，不管怎样，有孩子死去了，而总是有孩子在出生。但是，平原始终只提供它所能给予的稻米、鱼、芒果，以及森林，它还能提供玉米、野猪、胡椒。孩子们那粉红色的小嘴又总是因饥饿而张开着。

到平原居住的最初几年，母亲家里总是有一两个孩子。可是，如今她也感到有些厌倦。因为，她在孩子方面也不走运。她最后照管的一个孩子是一岁的小女孩，是她从一个路过的女人手中买来的。这个女人一只脚有病，花了一星期的时间从朗镇过来；一路上，她曾试图送掉孩子。在她停留的村庄里，有人告诉她："到邦代去吧，那儿有个白种女人很关心孩子。"女人终于成功地来到了租借地。她向母亲解释说，她要回到北方去，但她的孩子碍手碍脚的，她也许永远都不可能带着女孩一直走到那儿。一道可怕的伤口从她的脚后跟开始裂开，使她的脚疼痛难忍。她说，她是那么爱她的孩子，她踮着这只伤脚的脚尖，行走了三十五公里，把孩子带来给母亲。但是，她不愿再这样下去。她想要在客车车顶上找个位置，回到她在北方的家。她是从朗镇来的，她在那里干了一年搬运的活儿。母亲留这个女人住了几天，尽力治疗她的脚。整整三天，这个女人睡在吊脚楼背阴处的一张席子上，只是在吃饭的时候才起来，然后接着又睡，也不问一问她孩子的情况。后来，她向母亲告辞。母亲给了她一些钱，让她可以坐一段朝北开的客车。母亲本想把孩子还给她，但是这个女人还年轻漂亮，还要生活下去。她执拗地拒绝了。母亲留下了孩子。这是个看上去像三个月大的一岁小女孩。母亲很在行，她第一天就看出这女孩可能活不长。然而，不知道为什么母亲竟一时兴起为她做了个小摇篮，放在自己的卧室里，而且，还给她做了些衣服。

小女孩活了三个月。后来因为一天早上，母亲给她脱了衣服洗澡，发现她的双脚都肿胀了。那一天，母亲就没有给她洗澡，让她重新躺下睡觉，久久地抱着她，说道："完了，糟透了，明天就会肿到大腿，然后就是心脏。"母亲守护了她两天，加上她去世的前一夜。小女孩喘不过气来了，吐出虫子，母亲把虫子从她的嗓子里拉出来，缠绕在手指上。约瑟夫把小女孩埋在山间的林中空地里，连同她的小床。苏珊不忍看这女孩。这件事比那匹死去的马更糟糕，比一切都更糟糕，比堤坝、若先生、晦气，都更加糟糕。母亲尽管已经料到这一点，但还是哭了好多天，她赫然而怒，发誓再也不收养孩子了，“无论从近处还是远处来的”。

然后，如同其他事情一样，母亲故态复萌。不过，现在，她再也不收养孩子了。

“得由着她去做，”苏珊说，“没有人能阻止她做自己想做的事情。”

在这一段时间里，母亲非要他们待在外面。

“不，真的，我从来没有受到过这样的待遇。”若先生重复道。

他斜视了一眼母亲，眼神里充满仇恨。现在，因为她的缘故，他每天都要冒生命危险。在桥下并不总是有背阴处，他觉得自己面临着日射病的威胁。当他向母亲说起时，母亲就回答他说：“对您来说，是又一个赶快娶她的理由。”

“眼下，”他说，“电影院里放的电影都挺好的。”

苏珊，光着脚，正在脚趾间摆弄着草梗玩儿。在她对面的斜坡上，有一头水牛正在慢条斯理地吃草，牛背上有一只乌鸫在高兴地啄它身上的虱子。这就是平原上有的全部电影镜头。这个，还有稻田，还有那在铁灰色的天空下，从朗镇延伸到康镇的如出一辙的稻田。

“她决不会愿意的。”苏珊说道。

若先生冷冷一笑。在若先生所处的社会阶层，认为女孩在婚前要洁身自好，保持处女之身。但是，他很清楚，在别处，在其他阶层，情况并非如此。其他那些阶层由于自身的环境，至少缺乏自然的禀赋。

“您有的难道不是青春，”他说，“她，她可是忘记了她自己曾经拥有的，这简直不可能。”

确实，她已经受够了这平原，这些老是在死去的孩子，这没完没了的炎日，这些永无尽头的海水。

“不是这个问题，她不愿意我跟您睡觉。”

若先生并不作答。苏珊等了一会儿：

"每天晚上都去看电影吗？"

"每天晚上。"若先生进一步肯定地说道。

他在身下铺了一张报纸，以免弄脏自己的衣服。他汗流浃背，不过，也许不是因为炎热，而是由于瞧见了苏珊的秀发下缓缓显露的颈项。他从来都没有碰过她。其他人正横眉怒目地监视着。

"每天晚上都去看电影吗？"

"每天晚上。"若先生重复说道。

对于苏珊和约瑟夫来说，每天晚上去看电影，是人间享有的幸福所可能有的一种形式，如同坐上小汽车那样，总而言之，一切能带走东西的，一切能把你们带走的，无论是带走灵魂，还是身体，无论是通过道路还是在比生活更加真实的银幕的梦幻中把你们带走的，所有能够给予人们飞快度过少年时期缓慢变革的希望的，那就是幸福。有两三次他们去城里，他们几乎整天都在看电影，而且，他们还非常精确地谈论他们看过的影片，仿佛是对他们共同经历的真实事情的回忆。

“看完电影以后呢？”

“咱们去跳舞，所有的人都会看着您。您将是所有女人中最美的。”

“那可不一定。然后呢？”

母亲决不会同意。即使母亲同意了，约瑟夫，他也决不会同意。

“然后，我们睡觉，”若先生说，“我不会碰您的。”

“这不是真的。”

她再也不相信这次旅行。此外，她认为已经摸透了若先生可能保留的所有意想不到的事情，而这对她已经变得无所谓了。几天来，她重新无意识地等待着猎人的汽车，同时又和若先生谈论着城市、电影和婚礼。

“我们什么时候结婚呢？”她依然机械地问，“您剩下的日子可不多了。”

“我一再告诉您，”若先生慢腾腾地说，“当您向我证明一次您的爱情的时候。如果您答应做这次旅行，一回来我就去向您母亲提出求婚。”

苏珊又笑了起来，并朝他转过身来。他低垂下眼睛。

“这不是真的。”她说道。

若先生满脸通红。

“现在不是说这件事情的时候，”他又说，“这无济于事。”

“您父亲会剥夺您的继承权，请别说反话。”

母亲已经把自己同若先生的谈话告诉了她。

“您父亲是个十足的笨蛋，就像约瑟夫说的那样，不过他说的可是您。”

若先生默不作答。他点燃一支烟，他好像在等待这事儿过去。苏珊打了个呵欠。是母亲要求她每天都向他提这个问题。她心急如焚。苏珊一旦完婚，若先生就会给她重新修筑堤坝的钱（她预计这堤坝比其他的要大两倍，并用水泥柱子加固），还有修缮完吊脚楼，换屋顶，另买一辆小车，以及让约瑟夫修整牙的钱。如今，她认为苏珊负有延迟了她种种计划的责任。这件婚事必须成功，母亲这么说。这甚至是他们走出平原的唯一机会。如果这件事不成功，那么，这就同堤坝一样，是又一次的失败。约瑟夫让母亲把话说完，然后下结论："这件事永远成不了，这对她更好。"苏珊知道这件婚事也许永远不会成功。她没有什么可对若先生讲了。他曾上百次地向她描述他的财富和那些一旦他们成婚她可能拥有的小轿车。现在说这些毫无用处。其他的事情也一样，如同这短期的旅行和钻戒一样，毫无用处。

蓦然间，苏珊感到更加厌烦了。她希望若先生走开，约瑟夫回来和她一起去河里游泳。自从若先生来了之后，她几乎见不到她的兄长，首先，因为他声称在若先生身边"无法呼吸"，其次，因为他了解母亲的计划，让他们俩单独在一起，让她和若先生每天尽可能长久地待在一起。苏珊只能在朗镇餐厅里见到约瑟夫，在那儿，有几次他请她跳舞，时而他们一起去海里游泳。但因为若先生不游泳，母亲认为让若先生孤零零地待着是不得体的。她生怕这样会使他心怀恶意。

而实际上，当他们在朗镇游泳时，若先生就用杀手般的眼光瞅着约瑟夫。不过，约瑟夫只要一拳就会把若先生击得粉碎。这是一目了然的，因此，看见他们俩在一起时，若先生本人应该放心：对约瑟夫来说，他太虚弱，分量太轻了，他完全可以笃笃定定地恨约瑟夫。

“我把这些带来了。”若先生沉着地说道。

苏珊惊跳起来。

“什么？钻戒吗？”

“钻戒。您可以挑选，您总是能够挑选的，谁料得到呢？”

她瞧着他，神色颇显怀疑。但是，他已经从口袋里拿出一个薄棉纸糊的小盒，他慢慢地把盒子打开。三张薄纸掉在地上。三枚戒指摊开摆放在他的手心里。苏珊向来只在别人的手指上看见过钻戒，而且，所有那些她看见戴钻戒的人，除了若先生，她都没有接近过。戒指就在那里，和没有装饰的指环一起，在若先生伸出的手中。

“这是我母亲的，”若先生满怀感情地说，

“她曾狂热地喜爱这些戒指。”

随它来自哪里呢。她的手指上可是没有戒指。她靠近若先生的手，拿起一枚钻石最大的戒指，举起来，神色严肃地、久久地打量着。她放下手，把戒指展示在眼前，然后，把它套在自己的无名指上。她的眼睛始终不离钻石。她向若先生嫣然而笑。在她儿时，她父亲还活着的时候，她曾经有过两枚小孩戴的戒指，一枚上面镶嵌着一粒小小的蓝宝石，另一枚则镶着一颗天然珍珠。后来，这两枚戒指都被母亲卖掉了。

“这个值多少钱？”

若先生微微一笑，仿佛早就料到似的。

“我不知道，大概值两万法郎。”

苏珊本能地看了看若先生戴的那枚镌有姓氏的戒指。那枚戒指的钻石比这一枚要大三倍。不过，还是思潮澎湃……这是一件实实在在的东西，钻石；它的重要性既不在它夺目的光彩，也不在它的美，而是在它的价值，在它对于苏珊来说直到现在也无法想象的用以交换的种种可能性。这是一件物品，一个过去和未来之间的中介物。这是一把开启未来、永久封闭过去的钥匙。通过钻石纯净如水的光泽，未来确实正在展开，辉煌灿烂。进入这未来，有点眼花缭乱，头晕目眩。母亲大概欠了银行一万五千法郎。在购买租借地之前，她教课，每小时十五法郎，十年内，她每天晚上在伊甸影院工作，为了一晚上可以挣四十法郎。十年后，她就用这每天四十法郎节省下来的钱，得以购买租借地。苏珊清楚所有这些数字：欠银行的债，汽油的价格，堤坝每平方米的价格，教一堂钢琴课的所得，一双鞋的价钱。直到那时，苏珊不了解的是钻石的价格。在拿给她看钻石之前，若先生曾告诉她，仅这枚戒指就值整个一幢吊脚楼。然而，这个比喻却不像此刻她把小小的戒指套上手指时那样令人百感丛生。她把所有自己熟知的价格都想到了，把它们同钻戒相比，突然，她感到灰心丧气。她仰坐在斜坡上，对刚刚获悉的情况佯装不知。若先生困惑不解。但想必他已经开始对此习惯了，因为他什么也没有对苏珊说。

“您最喜欢的是这枚吗？”过了一会儿，他轻声地问道。

“我不知道，我想要最贵的。”苏珊说道。

“您只想着钱。”若先生说道。

他一边说，一边有点厚颜无耻地笑了。

“这是最贵的。”苏珊认真地重复说道。

若先生感到恼火。

“如果您爱我……”

“即便我爱您也是这样。这是不可能的，万一您把钻戒给了我，我们也会把它卖了。”

远处，约瑟夫正来到大路上。他决定再买一匹马，一个星期以来，他从一个村跑到另一个村。一瞧见他，苏珊就站起身。她发出了愉快、尖锐的笑声。她一边叫唤一边朝约瑟夫走去。

“约瑟夫，来看呀！”

约瑟夫从容不迫地迎着她走来。他身穿一件土黄色卡其布衬衫，一条同样颜色的短裤。他帽子搁在脑后。跟往常一样，他光着脚。自从认识若先生以来，苏珊发觉约瑟夫比以前越发英俊了。约瑟夫走近身边时，苏珊伸出了手，在她的手指上，约瑟夫瞅见了钻戒。他没有丝毫惊奇之色。也许是太小了，一枚钻戒。一辆汽车肯定会打动他，而一枚钻戒却不能给他以深刻的印象。约瑟夫对于钻石之类的东西一窍不通。苏珊觉得很遗憾。他也该学会这些。

约瑟夫心不在焉地看了看戒指，就同她谈起了自己的马。

“没办法买到一匹价钱低于五百法郎的马。这不是适合马的地方，甚至对马都不合适，它们都死了。”

苏珊，站在他身旁，向他伸出手让他看。

“你看！”

约瑟夫又看了看。

“这是枚戒指。”他说道。

“一枚钻戒，”苏珊说，“值两万法郎呢。”

约瑟夫又再看了看。

“两万法郎？他妈的！”约瑟夫说道。

他开始露出微笑。然后，他思索了一下。然后，突然打定主意克服内心的厌恶，他向正待在桥下离他们五十米远的若先生那儿走去。苏珊紧随他身后。约瑟夫走到离若先生很近的地方，在他身旁坐下，然后，凝视着他。

“您为什么给她这玩意儿？”片刻后，约瑟夫问道。

若先生面色发白，瞧着自己的脚。苏珊在一旁插话。

“他没有给我。”苏珊一边说，一边也瞅着若先生。

约瑟夫闻言如堕烟海。

“他借给我的，就是这样，让我试戴的。”

约瑟夫做了个鬼脸，表示不满，朝河里吐了口唾沫。然后他又盯着若先生，若先生已经开始在抽烟，约瑟夫狠狠地瞅着他，又朝河里吐唾沫。这样持续着。约瑟夫在考虑，在用朝河里吐唾沫的动作来强调他的意见。

“如果不是要送给她的，”他终于说，“那就没有必要这样。”

“不用急。”若先生说道，语调平直而苍白。

“得还给他。”约瑟夫对苏珊说。

然后，他重又转向若先生说道：

“您带这玩意儿给她，只是为了给她看看的吗？”

若先生竭力想说些什么，但是，他大概不知如何回答。约瑟夫面对着他，仿佛在克制自己做某件事。他说话的声音生硬、快速，但丝毫也不刺耳。若先生的脸色越来越苍白了。苏珊一下跳了起来，面对若先生，也开始定睛注视他。如果她不立刻告诉约瑟夫若先生是个什么样的人，那么，她再也无法说了。况且，这件事已经做了一半。若先生也许再也不会从这一回合中重新振作起来。再说，她受够了，有朝一日，这一切都应该结束。

“如果我跟他走，他就把戒指给我。”

若先生做了个手势，仿佛要打断苏珊说话。他的脸变得更加苍白了。

“去哪儿？”约瑟夫问道。

“去城里。”

“永远？”

“八天。”

若先生把手乱挥，表示否认。他简直快要晕过去了。

“苏珊讲得不清楚……”他用恳求的语气说道。

约瑟夫不再听他说。他转身朝河那儿走去。看他的态度，苏珊就明白，事情已成定局，她再也不会跟若先生走了，无论结婚与否。

“要是你不马上把戒指还给他，我就把它扔到河里去了。”约瑟夫镇定地说道。

苏珊把戒指从手指上褪下，在约瑟夫背后把戒指递给若先生。不管怎样，还是不能让约瑟夫把戒指夺走，扔到河里去。在这一点上，苏珊觉得自己成了若先生的同谋：必须拯救钻戒。若先生拿过戒指，放入口袋。约瑟夫转过身来，看见了他。约瑟夫站起身，朝吊脚楼走去。

“现在可完了。”片刻后，若先生说道。

“这是预料中的，”苏珊说，“再说，总是这样的。”

“何必告诉他呢？”

“迟早有一天，我会告诉他的。我不能不跟他说说钻戒。”

片刻间，他们无言以对。前一天晚上，他们曾在朗镇待得很晚，苏珊发觉自己感到很困倦。

若先生似乎垮了，十分消沉。他的车停在路的另一边，在桥的那一头。那的确是一辆棒极了的利穆新。它即将回到北方，它就是从那儿来的，若先生将同它一起离开。也许他还没有弄懂。

“我想没有必要再回来了。”苏珊说道。

“真是可怕。”若先生断言说，“何必要告诉他呢？”

“我从来没有见过钻石，我无法克制自己，不应该给我看，您无法理解。”

“真可怕。”若先生重复说道。

野鸭和饥饿的乌鸦正在空中展翅。间或有一只野鸭飞落下来，在浑浊的河面上舞蹈。这一切就是我成年累月还要看到的世界的全部。

“有朝一日，我一定会找到一位路过的猎人，”苏珊说，“或者是在这附近的种植园主，或者来朗镇安家的职业狩猎者，也许阿哥斯迪，要是他下决心的话。”

“我不能，这是不可能的。”若先生唉声叹气地说道。

他好像在同一个无法忍受的形象拼搏。他又是顿足又是跺脚的。

“我不能，我不能。”他反复地说道。

如果他滚蛋，我就会和约瑟夫一起去游泳了。

“苏珊！”若先生叫喊道，声音大得仿佛苏珊已经走远了。

他站起身来，好像松了口气，显得兴高采烈，颇具睿智似的。他找到办法了。

“我还是把戒指送给您！”他大声叫喊说，

“去告诉约瑟夫吧。”

苏珊也站起身。他拿出戒指递给苏珊。苏珊又看着戒指。钻戒属于她了。她拿着戒指并没有往手指上套，而是攥在手心里，没有同若先生道别，飞快跑向吊脚楼。

苏珊跑到了吊脚楼里。约瑟夫不在那儿。然而，她瞧见母亲正站在炉子前准备晚餐。她舞动了一下手中的钻戒。

“瞧，一枚戒指。值两万法郎呢。他送给我了。”

母亲在稍远处看了看。她缄默不语。

若先生在桥下等苏珊返回，但是，苏珊没有回来，他就走了。

一小时以后，在他们入座就餐之前一会儿，母亲和蔼地要苏珊把戒指给她，让她好好看看。这时，约瑟夫就坐在客厅里，能听见她向苏珊提出的要求。

“把它给我。”她亲切地说，“我刚才几乎看不见。”

苏珊把戒指递过来。她接过戒指，放在手心里，久久地打量着。然后，她不作任何解释，走到自己的房间去，关上房门。当她走出餐室，突然装出一副愤怒的样子时，看她那种特别容易识别的表情，约瑟夫和苏珊就明白了：她是去把钻戒藏起来。她把所有的东西都藏起来，奎宁、罐头食品、烟草，所有能卖掉的或能买到的东西。她把戒指藏起来是出于一种迷信的恐惧，因为怕看见这枚戒指从苏珊过于年轻的手中滑脱。现在，那戒指想必在两条隔墙板条之间，或者是在米袋里，或者是在她的床垫里，或者就是用细绳拴住，挂在她脖子上，隐藏在连衣裙里。

直到晚餐时，大家都不再提起这个话题。苏珊和约瑟夫开始坐下吃饭。但是，她，不吃。她坐在远离桌子靠墙的一张椅子上。

“吃吧。”约瑟夫说道。

“让我安静。”她的声音显得很冷淡。

她不吃，连一片面包也不吃，甚至也没要平时总要的咖啡。约瑟夫眼神不安地观察她。而她却不，她什么也不看，她神情怨毒，定睛注视着天花板，却又视而不见。在他们吃饭的时候，她这样远远地坐着，靠着墙，不管什么原因，不管是什么，约瑟夫都无法忍受。

“你干吗拉长着脸？”约瑟夫问道。

母亲变得满脸通红，大声叫喊道：

“这家伙真让我讨厌，让我恶心，他再也见不到他的戒指了。”

“不是跟你说这个，”约瑟夫说，“我要你吃饭。”

她跺脚顿足，依然在大声叫喊着：

“再说，这算是什么事？处在我们的位置，人人都会把戒指留着的。”

然后，她又不吱声了。过了片刻。约瑟夫又开始说道：

“该喝你的咖啡了，至少喝点咖啡吧。”

“我不喝咖啡了，因为，我老了，我累了，

我腻味了，我腻味我有这样的孩子……”

她欲言又止。然后，她又涨红了脸，双眼渐渐被泪水模糊了。

“像我有这么一个烂货女儿……”

然后，她又开始她的那些新的陈词滥调。

“没有比首饰更令人厌恶的了。这毫无用处。而那些戴首饰的人并不需要，比谁都不需要。”

母亲重又沉默了，沉默了良久，如果不是因为她整个身子如此僵直，别人也许会以为她已经安静下来。约瑟夫不再坚持要她吃点东西。这是母亲平生第一次手头握有价值两万法郎的东西。“把它给我。”她和蔼可亲地说了。苏珊就给了她。她久久地注视着戒指，而且变得如醉如痴。两万法郎，两倍于吊脚楼的抵押。约瑟夫在母亲注视戒指时已经扭过头去。母亲默默无言地把钻戒藏在自己的房间里。的确难以进餐。

“这么个低能儿，送给她戒指，这简直是一种羞辱，一种耻辱。再有他来到此地以后所使的那些卑鄙手段。”

无论苏珊或约瑟夫都既不敢看母亲，也不敢搭腔。她因为拿了戒指而感到心里难受，因为她拿了戒指，而且，留下了它。因为，她已经不可能把它归还原主，这是肯定的。她像个白痴一样不断地重复说着同样的事，双眼紧盯着天花板，满脸羞愤。无法看着她那样难过的样子。苏珊把戒指给她看时究竟做了些什么？见到戒指，在她身上究竟唤醒了什么样的青春，什么样的被压抑的往昔的热情，什么样的意想不到的贪欲的再现呢？她已经决定要把戒指留下。

当苏珊离开餐桌时，这就爆发了。母亲终于站起身。她扑向苏珊，以全身的力气用拳头打苏珊。以她权力的力量，以她同样强烈的疑惑的力量。她一边打，一边说起了堤坝、银行、她的疾病、房顶、钢琴课、地籍管理局、她的衰老、她的疲惫和她的死亡。约瑟夫没有表示反对，随她去打苏珊。

这情况持续了两个小时。她站起来，扑向苏

珊，然后倒在椅子上，累得发呆，平静下来。然后又站起身，再次扑向苏珊。

“告诉我怎么回事，我就放过你。”

“我没有跟他睡觉，他就是这样把戒指给我了，我连问都没问过他，他给我看，然后，就这么给了我，毫无理由。”

她还是打苏珊，如同在一种必然性的力量推动下，迫不得已这么做的。苏珊跌倒在她脚下，半裸着身子，衣裙被撕破了，泣不成声。当她试图站起身时，母亲用脚把她踢倒在地，大声喊道：

“嗨，他妈的，告诉我，我就放过你。”

看来，她无法忍受的是看到苏珊重新站起来。只要苏珊做个什么动作，她就打。于是，苏珊把脑袋埋在两臂间，只是耐心地保护着自己。她因此而忘记了这股力量来自于她母亲，她就像忍受风浪的力量一般在忍受着，这是一股非人的力量。正是在母亲重新跌坐在椅子上时，她那由于用力而变得痴呆的脸，使苏珊又害怕起来。

“告诉我。”她反复说道，有几次声音几乎显得十分平静。

苏珊不再回答。母亲厌烦了，忘记了。时而，她还打呵欠，突然，她闭上眼睛，脑袋垂下来。但是，只要苏珊稍有动弹，或者仅仅因为她自己的脑袋垂下而醒来，睁开了眼睛，这时，她瞧见了脚下的苏珊，便站起身来再打。约瑟夫在翻阅《好莱坞电影》，是六年前的书了，这是他们家唯一的一本书，他却是百看不厌。母亲在打苏珊的时候，他就停止翻阅手中的画册。突然，他蓦地说道：

“他妈的。你很清楚，她并没有跟他睡觉，我不明白你为什么非要这样。”

“要是我想杀了她呢？如果我高兴杀了她呢？”

约瑟夫一直待在那儿，因为他不愿意让苏珊单独和处于这样状态的母亲在一起，这一点是肯定的。也许，他没有完全放下心来。他喊过以后，母亲还在打，但是没那么用力了，而且每一次持续的时间也不那么长了。于是，约瑟夫每一次都重新开始叱责道：

“况且，即便她跟他睡了，你不是绝对不在乎吗？”

是的，她还在打，但是没有那么自信了。她已经有两年没有打约瑟夫了。从前，她也经常打他，直到有一天，约瑟夫拽住她的手臂，几乎使她不能动弹。起先，她大为惊愕，后来她终于同约瑟夫一起捧腹大笑，看到他变得如此强壮，内心深处很高兴。从那以后，她不再打他，无疑不是因为她怕约瑟夫，而是因为约瑟夫告诉她自己也许无法再忍受下去。约瑟夫认为该打孩子，尤其是女孩，但不能过分，而且仅仅是作为最后的手段。但是，自从堤坝坍塌后，自从不再打约瑟夫以后，母亲比以前更经常地打苏珊了。“当她没有人可痛揍时，”约瑟夫说，“她就毫不在乎地揍苏珊。”

只要母亲还没有就寝，约瑟夫就会待在那儿，这是肯定的。苏珊可以放心。

“而且，即使她为了戒指已经跟他睡了，”他说，“又怎样，你真是多事！”

感到非常的满足和平静。母亲枉费心机。现在，戒指在那儿，就在家里。有两万法郎在家里。这才是重要的。她大概已经知道怎么花这笔钱了。今晚不可能问她，但是，从明天起，大概就可以直言不讳了。把戒指归还原主已经是不可能的了。通常，苏珊很难忍受母亲这样殴打她，而今晚，她觉得这样更好，要比母亲拿了戒指，却如同往常那样，平静地坐下吃饭的情况更好。

“一枚戒指，说到底是个什么东西呢？某些情况下，是有权留下一枚戒指的。”

“那怎么啦！”约瑟夫说道。

谁能有相反的意见呢？也许他们可以去买一辆新车，重新开始一部分堤坝的工程。也许从这枚戒指开始，他们会变得富有，这种富有同若先生的富有可能毫不相干。她白吼叫了。

这个晚上是个颇不寻常的晚上。他们已经从若先生那儿获取了戒指，现在，它就在这里，就在家里某个地方，在这世界上，已经不再有任何力量能把它从这里拿走。这个晚上尽管姗姗来迟，但毕竟成了，它来了。自从这几年种种计划连连受挫以来，这并不算太早。他们的第一次成功。这并不是运气，而是成功。因为自从他们等待多年以来，仅仅等待而已，他们获得了这枚戒指。这是漫长的，但是成了，它就在他们身旁；就在世界的这一头。他们拥有它。为了能够就近看看它，仅仅为了在桥的阴影下，仍然能就近看看它，那个人就放手舍弃了它。但是，这份经受住一切打击的胜利，却无法同任何人分享，甚至同约瑟夫也不能。

“一枚戒指，这没什么。在我这种情况下拒绝接受它也许会大错特错。”

谁可能有相反的意见呢？在这世界上，谁可能会有相反的意见呢？送给你戒指却不接受，这简直不可思议。有相当多的宝石白白地躺在漂亮的首饰盒里，然而别人却那么需要它们。他们手中握有的这颗宝石开始了它的旅程，从此获得了解放，结出硕果。自从某个黑人那血迹斑斑的双手从加丹加[①]那可怕的布满石子的河床中把它采掘出来，这颗宝石第一次终于得到解脱，从它的看守贪婪而残忍的双手中冲了出来。

母亲停止了殴打。她显得漫不经心，完全沉浸在她自己的思绪中，她大概在考虑将如何处置。

“也许，我们可以换一辆车。”苏珊轻轻地说道。

约瑟夫放下手中的《好莱坞电影》，把它搁在桌上。他也在思考。但是，母亲看了一眼女儿，又开始叫骂起来。

“我们不换车，我们要还银行的钱，还信贷银行的钱，也许换个房顶。我想要什么就做什么。”

这事并没有像预料的那样结束。还必须

---

① Katanga，刚果民主共和国（旧称扎伊尔）南部省份，矿产资源丰富。

等待。

“我们要还信贷银行的钱，”苏珊说，“而且，我们要再做个房顶。”

为什么见到苏珊微笑，母亲就又开始要打她呢？母亲站起身，扑向她，把她推倒在地。

“我吃不消了，我该上床了……”

苏珊抬起头瞅着她。

“我跟他睡了，”她说，“他把戒指送给了我。”

母亲倒在椅子上。“她要把我杀了，”苏珊想，“即使约瑟夫也无法阻拦她。”但是，母亲定睛注视着苏珊，举起双臂，似乎准备跳起来，然后，她却又放下手臂，平静地说道：

“这不是真的。你撒谎。”

约瑟夫站起身，走近母亲。

“如果你再碰她，”他轻轻地说，“只要再碰一下，我就和她一起离开去朗镇。你是个老疯婆子。现在，我对此完全确信。”

母亲瞅着约瑟夫。也许，如果约瑟夫笑了的话，她也会跟他一起笑。但是，约瑟夫没有笑。

于是，她神情呆滞地坐在椅子上，那张脸因悲痛而变得认不出来了。苏珊直挺挺地躺在约瑟夫的椅子旁，泣不成声。为什么母亲又犯了呢？也许她疯了。生活是可怕的，而母亲和生活一样可怕。约瑟夫重又坐下，现在，他注视的是她，苏珊。生活中唯一的温情是他，约瑟夫。苏珊发现了这如此克制、隐藏在如此的严峻之下的温情的同时，也发现了要迫使这温情的表露已经需要的一切冲击和耐心，以及可能还需要的一切冲击和耐心。于是，她又潸然泪下。

母亲很快就熟睡了。突然，她的脑袋摇晃起来，嘴巴半张着，完全进入了乳白色的梦乡，她轻盈地在纯洁无邪的状态中漂浮着。再也不能恨她了。她曾经过度地热爱着生活，正是她那持续不懈、无可救药的希望使她变成了对希望本身完全绝望的人。这个希望已经使她精疲力竭，摧毁了她，使她陷入赤贫的境地，以致这使她得以在此休息的睡眠，甚至死亡，似乎都无法再超越它。

苏珊一直爬到约瑟夫的房间门口，等着看他会干些什么。

约瑟夫长久地凝视着母亲，她已进入梦乡，双手紧握着椅子扶手，眉头紧皱。然后，他站起身，朝她走去。

“去睡吧，到床上去你会好些。”

母亲惊醒了，在房间里四处寻找。

“她在哪儿？”

“去睡吧……她没有跟他睡觉。”

他亲吻了一下母亲的额头。苏珊只有在母亲发作后处于昏迷，而约瑟夫以为她快要死去的时候，才见过约瑟夫亲吻母亲。

“唉！”母亲一边哭一边叹息，“唉！我当然知道的。”

“不要再为戒指担心了，咱们把它卖掉。”

她把头埋在双手里，哭着说道：

“唉！我是个老疯婆子啊……”

约瑟夫扶起母亲，并把她领到卧室去。然后，苏珊就什么也看不见了。她去坐在约瑟夫的床上。约瑟夫大概在帮母亲就寝。时过片刻，约瑟夫回到餐室，拿起一盏灯来到妹妹这儿。他把灯放在地板上，然后，坐在床脚处的一口米袋上。

“她已经睡了。”他说，“你也去睡吧。”

苏珊更愿意等等。她很少到约瑟夫的房间。这是吊脚楼里家具最少的一间房。除了约瑟夫的床以外，就没有任何家具了。但是，在隔墙板上挂满了枪支和他自己鞣制的兽皮，这些兽皮在慢慢地腐烂，散发出一股令人作呕的气味。其实，在河那一边，母亲用隔板隔开阳台，辟出了一间储藏室。六年来，她往里面堆放了罐头、炼乳、酒、奎宁、烟草，她把钥匙带在身上，日夜不离，用一条细绳系着，挂在脖子上。也许，戒指在一罐炼乳的掩蔽下已经在那儿了。

苏珊不再哭泣。她在想约瑟夫。约瑟夫坐在一口米袋上，在那些他比一切更为珍惜的东西中间：他的枪支和兽皮。约瑟夫是个猎手，而不是任何别的什么。他的拼写错误比苏珊的还要多。母亲总是说，他生来就不是学习的，他只有机械、汽车、狩猎方面的才能。可能她说得对。但是，也许，母亲这么说只是为自己没有促使他继续学习辩护。自从他们来到平原之后，约瑟夫就是打猎。十四岁时，他就已经开始夜里去狩猎，他给自己建了几处潜伏小屋，不带逐猎者，独自一人，光着脚，背着母亲出发了。这世上，他没有比在河口处等待黑虎更喜欢做的事了。他可以独自一人，无论天气如何，几天几夜，俯伏在淤泥中等候着黑虎。有一次，他等了三天两夜，然后，带着一头两岁的黑豹回来了。他把黑豹放在小船的船头，所有的农民都聚集在陡峭的河岸看着他回来。

每当约瑟夫像今晚这样费劲地、不快地思索时，苏珊就情不自禁地觉得他相貌堂堂，强烈地爱他。

“去吧，”约瑟夫重复说，“别担心……”

他神色疲倦，他让她去睡觉后，显然立刻就忘记了她的存在。

“你腻烦了？”苏珊问道。

约瑟夫抬起头，发现苏珊正坐在他的床边，身上的裙子已经被撕破。

“没什么。她把你打痛了？”

“不是这个……”

“你呢，你也腻烦了？”

“我不知道。”

“你腻烦什么呢？”

“一切，”苏珊说，“跟你一样。我不知道。”

“他妈的，”约瑟夫说，“也应该想想她，她老了，我们没有意识到，她比我们更觉得腻烦。而且对她来说，完了……”

“什么完了？”

“嬉戏，打趣。她从来没有痛快地玩过，她再也不会开玩笑了，她太老了，她再也没有时间了……得了，去睡觉吧。我也要睡了。”

苏珊站起身。然而在她走出去的时候，约瑟夫问她道：

“你跟他睡了还是没有跟他睡？”

“没有，我没有跟他睡觉。”

“我相信你。这并不是因为睡觉，而是不该跟他睡，这是个坏蛋。你明天必须告诉他再也别来了。”

“再也别来？”

“再也别来。”

“然后呢？”

“我不知道，”约瑟夫说，“以后再说。”

第二天，若先生如同往常一样又来了。苏珊在桥头等他。

母亲一听见莱昂·博来的喇叭声，便停下手中香蕉种植的活儿，看着那条路。她还抱有希望，希望一切都能好好解决。约瑟夫在桥的另一边，在洼地边上洗车，他站起身，把背转向大路，盯着母亲，制止她离开原地，走到若先生那儿去。

苏珊，光着脚，身穿一条旧的蓝色棉布连衣裙，是母亲以前的一条裙子改的。她已经把若先生送她的裙子藏了起来，几乎只有手上和脚上的红指甲还留有他们相遇的痕迹。

是在中午吃饭时，约瑟夫宣布了他的决定，要同若先生做个了断，不让他再来看苏珊。

“他没有必要再来，”约瑟夫说，“最终，苏珊应该明确告诉他。”

这很难办。母亲一睡醒，就为种种计划激动不已。她认为，是她决定进城把戒指卖掉。这一点，约瑟夫乐意地接受了。一早，约瑟夫并没有说起同若先生决裂的事，而母亲起床后，又单独问苏珊戒指的价格。两万法郎，苏珊回答了她。接着，她终于问苏珊是否觉得若先生有许多其他的戒指也可以随便支配。苏珊向她讲述了若先生曾让她在三枚戒指里选择的事，虽然另两枚没有这枚贵重，但三枚同样漂亮。不过他没有说可以给她另外两枚。他一直说的是一枚。

“有这三枚戒指，我们就有救了，如果你跟他解释清楚，他会明白，而我们也就有救了。”

“他才不在乎我们是否有救。”

母亲无法相信这一点。

“如果你用数字去跟他好好解释，他不可能

不明白的。对他来说，这是什么？他反正不能把三枚戒指同时戴在手上，而我们呢，我们就会有救了。”

苏珊告知约瑟夫这个情况，但约瑟夫坚持与若先生绝交的决定。午餐时，他宣布了这一决定。

“一刀两断？”母亲问，“你管什么闲事？”

约瑟夫沉着地说道：

“一刀两断。如果不是她去告诉他，那就是我去告诉他。”

母亲面红耳赤，她离开了餐桌。她用目光询问苏珊。也许，她想苏珊可以告诉她某些东西。但是，苏珊则垂着双眼，低头吃饭。于是，她猜测他们俩达成了默契，感到灰心丧气。母亲站在他们俩中间，一下子崩溃了，她大声叫喊起来，但没有平时那样激烈，而是带有腼腆的样子。

“那又怎么样？我们会变成什么样呢？”

“得看看，”约瑟夫轻声地说，“猎人们来的时候，他们并没有老婆。高原上有的是猎人，北方也一样。得多看看，也许可以去那儿。不管怎样，同若先生是完蛋了。”

母亲表示异议。尽管从约瑟夫的语气听来，显然，反对是没用的。

“猎人们都快饿死了，跟他，我也许更放心些。”

约瑟夫面对着她，态度一直很温和。他站起身，走近她。苏珊眼睛低垂着，不敢看他们。

“听着，你从来没有好好看过那个家伙吗？我的妹妹决不跟他睡觉。即便她一无所有，我也不愿意她是跟他睡觉。”

母亲又坐了下来。她想要点花招。

“我，我不认为她应该立刻同他断绝关系。也许应该再等等。你怎么想，苏珊？”

约瑟夫神色变得强硬起来，但是，始终不提戒指的事。

“马上就断。别问她想什么，她从来没有跟任何人睡觉，她不可能知道这是怎么回事。”

“她应该说说自己的想法。”

“我更愿意跟一个猎人。”苏珊说道。

“总是你们这些可怜的猎人。我们就永远摆脱不了这些。”

谁也不回答。然后，大家再也不提了。

若先生在通常来的时间从桥那儿过来，坐在他那辆漂亮的利穆新车后座。夜里下了雨，车身溅满了泥浆。但是，若先生每天风雨无阻都要走五十公里来看苏珊。他一瞧见苏珊，就让车停在桥边。苏珊一直走到车门旁，若先生立即下车，身穿他那件柞丝绸西服。约瑟夫可从来没有过柞丝绸西服。若先生的所有西服都是柞丝绸料子。当这些衣服稍有些变旧，若先生就送给他的司机。他说柞丝绸比棉布凉爽，而且，他不能忍受任何别的面料的衣服，因为他的皮肤很娇气。的确，在他们和若先生之间有很大差别。

“您在等我？”若先生说，“您真好……”

苏珊站在他身旁。他握住苏珊的手并拥抱了她。他还没有看见一动不动也在等着的母亲和约瑟夫。往常，他们一瞧见若先生来，就更加起劲地干活，免得回答他的问候。苏珊把自己的手抽回，仍然站在那儿。

“我是来告诉您，别再来看我了。”

若先生神色大变。他微微抬起他的毡帽，然后，又戴上，神情迷惘地盯着苏珊。

“您说什么？”

他说话的声音突然间变弱了。他一下子坐在斜坡上，没有像平时那样，从口袋里拿出报纸铺在地上，竟然不怕弄脏自己的衣服。苏珊一直站在他身旁，等他领悟过来。母亲和约瑟夫也在远处等待着。若先生终于发现他们了。母亲大概还在指望一切会好转，若先生在这样的威胁下，还会再来，不过，他的口袋里会装满钻石，使事情变得好些。约瑟夫，因为考虑到母亲，希望若先生能很快地明白过来。

“别再来了，”苏珊说，“绝对别再来了。”

他似乎没有听明白。他开始出汗了，继续不停地把他的毡帽一会儿脱一会儿戴，仿佛从此以后，除了这个，他不会做其他的动作了。他的目光从苏珊到母亲，从母亲到约瑟夫，从苏珊到约瑟夫，不停地挪动。种种设想使他茫然失措，他竭力要弄明白。在他送给他们钻戒的第二天，他们却向他宣告，他再也不能来了。于是，他继续脱帽戴帽，很显然，只有在弄明白以后，他才会停止这个动作。

“谁决定这件事的？”他声音坚强地问道。

“是她。”苏珊说道。

“您母亲？”若先生问道，突然表示出怀疑。

“是她。约瑟夫也同意的。”

若先生换了一种眼光朝母亲看了一眼。母亲一直在用表示友爱的眼神望着他。不可能是她。

“究竟发生了什么？”

要是他滚蛋了，我就会去找约瑟夫。今天，若先生和他的车一样，而他的车也和他一样，半斤八两。昨天，这辆车还不是这么无足轻重，既然他们并不是那么不可能得以拥有它。然而，今天，它与苏珊则相距遥远。没有一根线，哪怕一根细细的线，再把她同这辆车连接在一起。这辆车也因此变得碍事而丑陋。

“他们不喜欢您。而且也是因为戒指。”

若先生脱掉他的毡帽。他思索片刻。

“既然我就这样把戒指给了您，什么也不为……”

“这很难解释。”

若先生找不到答案，又把毡帽戴上。他弄不懂。看上去，他还没有决定走，他在等待别人给以解释。他有时间。然而她，没有：眼见他们的谈话在延长，母亲的希望必然会渐渐增强。

“这太可怕了，”若先生说，“这不公平。”

他看上去非常痛苦。但是，他的痛苦和他的车一样，比往常更加碍事，更加丑陋，而且没有任何一根线，哪怕一根细细的线，能够把您和她连接起来。

“您该走了。”苏珊说道。

突然，他变得有点玩世不恭了，开始强笑起来。

“那戒指呢？”

苏珊也笑了起来。要是他敢要回戒指，那可有点滑稽了。若先生头脑简单，天真无知。虽然他很富有，但跟他们相比，他只是个小蠢蛋。他以为他们可能把这枚戒指还给他。苏珊坦诚而自然地笑了。

“在我这儿，现在是我的了。”苏珊说道。

“那么，说说看，”若先生说，玩世不恭里增加了些许狡黠，“说说看你们打算怎么处置这戒指呢？”

苏珊依然在笑。若先生的百万家财丝毫不改他生就的天真无知。因为，这枚戒指，现在属于他们了，要再拿回来就如同他们已经吃了、消化了一样困难，就像这戒指已经同他们的血肉之躯融为一体，难以再拿回来了。

“明天，我们要进城把它卖了。”

若先生连声说“瞧，瞧，瞧”，仿佛一切都弄清楚了，也许是一种含意深刻的冷笑，谁知道？然后，他又补充道：

“要是我要拿回来呢？”

“您不能。现在，您该走了。”

他笑不出了。他久久地打量着苏珊，脸涨得通红。他什么也不明白。他脱下毡帽，声音都变了，伤心地说道：

“您不爱我。您要的就是戒指。”

“我并不是专门想要戒指，我从来都没有想过，是您说起戒指的。我想要的可比这多得多。但是，现在，我们有了，与其说还给您，我认为，我也许更愿意把它扔到河里。”

他无法下决心一走了之。他还在考虑，考虑的时间那么久，以至苏珊提醒他说道：

“您该走了。”

“你们太缺德了。”若先生用认真坚定的语气说道。

“我们就是这样。您该走了。”

他艰难地站了起来。他把手放在车把手上，等待片刻，然后威胁着声称：

“这事不能就这样结束，明天，我也进城。”

“没有必要，这不管用。”

他终于登上车，对他的司机说了点什么。司机开始在原地把车掉了头。道路狭窄，车子掉头很难，费时间。通常，借助通往吊脚楼的那条小道，车子很快便能转向。今天，车子理所当然避开了那条小道。约瑟夫仍然在水塘旁留神观察着事态进展。母亲始终一动不动，愁眉苦脸，痛苦地眼望着若先生无法挽回地离去。在若先生的车子还没有完全掉头的时候，母亲便急忙回到吊脚楼。苏珊朝着约瑟夫那儿走去。汽车与她交错而过之际，透过玻璃窗，苏珊霎时间瞥见若先生正向她投来哀求的眼光。苏珊朝偏斜的方向穿过稻田行走，以便更快走到约瑟夫的身旁。

约瑟夫已经洗好车。现在正在给一只轮胎打气。

“成了。”苏珊说道。

“不是太早……”

约瑟夫在修理的轮胎上有三处窟窿。内胎还是好好的，于是，约瑟夫把旧轮胎的碎片放在内胎和外胎之间，以加固轮胎。他把轮胎打足了气，使那些碎片不会滑脱掉。苏珊坐在水塘旁，看着他给轮胎打气。

“你还要很久吗？”苏珊问道。

“半个小时。干吗？”

“没什么。”

天气很热。苏珊不再关注约瑟夫干的活儿。她原地转过身，撩起裙子，把双腿浸入水塘。接着她用手往腿上洒水，直到大腿。感觉舒服极了。突然之间，她觉得自己已经等了一个月之久，能够这样无所顾忌地撩起裙子，把双腿浸在水塘里。她的举动使整个水面泛起涟漪，惊跑了鱼群。她有点想到吊脚楼里去取钓鱼线，但是，没有约瑟夫做伴，她不敢回那儿。约瑟夫修完了第一个轮胎，就又埋头修理已经开裂的备用轮胎。他从轮胎里拉出内胎。当约瑟夫专心于 B12 的时候，别人都无法帮上忙。他不时地咒骂几句。

“蹩脚货，该死的蹩脚车！”

水塘里，勾勒出在灰白色天空中显现的波动起伏的山峦。夜里还会下雨。海那边，正生成大团大团的紫云。一夜狂风暴雨后，明天会凉爽些。只要路上轮胎爆裂不太多，他们也许会在晚间迟些时候到达城里。第二天上午，他们就把戒指卖掉。这也许是他们要做的第一件事情。城里，满大街都是男人。“这个漂亮姑娘哪儿来的？她从南方来的，谁也不认识她。”母亲白费口舌。城里肯定有一个男人适合她，苏珊。也许是名猎手，也许是位种植园主，但肯定有一个适合她。

约瑟夫重新安好了轮胎。

“咱们上山去吗？去逮几个小子鸡好在路上吃。”

苏珊站起身，冲着约瑟夫笑。

“去吧，约瑟夫，马上就去。”

“我把车放在吊脚楼下，然后就走。”

约瑟夫也很久没有进城了，他觉得很高兴。

约瑟夫把车停放在吊脚楼下，但并不上楼。若先生走后，想必时间还太早。通常，约瑟夫不带枪是从来不去森林的。

他们穿过把吊脚楼与道路及山峦隔开的那片平原。地面开始呈斜坡状缓缓上升，稻田消失了，已被一种又高又硬的被称为“老虎草”的留茬地所代替。晚上，野兽通过这片留茬地下山。必须步行一刻钟才能到达森林。

“他跟你说什么了？”约瑟夫问道。

“他告诉我，他也要到城里去。”

约瑟夫笑了起来。他好像很高兴。

路变得越来越窄，地面的斜坡越发陡峭，一片有羊和猪在吃食的林中空地表示快进入森林了。他们穿过了一座只有几间茅屋的贫困不堪的村落。然后，沿着那条清晰分明的开垦地界线，开始进入森林。平原的居民从未越过这条界线开垦荒地。这是无济于事的。因为适合作为胡椒种植园的地层都在山区的高处，而他们并不那么需要草地，来放牧他们所拥有的那几只山羊。

“戒指呢？”约瑟夫问道。

苏珊犹豫俄顷。

“他什么也没跟我说。”

他们一走进森林，路就成了一条只有一人宽的蹊径，如同一条隧道，枝叶浓密、绿荫如盖的森林就在它上面围拢。

“这是个笨蛋，”约瑟夫说，“他并不坏，但真是个傻瓜。”

藤本植物和兰科植物长势吓人，以一种超自然的力量，可怕地蔓延开来，紧紧地围住整个森林，形成一个如海底深渊一样不可侵犯、令人窒息的密集体。几百米长的藤本植物盘绕在树身，在树冠上，兰科植物鲜花怒放，可以想象成为大大的兰花“池”，向着蓝天，喷放出绚丽的花朵，有时，人们只能看见这个花池的边缘。森林就躺卧在部分兰花池的下面，这花池充盈着雨水，在里面可以找到那些与平原的洼地里一样的鱼儿。

“他跟我说我们很缺德。”苏珊说道。

约瑟夫又一次笑了起来。

“哦，我们确实是这样的。”

整个森林都传出蚊子嗡嗡叫的巨大声响，混杂着鸟儿不停吱吱喳喳的尖叫声。约瑟夫走在前面，苏珊在后面两步远处跟着。当走到平原和伐木者村落之间的半路上，约瑟夫放慢了脚步。几个月前，就在这个地方，他曾打死了一头雄豹。这是一片小小的林中空地，野兽们把它们的猎物丢在这里，任其在大太阳下发出臭味。成群成群的苍蝇在空地的黄草上盘旋飞舞，空地四周堆积着散发臭味的干枯羽毛。

“也许，我应该亲自向他解释，”约瑟夫说道。“他大概对此毫无所知。”

“解释什么？”

“为什么我们不愿意你跟他睡觉。像他那样腰缠万贯的人是很难明白的。”

过了穿过林中空地的河流以后，他们先闻到芒果树的树脂味，听到了孩子们的叫喊声。在这片山区不再有阳光了。人世间的芳香已经从土壤里，从所有的花朵中，从一切物种中，从伤人的老虎及其因阳光照射肉体已然成熟的无辜猎物身上，散发出来；这一切在混沌之初的未开化状态中浑然一体。

人家给了他们几个芒果。他们帮孩子们逮小鸡，女人们在宰杀小鸡时，约瑟夫问男人们时下打猎收获可好。大家都很高兴他们来访。男人们对约瑟夫很熟悉，因为他们常同他一起狩猎。他们向兄妹俩打听母亲的情况。正是这个村落的男人给他们弄到建吊脚楼的木料。他们都是伐木工人。他们逃离了平原，来到这部分尚未被白人登记在册的森林定居，就是为了不用交税，也可以免去被剥夺所有权的危险。

孩子们陪苏珊和约瑟夫一直到河边。孩子们一丝不挂，从头到脚都抹了红花油，他们身上的颜色像青芒果，而且像青芒果那样光滑。快到河边时，约瑟夫拍打双手让孩子们快跑，他们是如此野性，随即发出让人想起稻田里某种鸟儿的刺耳的尖叫声，作鸟兽散。在这些疟疾横行的村庄里，孩子死得那么多，所以母亲已经有两年不愿再到这里来。而那些孩子如果没有帮助，就没有力气穿过这片把他们与道路隔开的两公里长的森林，他们常常还没有体验到在道路上玩耍的欢乐就夭折了。

母亲坐在餐室里，还没有点灯。黑暗中，她倚在炉子旁，炉子上正炖着一锅涉禽肉。她大概已经看见他们上山去，而且注意到约瑟夫没有带枪。也许她等他们回来已经有一个小时了。她之所以不点灯，肯定是为了要瞧见他们从远处归来，而自己不会因灯光感到尴尬。但是，当苏珊和约瑟夫进门时，她却不理睬他们。

"我们去逮小鸡准备路上吃。"约瑟夫说道。

母亲没有应答。约瑟夫点亮灯，取了小鸡交给下士，让他找人煮熟。他一边重又上楼，一边用口哨吹着《拉莫娜》。苏珊也用口哨吹起了《拉莫娜》这首曲子。母亲因灯光晃眼，眯缝起眼睛，她向孩子们微笑着。约瑟夫也朝她微微而笑。显然，母亲一点儿也不生气了，她只是感到伤心，因为她藏起来的钻戒是她这一辈子唯一的一枚，而且，其来路已断了。

“我们去逮小鸡好在路上吃。”约瑟夫重复说道。

“你看我们去哪儿了？在河后面的那个村子，”苏珊说，“林中空地后第二个村子。”

“我已经好久没进那个村子了，”母亲说，“但我知道那儿。”

“他们问起了你的情况呢。”约瑟夫说道。

“你们没有带枪，”母亲继续说，“这样可不谨慎……”

“因为想快点到那儿。”约瑟夫说道。

约瑟夫走到客厅，开始给若先生送的留声机上发条。苏珊紧随在后。母亲站起身，往桌上放了两个盘子。她动作迂缓，仿佛在黑暗中漫长的等待已经使她关节僵硬，直至灵魂都麻木了。母亲熄灭了炉火，在盘子之间放了一碗清咖啡。苏珊和约瑟夫内心充满希望地瞧着母亲的一举一动，就像他们曾经这样看着那匹老马一样。别人也许会以为她在微笑，但更确切地说，是厌倦使她脸部轮廓变得柔和了，是倦怠和厌世心理。

“来吃吧，饭好了。”

她把炖涉禽肉放在桌上，然后，笨重地坐在那碗咖啡前。接着，她久久地、无声地打着呵欠，每晚这个时候，她都这样。约瑟夫先吃起涉禽肉来，接着，苏珊也吃了。母亲开始解开了发辫，接着又为就寝重新编上。她好像并不饿。今晚，一切都如此安静，甚至能听到已变形的隔墙板壁发出的喑哑的破裂声。房子是坚固的，也不能这么说，它站得住，但是因为母亲过于急切修建这房子，木料还是湿的就用上了。不少墙板已经开裂，板与板之间已经脱开，现在，从床上就能瞧着天亮，夜里，当猎人们从朗镇回来，他们的车灯灯光便扫射着室内墙壁。但是，只有母亲在抱怨这一不便。苏珊和约瑟夫则宁愿这样。海那一边的天空电光闪闪。快要下雨了。约瑟夫狼吞虎咽地大吃。

“顶呱呱。真好吃。”

“味道很好，”苏珊说，“好极了。”

母亲微笑着。当他们吃得津津有味时，她总是感到很高兴。

“我在里面放了一点白葡萄酒，所以会这么香。”

母亲在等他们从山里归来时做的炖肉。她一定是到储藏室开了一瓶白葡萄酒，认真地倒入炖肉里。当她对待苏珊太严厉的时候，或当她觉得有点太腻味了，或者是感到有点太忧郁的时候，她就会用炼乳做一份木薯粉羹，或者香蕉煎饼，或者就是炖一锅涉禽肉。她总是把这些乐趣留给自己那些不愉快的日子。

“如果你们喜欢，我以后再做。”

他们每个人又都吃了些涉禽肉。这时，母亲完全放松了。

“你跟他说了些什么？”

约瑟夫没有发脾气。

“我向他解释了。”苏珊说道，并没有抬起眼睛。

“他什么也没说吗？”

“他明白了。”

母亲考虑了一下。

“那戒指呢？”

“他说是他送的。对于他来说，一枚戒指，这不算什么。”

母亲又等少顷。

“约瑟夫，你看怎么样？”

约瑟夫稍作犹豫，然后用坚定、意想不到的声音表明：

“她能够拥有她想要的。以前，我还不相信，但现在，我对此可以肯定。你不用再为她担心了。”

苏珊惊讶地端详着约瑟夫。别人向来都无法知道他决定了什么。也许他这么说不仅仅是为了让母亲放心。

“你在说什么呀？”苏珊问道。

约瑟夫并没有抬起眼睛看他妹妹。他并不是在对她讲话。

“她心里有数。她要什么样的人，什么时候要，她心里有数。”

母亲怀着几乎是痛苦的紧张凝视着约瑟夫，继而，她突然开始笑了。

“你说的也许是真的。”

苏珊不吃了，靠着椅背，她也打量着她的兄长。

“得看看她怎样得到呢。”母亲说道。

“只要她愿意就行了。”约瑟夫说道。

苏珊站起身，笑着说：

“也别为约瑟夫担心，你别总是这样担心。”

瞬息之间，母亲又变得面容严肃，陷入沉思之中。

“的确，我一直在担心……”

但很快，她又有点发作似的狂热起来。

“并不是只要富人，”她叫喊起来，“幸亏是这样。不该任凭先来的富人摆布。”

“他妈的。”约瑟夫说，“不是只有富人，还有别的人，有我们，我们也是富有的……”

母亲显得很迷惑。

“我们富有？是富人？”

约瑟夫一拳击在桌子上。

“如果我们愿意，我们就是富人，”约瑟夫肯定地说，“如果我们想像别人一样富有，他妈的，只要愿意，就能成为富人。”

他们都笑了起来。约瑟夫奋力用拳头敲击桌子。母亲随他这么做。

约瑟夫就是电影。

“这也许是真的。”母亲说，“如果我们真想要富，我们会变成富人。”

“他妈的，”约瑟夫说，“当然啰，别的那些人，我们会把他们辗死在路上，到处都将看到有人把他们辗死。”

有时，约瑟夫处于这种古怪的状况。当这种状况发生时，的确，虽然很少见，但也许比电影更带劲。

“啊，就是这样，”母亲说，“我们把他们辗死，我们会把我们想的告诉他们，然后我们辗死他们……”

“以后，我们不屑于辗死他们。”苏珊说，“我们给他们看我们拥有的一切，但是，我们，我们不给他们。”

第二部

这是一座拥有十万居民的大城市，城市在一条宽阔而秀美的河流两边伸展。

如同所有的殖民地城市，这座城市里也有两个城市：白种人城市和非白种人城市。在白种人城市里，也还有一些差异。上城区的近郊，密集成群的别墅和住宅栉比鳞次，是城里最宽舒、最通风的地方，但是不脱某种世俗味。市中心是城市各地大多数人聚集的地方，每年，越来越高的高楼大厦拔地而起。总督府和官方机构并不设在那里，但却是深层权力机构，这片圣地的教士、金融家们的麇集地。

在那些年代，世界上所有殖民地城市的白人区一直都是一尘不染，无可挑剔。不仅仅只是城市。白人们也非常干净。他们一到，就学会了天天洗澡，就像生养小孩那样郑重。他们学会了穿上殖民地制服，白色西服，白色，这是一种习以为常却又纯洁干净的颜色。从此，开始起步了。距离相应拉大了，最初就存在的差异与日俱增，在他们和其他人之间，白的，更白，其他人用天降的雨水和江河里的泥水刷洗自己。实际上，白色是极其容易脏的。

因此，白人们洗完澡，散发出清新的气味，在他们别墅的阴凉处午休，就像一个个长着又轻又薄的毛皮的野兽，他们很快就发现自己比任何时候都白。

只有已经发迹的白人居住在上城区。为了表明白人的步履有着超乎常人的尺度，上城区的街道和人行道十分宽阔。有一片没有派上用场的可供娱乐的空地，提供给权贵们休闲时漫步。道路上滑行着他们车篷上胶、车身悬挂式的车辆，几乎没有声响，令人惊异。

所有的马路都铺上了沥青，十分宽阔，两边

是栽有珍稀树木的人行道，人行道被草坪和花坛一分为二，沿着人行道停泊着一长列亮闪闪的敞篷式出租车。这些绿荫如盖、鲜花盛开的街道每天浇几次水，保养得如同大动物园里的小径一样完好，那些稀有的白种人在那儿照管着他们自己的事。上城区的中心是他们真正的圣地。只有在这城区中心，在罗望子树的树荫下，摆放着宽展开阔的咖啡馆露天座。到了晚上，白人们就在那儿相聚。只有咖啡馆的侍者仍然是本地人，但是，他们装扮成白人，身穿无尾常礼服，就像在他们近旁被栽在花盆里的棕榈树。直到深夜，在盆栽的棕榈树和身穿无尾常礼服的侍者后面，还能看见那些白人坐在藤椅上，口中吮吸着茴香酒、威士忌苏打或者马泰尔·佩里埃酒，他们和周围其他部分协调一致，形成了地道的殖民地的心脏地带。

汽车、玻璃橱窗以及洒了水的碎石路面的光泽，西服耀眼的白色，花坛的沁人心脾，这一切把上城区造就成一个富有魔力的香艳场所，在一片纯粹的恬静中，白种人可以摆出展现他们固有的个性的场面。这条街上的商店，有时装店、化妆品店、美国香烟店，都不卖任何实用的东西。金钱也一样，在这里大概也毫无用处。白人们的财富不应该使他们感到不安。这里一切都是高贵的。

这是个伟大的时代。成千上万的本地劳工为十万公顷红土地上的橡胶树割胶，他们耗尽心力给这十万公顷土地上的树木打开口，血流如注；在被几百名暴富的白人种植园主占有之前，这十万公顷土地凑巧称为红土地。乳汁般的橡浆在流淌，血也在流淌。然而，只有橡浆是宝贵的，把它点点滴滴地收集起来，可以赚钱。血则白白地流了。人们还不愿想象，总有一天，会有大批人马前来讨这笔血债。

有轨电车的线路审慎地避开了上城区。再说，在这个城区，有轨电车也没什么用处，这里每个人都坐小轿车。只有下城区的本地人和白人盗贼才乘有轨电车。实际上，甚至是这些有轨电车路线严格地划分出上城区这片乐园的界限。这些路线从卫生角度出发，沿着一条向心线绕过这片乐园，每一站距离中心地至少两公里。

这些挤得水泄不通的有轨电车，满是尘土，在令人眩晕的烈日下不死不活、慢慢悠悠地行进着，铁轨处发出哐当哐当如雷鸣般的响声，正是基于这些，人们可以设想另一个城市，非白种人的城市。这些在处于温带的国家里使用的有轨电车，在宗主国已经废弃不用，经浮皮潦草地修理之后，由宗主国拿到殖民地再度使用。清晨，开车的本地人得意地穿戴好他的司机制服，到了十点钟，就把制服从身上脱下，放在身旁，他总是汗如雨下，裸露着上身开车，每到一站都要喝上一大碗绿茶。上班的最初几天，为了通风凉爽，他泰然自若、蛮有把握地打碎了驾驶室的所有玻璃窗。于是，乘客们也同样应该打碎车厢里的玻璃窗，以便能活着从中出来。采取了这些措施后，有轨电车便开始运行了。电车数量甚多，但总是挤得满满的，这就是殖民地区急剧发展的最明显的标志。本地人地带的发展和它日益拉开的距离，说明了这种制度所取得的惊人的成功。因此，没有一个正宗的白人会冒险坐在这些有轨电车里，要是被人发现，他可能就丢了面子，丢了他移殖民的面子。

正是在上城区和本地人居住的市郊之间那个地带，那些没有发财的白种人，那些不称职的殖民者被打发到这里。这里，街道上没有树木。草坪也看不见。白种人的商店则被本地人栖身的小单间取代，若先生的父亲发明了小单间的神怪样式。这里的街道每星期只洒一次水。街上挤满了嬉闹玩耍、叽叽喳喳的孩子和流动商贩，那些流动商贩在火辣辣的尘土中声嘶力竭地叫卖。

母亲、苏珊和约瑟夫下榻的中心旅店就在这一地区，在一幢半圆形楼房的二层；这幢楼房一边朝向河流，一边朝着有轨电车的环城线，一层开着各种混合口味的定价饭馆、鸦片烟馆和中国杂货铺。

这家旅店有一些常客：几个商务代表，两

个由商务代表包养的妓女，一个女裁缝，还有许多海关和邮局的下级职员。路过的顾客是那些即将回国的下级职员，狩猎者，种植园主，还有，每班邮轮上的海军军官，尤其各国前来的妓女，她们在旅馆接受或长或短的培训，然后，或进入上城区的妓院，或到充斥于港口的那些妓院里去。随着规律的潮汐期到来，太平洋航线上的所有船只都拥向这港口。

一位老移殖民，六十五岁的马尔特太太经营着中心旅店，她原先从港口的妓院来到这里。她有一个女儿，名叫嘉尔曼，她从来都搞不清是和谁生了这个女儿。因为不愿意给女儿安排同自己一样的命运，她用自己二十年卖笑生涯俭省下来的足够的钱，到殖民地旅馆业公司购买了股份，获得了这家旅店的经营权。

嘉尔曼现年三十五岁。除了那些老主顾直呼她小名外，大家都称她嘉尔曼小姐。这是一位诚实善良的姑娘，她十分敬重自己的母亲，如今，她卸下母亲身背的重负，完全由她一人来管理中心旅店那些复杂微妙的事务。嘉尔曼身材高大，衣着考究，小小的蓝眼睛，清纯明朗。如果不是因为不凑巧生就一个非常凸起的下巴，她也不至于为自己的相貌感到难受，不过幸好有一口又大又好的牙齿多少有些弥补，这口牙齿是如此显眼，以至使她看上去要不停地炫示这口牙，使她的嘴巴显得贪吃、能吃而又可爱。但是，使嘉尔曼之所以成为嘉尔曼，使她这个人本身成为无法取代的，使她的经营魅力成为无法取代的，是她的双腿。嘉尔曼的确有两条无与伦比的美腿。如果她拥有所希望的，像双腿那样美丽的容貌，那么人们很久以前就能看到这样一个赏心悦目的景象，看见她被上城区的某个银行行长或某个富有的北方种植园主包养，披金挂银，特别是为此引得议论纷纷而令闻广誉，她也许会长袖善舞，处之泰然。然而，不，嘉尔曼只有她的美腿，她多半能稳当地把这家旅店经营好，直到生命的尽头。

白天，嘉尔曼绝大部分时间就是在旅店那条

长长的走廊里来回走动，走廊的一头通向餐厅，另一头通向开放式露台，走廊的两边则排列着一间间客房。这条走廊犹如一条光秃秃、长长的管道，只有两头亮着灯，自然而然注定该由嘉尔曼两条裸露的腿行走，她的双腿整天在把优美的曲线清晰地显现在这条走廊上。于是，中心旅店的顾客，没有一位会对这双美腿毫无所知，即便他竭尽全力不想知道也不行，于是，有一些顾客就总是对这双扰乱心志的美腿魂牵梦萦。考虑到要对自己身上其他部分的抵偿，尽管她身上其他部分丝毫不能改变她鲜明的性格特征，嘉尔曼总穿着如此短的裙子，连整个膝盖都能看到。她的膝盖无懈可击，光洁滑润，像连接杆那样浑圆、灵活、精巧。人们仅仅为了这双腿就可能向嘉尔曼求爱，只是为了这双腿的美，为了它们伸缩、舒展、弯曲、摆姿态以及摆动的机灵方式。而且人们就是这么做的。正因为这双腿和她使用的那种具有说服力的方式，嘉尔曼有足够的情人，根本不屑于去上城区寻找情夫。她的殷勤体贴与她对自己拥有如此一双美腿的满意颇有关联，但是她的亲切是如此诚心诚意，始终不渝，以至她的情人后来都成了她忠实的顾客，有时，他们在太平洋浪游两年之后，总是又回到中心旅店来。旅店生意兴隆。嘉尔曼自有她并不苦涩的人生哲学，她轻易地安于命运的安排，如果可以这么说的话，但她顽强地禁止自己陷入任何可能败坏情绪的恋情。这是个十足的娼妓，生来就习惯于她那些伴侣来来去去，习惯于赚钱的艰苦，生来就养成了疯狂般的独立习惯。而这一切并不妨碍她有自己的选择和爱好，有她的友情，也许还有她的爱情，不过，她是优雅地接受其爱情的偶然性。

嘉尔曼对母亲很友好，也很尊重。每当母亲来小住，她总是留给她一间靠河那边的安静的客房，而且让母亲付的房费同靠电车道的房间一样。有一次，那是两年前的事了，在一阵高贵的，也许并非完全非理性的感情冲动下，嘉尔曼使约瑟夫失去了童贞。从那时起，每当约瑟夫路过此地短住，她就一连几夜同他共度良宵。在这种情况下，她很体贴而又巧妙地不收他房费，她就这样以她从约瑟夫那儿获取的愉悦来掩盖她的慷慨和宽厚。

这一回，嘉尔曼自然而然受母亲重托，帮她卖掉若先生送的钻戒。母亲到达的当天晚上就找到嘉尔曼，问她是否能把钻戒卖给中心旅店的某位主顾。见母亲手中竟然有一枚如此贵重的戒指，嘉尔曼感到非常吃惊。

“这是某个若先生送给苏珊的。”母亲自豪地说，“他想娶苏珊，但是苏珊不愿意，因为约瑟夫不喜欢这个人。”

嘉尔曼立刻明白他们此番进城的动机，只是要卖掉钻戒。她完全理解母亲这一举措的重要性，她一定助一臂之力。在她看来，中心旅店的顾客总的说来都不像要购买如此贵重的戒指的，她对母亲这么说，尽管如此，她还会试试给他们看看。翌日，她就向其中几位顾客谈起此事。此外，她在旅店办公室显眼的地方，她桌子的上方挂了这样一块牌子：“精美钻戒待售，机会难得，有意者请与旅店办公室接洽。”

然而，几天过去了，旅店里没有任何人过问。嘉尔曼说她早料想到会这样，但牌子仍然可以挂着，那些中途停泊船只上的海军军官们有可能来挥霍一通。但是，她劝母亲试着自己去把戒指卖给首饰商或钻石商，白天母亲自己负责寻找买主，晚上再把戒指交给她，以免失去在旅店里卖掉的机会。

然而，三天以后，这整套策略毫无结果。

戒指始终包裹在若先生用的薄棉纸里，母亲把它放进自己的手提包里，开始在城里四处奔走，要按照若先生所说的价格两万法郎卖掉它。然而，她向第一位钻石商拿出这枚钻戒时，这钻石商只出价一万法郎。他告知母亲钻石有很严重的毛病，一块“蛤蟆斑”①，这就大大降低了钻戒的价值。母亲首先就不相信钻石商谈到的所谓瑕疵。她开价两万法郎。然而，她见了第二位钻石商，他也说钻石有瑕疵，这时，母亲开始怀疑了。她从未听说过钻石，甚至最纯净的钻石都可能会有一些散失的“蛤蟆斑”，理由很充分，因为她从未拥有过钻石，无论有无瑕疵。但是，第四位钻石商也跟她谈起瑕疵问题后，她不得不开始发现在这形容钻石毛病的如此富于暗示意味的名称与若先生本人的人格之间有一种隐隐约约的联系。三天奔走以后，母亲开始对这一联系以一种的确比较模糊的方式表达出来。

“我不奇怪。”母亲说，“早应该料到的。”

很快，这种联系在母亲的头脑里变得根深蒂固，当她一提起若先生，就会张冠李戴，把他和他的钻戒混同一起，用同一个称呼。

“我初次在朗镇餐厅见到这癞蛤蟆，从第一天起，我也许就不应该信任他。”

这枚闪现出虚假光辉的钻戒，正是这个男人的钻戒，他的百万家产可能给人以假象，人们可能以为他的千百万家产会毫不犹豫地奉献出来。母亲对他的厌恶如此强烈，就好像若先生的钱财是偷盗来的。

“癞蛤蟆对癞蛤蟆，”她说，“他们俩半斤八

---

① 此处原文为crapaud，有“癞蛤蟆”“外形丑陋的男人”“瑕疵”等意思。与下文中的癞蛤蟆为同一词，故译为“蛤蟆斑”。

两。”显然，由于同样的憎恶，她把他们混同起来了。

然而，她始终要价两万法郎，而且“一个子儿也不能少”。她处于亢奋状态。她总是那么情绪激昂，一种奇特的激烈情绪，与她遭受的失败次数成正比。别人给钻戒的价越少，她就越是咬住这两万法郎的价不放。整整五天，她奔走于钻石商铺。她先去白人开的商店。她神色从容，若无其事地走进店堂，说她有一件家传的首饰，如今对自己毫无用处，想要把它卖掉。店主要看看，于是她就拿出戒指，人家就拿起放大镜，仔细察看钻石，然后，人家发现了那块蛤蟆斑。有人出价八千法郎，有人出价一万一千法郎，继而，有人出价六千法郎，等等。她把钻戒放回手提包，急匆匆地走出商店，通常，她把苏珊大骂一顿，苏珊和约瑟夫正坐在 B12 里等着她。在若先生曾给她挑的三枚钻戒中，当然，苏珊恰巧挑了一枚最“次的”。

但是，母亲总是顽强不屈，无论好坏，她都

要两万法郎。

走遍了所有的白人开的钻石商店和首饰店，她开始找其他那些不是白种人开的店，黄种人、黑人开的商店。这些首饰店出价从不超过八千法郎。由于这些商店比白人开的店更多，因而母亲要花更多的时间一家家跑。但是，如果说她的失望如同她的愤怒和憎恶一样有加无已，那么这一切丝毫没有降低她的要求。她无论如何都要两万法郎。

一旦跑遍了城里所有白种人或非白种人开的钻石商店，母亲暗自思量，也许她的这些手法并不巧妙。于是，有一天晚上，她对苏珊说，摆脱这一困境的唯一办法就是重新找回若先生。她只跟苏珊说这个计划；她认为约瑟夫尽管挺聪明，但也有犯傻的时候，而且，他不可能理解这一切，不应该什么都告诉他。必须机灵些，再去见见若先生，但不能让他怀疑苏珊特意寻找他，要同他重叙旧谊。慢慢来，别着急。把这关系重新建立起来，让他判断失误，甚至诱发他某种酬报苏珊的欲望。重要的就是这个，就是使他神魂颠倒，使他丧失理智，直至他绝望地重新考虑送给苏珊另外两枚戒指，即便只是一枚也好。

苏珊答应母亲，万一见到若先生，她一定与他和好如初，但是，她拒绝特地去寻找他。母亲便自己承担起这份苦差事。可是，怎样在城里再找到若先生呢？他没有给他们地址，原因就不必说了。于是，母亲在她遗漏的各家钻石商店奔波的同时，开始寻找若先生。她在电影院出口处等候他，在咖啡馆的露天座，大小街道，豪华商店，旅馆，四处搜寻，如同一名热恋的少女充满活力和激情。

起先，在母亲那些无休无止的在各家钻石商店的奔波中，苏珊和约瑟夫一直陪伴在侧。然而，他们的热情抵御不住有关蛤蟆斑的故事。两天过后，约瑟夫认为这些奔走全然无用，断然决定独自一人走了，当然，开着那辆 B12。母亲只得同意。根据经验，母亲知道，约瑟夫因为没有充分利用在城里小住的机会，日后可能会后悔不迭，比起她孑然一人步行或乘坐有轨电车，前去面对钻石商恶魔般的眼光，比起这时油然而生的苦涩，那种悔恨也许会更强烈。何况，后来，当她决定重新寻找若先生时，她把约瑟夫的背叛转化为出乎意料的好事。只是在她自己放弃寻找若先生时，约瑟夫不在身旁这一事实让她完全感到绝望了，她睡了一整天，就像那次堤坝坍塌后，她也是这样呼呼大睡。

前几天，约瑟夫每天晚上还回到嘉尔曼那儿，每天早上，母亲还能瞧见他，尽管时间很短。但是，很快，约瑟夫根本就不回来了，这成了他们在城里这些日子最重要的事情。他连同B12一起踪影全无。此前，约瑟夫顺利地把几张新近刚鞣过的皮子卖给旅店里几位路过的顾客，他就是带着这笔钱消失了。嘉尔曼成功对母亲隐瞒了这件事，起码在母亲忙于跑钻石商店，后来又忙于寻找若先生时，瞒住了她；当时，母亲每天上午没有瞧见约瑟夫，倒也并不感到担心，她只是相信苏珊或嘉尔曼所说的话，她们说，每天下午母亲出门时她们都见到约瑟夫的。

有一天，苏珊认为，每次从首饰店出来自己就被斥骂一顿实在是不必要，从此，苏珊自然而然地成为嘉尔曼关怀的对象。嘉尔曼肯定约瑟夫不会那么快回来后，就满腔热情地关爱起苏珊来，为了让苏珊摆脱母亲那令人绝望的狂热，她甚至让苏珊睡在自己的卧室里，仿佛这一家的每个人确实都唤起了她同样的献身精神。就这样，在发现了约瑟夫以后，嘉尔曼发现了苏珊，而在这段日子里，尤其是对苏珊，就像她说的那样，她要好好“点拨”一下。

她向苏珊描述了自己的命运，她认为自己一生不幸，并力图用辛酸苦涩的词语来使苏珊信服。她说，她很清楚母亲一个心眼儿要把苏珊尽快地嫁出去，是为了自己独自一人，可以无所牵挂地死去。但这不是个解决办法。当一个人像苏珊这样还处在懵懂无知的年龄段的时候，这不是个好办法。嘉尔曼说：“都这个样儿，女孩儿开始都是傻里傻气的。”假如苏珊嫁给一个又愚蠢又有钱的男人，这个男人会给她所有物质条件，这些条件能使苏珊摆脱掉他，那么，这才可能是一个解决的办法。约瑟夫曾经同嘉尔曼谈起过若先生，她因为苏珊与若先生的事情进展不顺而感到有些遗憾，因为他似乎是这一类的理想人选。“三个月后，你就会背叛他，然后，事情就可能这么发展下去……”但是，若先生，或确切地说，若先生的父亲不会任人摆布的。嘉尔曼向苏珊解释，即便在这里，在城里要找到一个丈夫，特别是要找到理想的丈夫，像若先生那样类型的丈夫是困难的。不管怎样，十七岁根本谈不上什么爱情婚姻。出于爱情而与偏远角落的海关职员成婚，那么他会让你三年内生三个小孩儿……不，迄今为止，苏珊对母亲已经表现得太温顺了。

最重要的事情是：首先，必须摆脱母亲，她不可能理解，生活中，人们可以用别的武器来获得自由和尊严，与她所认为的好的办法不一样。嘉尔曼非常了解母亲的情况，堤坝的故事，租借地的故事等等。母亲使嘉尔曼想到一种具有毁灭性的魔鬼。她毁掉了平原上成百上千的农民的安静。她甚至想要战胜太平洋。约瑟夫和苏珊必须留神她。她已经承受了那么多的不幸，使她变成了一个拥有巨大诱惑力的魔鬼，她的儿女为了安慰她，很可能永远也不离开她，顺从于她的意志，任凭自己被她吞噬。

作为女儿，没有第二种方式来学会如何摆脱母亲。

虽然苏珊听到别人这么说母亲感到有些尴尬，但这到底是真的。尤其是堤坝事件以后，母亲变得不可理喻。至于其他的，苏珊当然不需要什么角落里的海关职员，也不需要若先生。好，嘉尔曼言简意赅。

嘉尔曼给苏珊梳理好头发，打扮了一番，给了她一些钱。她建议苏珊去城里散散步，不过，还是嘱咐她不要让偶然碰到的什么人随意摆布。苏珊收下了嘉尔曼的衣裙和钱。

苏珊第一次到上城区散步是有点听从了嘉尔曼的建议。

她没有料想到自己生活中至关紧要的一天竟是她十七岁这年，第一次独自在一座殖民地大城市里漫步的这一天。她不知道这个城市秩序严酷，居民等级分明，如果人们达不到其中某个等级，就会不知所措。

苏珊努力迈着轻松自然的步履。时值下午五点。天气还很热，但下午那种懒洋洋的迷糊状态已经过去。大街上渐渐挤满了那些睡了午觉而精神焕发，傍晚冲了澡而感到清凉的白种人。人们瞧着苏珊。他们回过头来，微笑着。像她这样年龄的白人少女，没有一个在上城区的街道上独自步行。人们在街上遇到的白人姑娘都身穿运动服，成群结队而过。有的把网球拍夹在腋下。她们也回过头来。大家都回过头来看。大家一边回头看，一边在微笑。“在我们的人行道上迷路的可怜姑娘是从哪儿来的？”这里，甚至连成年妇女也很少单独行动。她们都是三五成群的。苏珊与她们交错而过。这一群群女子都被美国烟的芳香、金钱的幽香所环绕。苏珊发现这些女人一个个都风姿娟好，她们夏季装束的优雅对于所有不属于她们的人都是一种藐视。特别是，她们行走时步履如王后般高贵，她们的谈吐、笑容、举手投足，与全身动作完全和谐融洽，这是一种安逸生活养成的潇洒。自从苏珊踏上从电车道至上城区中心这条大街时，这种感觉就难以察觉地产生了，然后，变得更加明显了，当她到达上城区中心时，这种感觉越来越强烈，甚至变成了一个不可饶恕的事实，那就是，她非常可笑，而且一目了然。嘉尔曼错了。不是所有的人都可以走在这些街道上，走在这些人行道上，走在这帮贵族富豪和王子王孙中间的。大家并不拥有同样的生活才能。他们似乎在熟悉的环境中，在他们的同伴中间，迈向确切的目标。而她，苏珊，则没有任何目标，没有任何同伴，从来没有在这个舞台上存在过。

苏珊竭力想些别的事情，但枉费心机。

大家一直在注意着她。

别人越是注意她，她就越是相信自己在丢丑，简直是十足的笨蛋和丑八怪。只需一个人开始注意她，马上就像闪电般迅速地蔓延开来。眼下，所有与她交错而过的人似乎都注意到了，全城的人都注意到了，而苏珊对此毫无办法，唯有继续向前走，继续被四处射来的眼光包围，不得不迎着这些投在她身上的目光，这些目光时刻被新的目光替代，不得不迎着越来越响的笑声向前走，这些笑声从身旁飘过，又从她身后如脏水般泼过来。苏珊并没有因此而当即倒毙，但是，她就在人行道的边上行走，她也许巴不得当场倒地而死，顺着排水沟滑下去。苏珊越来越感到羞愧，自惭形秽。她恨自己，恨一切，她在逃跑，她想要逃避一切，摆脱一切。要摆脱掉嘉尔曼借给她的这条上面全是蓝色大花的裙子，这条中心旅店式的裙子太短，太紧。要摆脱掉这顶草帽，这里没有人戴这样的帽子。要摆脱掉这些头发，这里没有人梳成这样。但是，这都没什么。是她，是从头到脚都让人蔑视的她。是因为她的眼睛，那么把眼睛扔到哪里去？是因为她笨重的双臂，就像是垃圾；是因为这颗心，就像一头无耻的畜生；是因为那无能的双腿。她竟然还带着这样一个手提包，是母亲的旧手提包，啊，我的母亲，这个坏女人！让她去死吧！苏珊因为手提包里的东西直想把它扔到排水沟里去……可是，不能把手提包扔进排水沟。不然，所有的人都会跑过来，把她团团围住。也好。那么，她也许可以躺在排水沟里，手提包放在身旁，慢慢地死去，那么，他们也许就不得不停止耻笑。

约瑟夫。那时候，他仍然每天晚上都回旅店。上城区并不大。如果不是在上城区，那么约瑟夫会在哪儿呢？苏珊开始在人群中寻找约瑟夫。她汗流满面。她摘掉帽子，和手提包一起拿在手中。她没有找到约瑟夫，但是，突然见到有一个电影院的入口处，一家可以躲藏起来的电影院。还没有开始放映影片。约瑟夫不在电影院里。没有人在那儿，连若先生也没在那儿。

钢琴声开始响了起来。灯灭了。苏珊感到，从此不会被人看见，自己是无懈可击的了，她开始幸福地哭了。下午黑暗的电影厅好比沙漠中的一片绿洲，是孤独的人的黑夜，是人为的、民主的黑夜，电影院里一视同仁的黑夜要比真正的黑夜更加真实，比所有真正的黑夜更加令人高兴，让人感到宽慰，这一被选择的黑夜，向所有的人敞开，奉献给所有的人，比所有的慈善团体和所有的教堂都更加宽厚仁慈，更加乐善不倦，这黑夜让人不再为所蒙受的耻辱而痛苦，所有的绝望都荡然无存，整个青春时代的丑陋的污垢都被涤荡一空。

银幕上是个美丽的年轻女子。她身着宫廷服

装。人们不可能把她想象成另外一个人，人们不可能把她想象成与她已经有的和别人所瞧见的不同的另一种模样。男人们为她失魂落魄，纷纷拜倒在她脚下，她在那些牺牲品中间行进，影片的近景是那些拜倒在她石榴裙下的牺牲品，而她则已经远去，自由自在，如同一艘远驶的航船，她的表情越来越冷漠，她绝美的容貌总是在被毫无瑕疵的摄影机抓拍住。就这样，痛苦的那一天来临了，她不再爱任何人。当然，她有许多钱。她四处遨游。正是在威尼斯的狂欢节上，爱情在等待她。那个人很英俊。他有着忧郁的眼神，黑黑的头发，戴着金色假发，气质十分高贵。在他们之间什么都还没有发生时，观众就知道事情成了，就是他。正是这个太妙了，观众比她先知道这一点，真想告诉她。这时，风狂雨骤，雷电交加，天空阴沉沉的。经过种种曲折和拖延，通过必要的手段，在微弱的路灯灯光下，他们俩的身影映现在两根大理石柱子之间，这灯光显然是说明这一切的习惯手法，他们紧紧拥抱在一起。他说，我爱您。她回答，我也爱您。因等待而阴沉下来的天空豁然清亮。这亲吻如雷鸣电闪。影院和银幕完全浑然一体。观众都恨不得身入其境。啊！人人都想要亲历其境。他们的身体缠绕在一起。他们的嘴唇渐渐靠近，缓慢得就像一场梦魇。当他们的嘴唇即将相触时，他们却身首分离。于是，在他们被砍下的脑袋上，人们看见了不可能看到的情景，他们的嘴唇相对，微微张开，还在一点点张开，这时，脑袋不可避免地突然松弛，他们的颌骨犹如垂危之人那样松开了，他们的嘴唇像章鱼一样，缠绵在一起，难解难分，相互挤压，在如饥似渴的狂热中，试图使自己消融掉，直至同对方完全融为一体。这是荒谬的、不合情理的理想，人体器官的形态显然不适合这一理想。然而，观众们也许只看到为此所做的尝试，其失败他们并不知晓。因为银幕这时被照亮了，变成如裹尸布那般的白布一块。

天色还早。苏珊一走出电影院，便上了上城区的主干道。在影片放映时，暮色已渐渐降临，这就仿佛是影院里的黑暗在继续，影片中那爱情之夜在继续。苏珊感到平静而安心。她重新开始寻找约瑟夫，不过是为了与刚才不同的理由，因为她不能下决心回去。而且，也因为她还从未如此渴望见到约瑟夫。

在她走出电影院半小时后，她遇见了约瑟夫。她发现那辆B12正在自己走的大道上驶来，向码头方向去。车开得很慢。苏珊站在人行道上，等着车驶近身旁时再叫唤约瑟夫。

约瑟夫身旁挤坐着两名女子。紧挨他的那名女子搂抱着他。约瑟夫的神情怪怪的。他好像醉意浓浓，美滋滋的。

就在B12即将与她交错而过时，苏珊猛然冲向人行道边缘，高声喊道："约瑟夫！"约瑟夫没有听见。他正在同搂住他的那个女人说话。

不过，此时街道堵塞，约瑟夫的车开得非常慢。

"约瑟夫！"苏珊又喊了一声。好几个行人停住了脚步。苏珊沿着人行道奔跑，想要跟上约瑟夫的车。但是，约瑟夫没有听见她的喊声，也没有看见她。于是，接连喊了两次以后，苏珊开始不停地高声叫喊："约瑟夫！约瑟夫！"

"要是他下一次还是听不见我的叫声，我就扑到车下，非要他停下车不可。"

约瑟夫停下车。苏珊也停住脚步，向他莞尔而笑。苏珊仿佛与他阔别已久不期而遇那样，感到惊讶而高兴，仿佛某种从童年起就有的东西又回来了。约瑟夫把车停靠在人行道旁。B12 没有变，还是老样子。仍旧是那一样的用铁丝拴住的车门，还是那车顶篷的无遮盖的生锈框架，车顶篷是在某天被狂怒中的约瑟夫扯掉了。

"你在这儿干什么？"约瑟夫问道。

"我在散步。"

"妈的，你穿得真滑稽。"

"是嘉尔曼借给我这条裙子。"

"你在这儿干什么？"约瑟夫又问道。

其中一名女子问了约瑟夫什么，约瑟夫说道：

“这是我妹妹。”

第二名女子问这第一名女子道：

“这是谁呀？”

“是他妹妹。”第一名女子说道。

她们俩都带着有点腼腆的得意神情向苏珊微笑。她们俩都浓妆艳抹，身穿紧身连衣裙，一个穿绿色，另一个蓝色。那个搂住约瑟夫的女子是其中最年轻的。她微笑时，能瞧见她一边缺了一颗牙齿。她们俩想必都是来自港口的妓院，约瑟夫大概不知道是在哪儿捡来的，也许是在某个电影院前面。

约瑟夫待在车里，显得烦恼不安。苏珊正等着他提议让自己上车。但是，约瑟夫显然并不打算这么做。

“妈妈呢？”约瑟夫还在没话找话问，“你怎么一个人呢？”

“我不知道。”苏珊说道。

“那个钻呢？”约瑟夫又问道，他立刻就用上了他的新词汇。

“没卖掉。”苏珊随即答道。

苏珊倚着车，站在约瑟夫的身旁。她不敢登上车。约瑟夫对此心里明白，他显得越来越心烦意乱。那两个女人看来没有觉察到正在发生的事。

“那么，再见。”约瑟夫终于说了出来。

苏珊猛然从车门那儿缩回胳膊。

“再见。”

约瑟夫尴尬地瞧着苏珊。他迟疑不决。

“你这样去哪儿呢？……”

“我才不在乎去哪儿，”苏珊说，“我去我想去的地方。”

约瑟夫又犹豫了。苏珊已经走远。

“苏珊！”约瑟夫无力地叫喊道。

苏珊没有回答。约瑟夫慢慢地发动了车，没有再叫唤她。

苏珊走上大道，一直走到教堂广场。她恨约瑟夫。现在，她再也不在意一路上投来的所有目光，也许由于天色已黑，别人也不那么注意她了。要是母亲能路过这里就好了。但是，这是毫无指望的事。母亲从来都不路过此地，因为这是个散步的地方；她正带着她那“癞蛤蟆”，那枚钻戒，在城里四处奔波。然后，她寻找若先生，她要把若先生找出来。这类似一个没有自知之明、滥献殷勤的老女人，已经迷失在城里。从前，她在银行间奔走，现在是在钻石商店奔波。它们会把她吃掉的。很久以来，见到她精疲力竭回到家后，大多数时间就是什么也不吃，哭泣着躺倒在床上，大家都以为她这条命一定会送在银行里或者钻石商店里。然而，她还是从中解脱，而且，总是故态复萌，再次放任自己于这种恶习，如她所说的，去乞求不可能的事，乞求她的“权利”。

苏珊坐在广场中心小花园的长椅上，这小花园靠近教堂。苏珊不想马上回去。母亲也许又会大骂，要么骂约瑟夫，要么骂她。很快，约瑟夫的事就要结束了，他就要走了。这有点像是约瑟夫的垂危挣扎，他很快就会迷失在平庸之中，迷失在可怕而粗俗的情欲之中。不再有约瑟夫了。他空谈妄论，他再也不会长久地负责照料母亲，他已经准备好谋杀了。这是个惯于撒谎的人。世上有许多骗子。其中，嘉尔曼尤其是个骗子。

当初，约瑟夫是在电影院里与她萍水相逢的。她正一支接一支地抽烟，因为，她没有火，约瑟夫就给了她火。于是，她每次都给约瑟夫一支烟。他也一样，不停地抽烟。这可是些很好很贵的烟，是最贵的烟，大概是著名的三五牌。他们一起走出电影院，从那时起，他们就亲密无间了。至少，这是嘉尔曼说的有关约瑟夫的故事的简要。

“他那时竟落到那个地步，几支烟就足够了。”她补充道。

她声称在上城区与约瑟夫邂逅相遇后，约瑟夫就把自己的一切都告诉了她。不过，跟嘉尔曼这种人说话，怎么知道她说的是否是真话呢？她有她的情报来源，她的网络。甚至，她大概知道约瑟夫现在在哪儿，但是她非常注意保密。已经有八天八夜了，约瑟夫一直没有在中心旅店露面。

母亲几乎不再跑钻石商店和首饰店。她现在只指望旅店的顾客，指望嘉尔曼。时而，她蓦然跳起来，还去某家她曾经漏掉的钻石商店，不过，她不再整天在全城奔波了。她甚至也不再寻找若先生。她已经费尽心机四处找他，她为此感到厌倦，就像厌倦了一个情人一样。她说一旦约瑟夫回来，她就回到她曾见过的第一家钻石商那儿，那位钻石商曾出价一万一千法郎买这枚带"蛤蟆斑"的钻戒，然后，她就动身返回平原。现在，她的极大部分时间用来等待约瑟夫回来。她已经支付了房租和伙食费，付到约瑟夫走掉的那一天为止。之后，她决定不再付钱。她对嘉尔曼说自己已囊空如洗。她怀疑嘉尔曼肯定知道约瑟夫的去向，只不过她秘而不宣，因此心照不宣地同意母亲在约瑟夫声色犬马、逍遥快乐期间，不用支付食宿费用，是她让约瑟夫外出去随心所欲地寻欢作乐。然而，母亲一天只吃一顿，不知道是因为放心不下，还是天真地试图通过这样的要挟来打动嘉尔曼。苏珊，她则和嘉尔曼同桌用餐，在嘉尔曼的卧室里睡觉。她只是在晚餐时才见到母亲。整个白天，母亲都在睡觉。她吃了药，然后就倒头大睡。在她一生中艰难时期，她总是像这样大睡。两年前，当堤坝崩塌时，她连续睡了四十八个小时。她的儿女已经习惯于她的行为方式，对此并不过分担忧。

自从第一次在上城区散步以后，苏珊也不再对嘉尔曼唯命是听。她之所以每天下午仍然去上城区，是为了直接到电影院去。通常，她上午待在旅店的办公室里，有时，她替代嘉尔曼。中心旅店有六间称作“已预订”的房间，需要挺大的工作量。大部分时间里，这些房间是按小时出租给海军军官和新到的妓女。嘉尔曼已经得到为此而设的适用的许可证。这是她经营的最大盈利。但是，她声称，她不是为了赚钱才申请这许可证，而是出于某种真正的爱好。她自称，在一个名声很好的旅店里，她会感到无聊的。

有时，那些妓女会待上一个月，等待命运有所变化。她们在旅店受到无懈可击的待遇。有时，其中某些妓女，一般是最年轻的，跟她们邂逅相遇的狩猎者或种植园主走了，但是，她们中很少人能习惯高原或偏僻荒凉地区的生活，于是，几个月后，她们又返回来，又回到妓院。除了直接从首都来的新入行的烟花女以外，还有其他从上海、新加坡、马尼拉、香港来的妓女。这些都是闯荡江湖、四处漂泊的卖笑女子。她们有规律地到太平洋各港口做生意，在每个港口停留时间不会超过半年。这些女子是世上烟瘾最大的鸦片烟鬼，是太平洋上所有船员的性启蒙者。

“她们都是些流浪者，”嘉尔曼说，“不过，我更喜欢这些人。”

她不多作解释。她说她喜欢妓女，她自己就是妓女的女儿，但并不仅仅因为这个原因，而是因为在殖民地这个大妓院里，这还是更善良、更正当的东西，而更少些卑鄙和下流。

显然，嘉尔曼对来的每一个妓女推销这枚钻戒。在每一个预订的房间里，她都放了悬挂在办公室的那块牌子的复制品。她甚至还给她们解释母亲的情况。

“怎么！人家可不是把钻戒送给她的。”嘉尔曼苦涩地说道。

母亲正感受着这种苦涩。然而，旅店成了唯一一个有可能把钻戒按照母亲开的价格卖掉的地方。嘉尔曼说，旅店里没有放大镜，别人不会识破钻石上的那块“蛤蟆斑”。在她心中，卖掉钻戒成了一件时刻关注的大事，只不过没有像母亲那样魂牵梦萦。再说，嘉尔曼不会让自己被任何事情烦扰的。唯一真正困扰她的，是需要新的男人，这就使她经常放下一切出门揽客。通常在有船舶到来的时候，就把她忙坏了。晚饭后，她穿上盛装，涂脂抹粉，沿着河边匆匆向港口走去。有一天晚上，她回来时，在一阵柔情蜜意的冲动中，竟然对苏珊说道：

“你想想看，在外面，他们很棒的。不应该把男人关在家里。在街上，他们表现最好。”

“怎么，在街上？”苏珊感到困惑不解。

嘉尔曼笑了起来。

苏珊不在嘉尔曼的办公室的时候，就在上城区的电影院里。早餐后，她离开旅店，直奔第一家电影院，然后第二家电影院。城里共有五家电影院，上映的影片常常变换。嘉尔曼知道苏珊爱看电影，因此就给她钱，让她去电影院看得高兴。嘉尔曼微笑着说，自己出门沿河揽客和苏珊出门看电影，两者之间没有太大的区别。她说，在真正做爱之前，人们先从电影学着做。电影的最大功绩就是使少女少男产生爱的欲望，使他们急切地逃离家庭的束缚。首先应该摆脱家庭，如果这确实是一个家的话。显然，苏珊并不十分明白嘉尔曼的教诲，不过，见她如此关心自己倒也颇感自豪。

每天晚上一回来，苏珊就向嘉尔曼探问约瑟夫的消息和钻戒的情况。约瑟夫没有回来。钻戒没有卖掉。若先生再也没有出现。但主要是约瑟夫没有回来。随着时日一天天地过去，苏珊明白，她在约瑟夫的生活里变得越来越不重要了，也许在某些时刻，不比她根本不存在更重要。他也许永远不会回来了，这也不是不可能。母亲的命运并不构成真正的问题，就像嘉尔曼说的。如果约瑟夫回来，母亲会继续活下去，如果他一去不归，母亲就会命赴阴曹。这比起约瑟夫身上发生的事，比起嘉尔曼身上很久以来的遭遇，也许不是那么重要，可是，这似乎已经给苏珊留下了永久的伤痕，这一切在某一天也许会降临在她身上。现在，这已经在威胁着她。从每一个街角，从每一个拐角，从每一个小时，从每一部影片里的每一个画面，从每一个看见的男人的面孔，她已经可以说，它们都在把她拉向嘉尔曼和约瑟夫。

母亲从不问她如何安排时间。只有嘉尔曼关心她。嘉尔曼没什么事情忙的时候，常常要苏珊给她讲述看过的电影，然后又给她第二天要花的钱。嘉尔曼为苏珊感到担忧，约瑟夫失踪的时间越长，她就越是不安。有时，她甚至感到内心纷扰。苏珊会变得怎么样呢？她反复地说，苏珊必须明白，应该离开母亲，尤其是在约瑟夫不回来的情况下，更应如此。

“她的不幸，最终，就像咒文一样，”嘉尔曼一再说，“必须忘记这些不幸，就像忘记一段咒文一样。我看只有她的死或者一个男人才可能使你忘掉她。”

苏珊发现嘉尔曼的固执有点简单。她向嘉尔曼隐瞒了自己不再去上城区散步的事。她没有给嘉尔曼讲述第一次散步的情况，并不是她早已决定对此保持沉默，而是因为她没想到要说。事实上，那次散步并没有发生任何事给她留下深刻的印象，苏珊还想象不到除了把具体事件当作私房话，还能讲些别的什么。其余的事都是不光彩的，或者是太珍贵，不管怎样，都是不能说出来的。她任凭一无所知的嘉尔曼唠叨，嘉尔曼根本还不知道她唯一敢面对的人是银幕上那些令人惊叹、令人放心的人。

当苏珊一回来，嘉尔曼就把她拽进自己的房间细细盘问。嘉尔曼的房间是她生存中的弱点。她曾经抵御了生活中大小许许多多事情，但是，对于铺着手工绘制坐垫的摇摇晃晃的沙发的魅力，对于挂在墙上绘有古代舞会上的哑剧丑角和意大利喜剧的小丑的挂毯，对于那些假花，她却抵抗不了它们的诱惑。苏珊在这个房间里觉得有点憋气。然而，还是宁可睡在这里也不愿睡在母亲的房间里。苏珊知道，就是在这个房间里，约瑟夫与嘉尔曼同床共枕。每次，嘉尔曼在她面前更衣时，她就会想到这一点。而且，每次都会有差别，倒不是嘉尔曼，而是约瑟夫。嘉尔曼是个细高挑儿，腹部扁平，小小的乳房有点下垂，然而，她的双腿则美得令人惊叹。每天晚上，苏珊都仔细打量她，而每天晚上，她同约瑟夫的区别就越发突出。苏珊只有一次在嘉尔曼面前脱过衣服。嘉尔曼把她抱住说："你就像一颗杏仁。"然后，她默默地抹去一滴眼泪。就在这一天的晚上，她请求苏珊把遇到的第一个男人带回来给她。苏珊一口应承。但是，后来她再也不在嘉尔曼面前更衣了。

晚餐时间到了，苏珊去母亲房间叫她。总是老样子。母亲躺在床上等候着约瑟夫。她总是呆在黑暗中，因为她甚至连点灯的愿望都没有。在她身边的床头柜上，一只倒扣的玻璃杯罩住那枚钻戒。母亲醒来时，总是憎恶地瞅着戒指。她说，这“癞蛤蟆”让她直想死。她又补充说，真是倒霉，简直是无法想象。有时，当她吃了太多的那些镇静药，就会尿床。于是，苏珊走到窗户前，免得看见这种情景。

“怎么样？”母亲问道。

“我没有看见他。”苏珊说道。

母亲开始哭泣。她又要吃药丸。苏珊把药给了她，又走回窗户那儿。然后，把嘉尔曼说的话反复地跟母亲说。

“这是早晚要发生的事。”

母亲说她明白这一点，但是，如此突然地失

去约瑟夫还是很可怕的。她以同样的语气谈起了约瑟夫，谈起了钻戒，当她还在寻找若先生的时候，也是用这种语气谈起他。有时候，当她说“要是他又回来就好了”，别人不知道她指的是约瑟夫还是若先生。

由于药丸的作用，母亲摇摇晃晃地站了起来。必须等她穿好衣服去用晚餐。等的时间很长。苏珊靠窗而坐。有轨电车那低沉的声音一直传入房中。但是，苏珊从这里看到的城市，是一条被从太平洋铺天盖地驶来的帆船和港口的拖轮遮盖了一半的大河。嘉尔曼为苏珊担心是不必要的。苏珊已经看了那么多的电影，那么多相爱的人儿，那么多的离去，那么多的搂抱，那么多最后的拥吻，那么多的答案，那么多那么多的事，那么多命中注定的事情，那么多残酷的，当然也是不可避免的、致命的抛弃，苏珊可能已经做出了决定，就是要离开母亲。

苏珊唯一的一次与男人结交，应该是在中心旅店，那个人是加尔各答某家棉纱厂的推销员。

他是路过殖民地的，八天后将乘船去印度。他每回出门巡游都要两年之久，而且，每回只经过这个殖民地一次。每次路过，他都想要物色个法国女人做妻子，他要一个很年轻的，如果可能的话，要是个处女，但是，他从来都没有遂愿。

“有个家伙也许能行。”嘉尔曼对苏珊说，“如果约瑟夫再也不回来的话，你至少可以有个出路。”

巴尔奈是个四十来岁的男子，个子高高的，花白头发，身着粗花呢西服，说话时沉着冷静，很少面露微笑，在生活中，他确实是仪表堂堂，一表人才。十五年来，他逍遥自在地参观了全世界所有的大织造厂，在各处吹嘘他的棉纱有着上好的质量。再说，他多次游历世界，对世界有着自己独特的看法，那就是，这个世界吸收加尔各答 G. M. B. 工厂的棉纱的容量以公里计。

嘉尔曼同他谈起了苏珊，当天，他就想结识苏珊。他心情急切。那天，等母亲上了床后，很晚了，在嘉尔曼的房间里，他们互相做了介绍。跟往常所做的一样，苏珊顺从了嘉尔曼的愿望。介绍后，巴尔奈就谈起了他的本行，谈起全世界的棉纱交易，谈起棉纱消费的好势头。这些是那天晚上的全部内容。翌日，他通过嘉尔曼邀请苏珊同他一起出去，他说，是为了彼此有更加全面的了解。苏珊晚餐后前去与他碰头。

他们坐上巴尔奈的车，一起去看电影。那是一辆奇特的车，而巴尔奈为之十分自豪。他们一到电影院前，巴尔奈就站在苏珊面前，详详细细地向她论证自己对汽车做的奇妙的改进。这是一辆双座轿车，漆成了红色，后座已经被改装成一种容纳多个抽屉的大箱子，巴尔奈把他的棉纱样品放在这些抽屉里。抽屉有黄色的、蓝色的、绿色的等等，与里面放的棉纱的颜色一致。有三十来个抽屉都朝箱子的尾部开启，只要从里面用钥匙转一圈，抽屉便可自动开关。巴尔奈解释说，这辆车是世上绝无仅有的，是他，只是他一人想到把车改装成这样。他又说，这还没有达到他想要的完美的程度：有时，顾客仔细看过棉纱样品后弄错抽屉，没有放进相符颜色的抽屉里。这就是一个严重的弊病，但他会设法补救。他已经知道该怎么做：用一根扁平的绳子把线轴固定在抽屉底，只有他一人知道如何取下。他说，他一直在努力完善他的这些抽屉，这一切都不是一蹴而就的。任何事都不是信手拈来的，他神态狡诈地这么归纳。有二十来人聚集在小轿车周围，而巴尔奈则在高谈阔论，让大家享用他的说明。

看着这辆车，听着他夸夸其谈，没有什么可以怀疑的了。还是倒霉。剩下来要做的事情就是把那“癞蛤蟆”塞给他。苏珊非常想念约瑟夫。

看完电影，他们去城外的一家泳池舞厅跳舞。巴尔奈毫不犹豫地去往那里，显然，他每到殖民地逗留期间都是这样打发时光，而且，每次都带一名中心旅店新来的女职员。

那家舞厅是一座坐落在树林中，被漆成绿色的吊脚楼。树木高处，威尼斯灯笼[1]在摇曳，把那儿照耀得如同白昼。沿着吊脚楼是那著名的游泳池，就是靠了它，才造就了舞厅的名气。那是岩石堆积而成的大水池，水由一条小溪补给，人们在堵住大水池开口的同时，把小溪截流引入。因此，常流常新的池水在池底潺湲而流，澄澈见底。三盏探照灯垂直地照亮了游泳池，游泳池的池底和池壁都还保持着天然本真的状态，上面长满了长长的海草，透过海草，显现出一个橙色和紫色卵石铺就的池底，与盛开的海底花卉交相辉映，鲜艳夺目。池水如此清澈，如此平静，使池底一览无遗，所有精确的细部，最轻微的不同之

① 节日期间用的半透明的彩色纸灯笼。

处全都清清楚楚，犹如被凝固在水晶里。除了探照灯，还有威尼斯灯笼照耀着游泳池，这些灯笼色彩缤纷，摇曳生姿，在这树林泛绿的天空中晃动。宽阔的浅草坪环绕着游泳池，在草坪中央，有一排同样是绿色的更衣室。有时，其中一间更衣室的门打开了，出现一个女子或一个男子的身体，浑身赤条条的，白得惊人，皮肤光润，使树林发亮的影子为之黯然失色。赤裸的身子奔跑着穿过草坪，跳入水池，在周围溅起一束闪耀的水花。然后，水花落下，那身子显现在水里，略带蓝色，如凝脂般滑溜。当那身子在游泳时，舞厅的音乐声骤然而止，灯光也熄灭了。有时，最为大胆的一些人跳入水中，在池底长长的海草间穿行，扰乱了那肃穆的宁静，然后，以一个缓慢、扭动的潜泳动作消失在水中。接着，在一阵颇为壮观的闪亮水泡的旋涡中，那身子又浮现在水面上。

男男女女凭倚在阳台，默默地看着。虽然这样裸泳是允许的，但是，还是很少有人敢这样惹人注目。游泳的人一旦离去，灯光便亮了起来，乐队重新奏起乐曲。

“这是百万富翁的娱乐。”让·巴尔奈说道。

苏珊坐在他对面。他们周围是殖民地所有的大吸血鬼，大米巨头、橡胶巨头、银行巨头、高利贷巨头，他们正坐在那儿，或正在跳舞。

“我不喝酒，”巴尔奈说，“但是，您也许来一杯？”

“我要一杯白兰地。”苏珊说道。

苏珊想惹他讨厌，但她还是朝他微笑。她大概希望同另外一个人在一起，她也许就不必这样强颜欢笑。如今，约瑟夫走了，母亲又那么想死，真的，每一天，越来越感受到这种需要。

“令堂大人身体不舒服吗？”巴尔奈没话找话地问道。

“她在等我哥哥，”苏珊说，“这让她病倒了。”

苏珊相信巴尔奈已经听嘉尔曼说起过。

“我们不知道他在哪儿，想必他遇见了个

女人。”

“噢，”巴尔奈愤慨地说，“这不是理由。我永远不会丢下我的母亲不管。我的母亲真是位圣女。”

他母亲的圣洁让人不寒而栗。

“我的母亲并不是。”苏珊说，“如果我处在我哥哥的位置，我也会这样做。”

苏珊让自己镇定下来：是时候了。

“如果您认为您的母亲是位圣女，也许应该向她表明您的这份感情。”

“向她表明？”巴尔奈感到吃惊。“我已经向她表示了。我觉得自己可以说从来没有对她有不敬之处。”

“也许应该最后送她一件漂亮的礼物，以后，您就会心安理得了。”

“我不明白。”巴尔奈说，他始终感到惊讶，“我因为什么而感到更加心安理得呢？”

“如果您送她一枚漂亮的戒指，以后，您就不必再送她什么了。”

“戒指？为什么是一枚戒指呢？”

“我只是举个例子而已。”

“我母亲，”巴尔奈说，“不喜欢首饰。她非常朴实。每年，我在英国南部给她买一小块地，这是最让她高兴的事了。”

“我，我更喜欢钻。”苏珊说，“土地，这常常一钱不值。”

“哦！”巴尔奈说，“哦！这是什么话？”

“这是法国话。”苏珊说，“我想要跳舞。”

巴尔奈邀请苏珊跳舞。他的舞步中规中矩。苏珊的个子比他小许多，跳舞时，眼睛只到他嘴巴高。

“法国女人是最好的也是最坏的。”他一边跳舞一边开始议论。

但是，尽管他的嘴巴与法国女人的眼睛和头发一样高度，他没有一次轻轻触及这些头发。

“如果在她们年轻时娶她们，就可以把她们培养成最忠诚的伴侣，最可靠的合作者。”他继续说道。

他八天后就要走了，这次一去为两年，因此，他心情很急切。他想要的恰恰是一位芳龄十八的年轻姑娘，还没有任何男人碰过，并不是因为他对男人碰过的女子有什么偏见（他说，需要这样的女人），而是因为经验告诉他，纯洁无瑕的少女可以训练得最好、最快。

“我一生都在寻找这十八妙龄的法国少女，这理想的人儿。十八岁是绝妙的年龄。人们可以雕琢她们，把她们造就成可爱的小玩意儿。”

约瑟夫会说：“像这样的小玩意儿，我特看不起。年轻姑娘，她们全都让我烦透了。”

“我呢，”苏珊说，“我不如说是属于嘉尔曼那一类的人。”

“哦！”巴尔奈说道。

他大概曾试图跟嘉尔曼睡觉，但是，嘉尔曼对这个猎物并不想要。苏珊还是要设法把钻戒塞给他。

“嘉尔曼一类的，但是在好的一面。”

“您不明白，”巴尔奈说，“我不可能娶一个像嘉尔曼那样的女人。”

面对如此的天真，巴尔奈怜悯地笑了。

“那要看谁。”苏珊说，“不是所有的人都可能做到。”

他们坐车回到旅店门前，巴尔奈就像经常对同类的样品已经说过的那样说道：

“您愿意成为我很久以来寻找的那位年轻姑娘吗？”

“应该跟我母亲去说，”苏珊说，“而我，我可告诉您，我更确切地说是属于嘉尔曼那类人。”

虽然如此，他们还是说定第二天晚饭后，巴尔奈去见母亲。

“我是这家工厂最重要、声誉最好的推销员之一。”

母亲兴趣不大地望着他。

“您走运，成功了。”她说，“并不是所有的人都可以这么说。那么说，您卖棉纱？”

“这看起来很简单，”巴尔奈说，“但是，这是一个至关紧要的行业。世界上消费的棉纱的长度是难以想象的。销售棉纱所得的款项也是难以想象的。”

母亲还是抱着怀疑的态度。显然，她从未想到过人可以靠这样的行业阔绰地生活。巴尔奈同她谈起了自己的财产，他声称自己的财产已然不少。每年，他在英国南部买一块地，他打算退休后在那儿养老。母亲心不在焉地听他说。并不是她不相信巴尔奈的话，而是她看不出在英国南部投资有什么意义。那儿太远了。然而，听到“投资”这个词时，巴尔奈的眼睛里闪过一丝钻石般的亮光，但是转瞬即逝，因此母亲并没有注意到。她神色疲倦，神不守舍。然而，这件事至关重要。这终究是第一次有人向苏珊求婚。很明显，她竭力认真聆听巴尔奈说的话，但实际上，她的思绪业已远去，飘向约瑟夫那儿。

“您很久以来就这么寻找了吗？”她问道。

“已经有几年了。”巴尔奈说，“我想嘉尔曼已经跟您谈起过我。就像法语谚语所说的那样，耐心等，一切成。”

“您法语说得很好。”母亲说道。

苏珊在一旁暗想，就这样，无独有偶。一对蠢货。运气总是不好，和其他事情一样。

“那大概很耗费精力。”母亲说，她沉浸在遐想中，“我已经等待了许多年，但是，我一无所获。然后，我还等，这永远没有个完。”

“我不喜欢这样，”苏珊说，“我不喜欢等。耐心，就像约瑟夫说的，那玩意儿真让我讨厌。”

巴尔奈略为有点受惊。而母亲只注意到约瑟夫这个名字。

“也许他已经死了，”她低声地说，“其实，为什么他不死呢……”

“像这样等待，”苏珊说，“您大概越来越不苛求了吧。”

“相反，越来越挑剔了。”巴尔奈讨好地说道。

“在有轨电车的轮子下。”母亲悄声地说，“我感到他可能已丧身轮下。”

“没这回事，”苏珊说，“我能告诉你的就是他没有死在车轮下。”

巴尔奈停了一会儿，不谈论自己。他并没有因为她们对自己缺乏兴趣而生气。他猜想这与约瑟夫及其出走有关，他面露微笑，表示自己对这类风流韵事颇有些经验。

“要知道，他不仅没有被轧死在车轮下，”苏珊说，“而且，他现在比你快活，你别担心，他比你快活一千倍呢。”

母亲定睛注视着有轨电车的向心线轨道和西大街，犹如她常常从她房间窗户往外望，看约瑟夫的 B12 是否来了。

“这就是人们所说的年轻人离家出走。”巴尔奈终于一字一顿地说，接着，他又带着莫测高深的微笑补充说道，“这样做是有必要的，但是，最好还是摆脱出来。”

巴尔奈手中摆弄着酒杯。他那双纤细、保养得很好的手让人想起若先生的那双手。巴尔奈也戴着一枚戒指，但是没有钻石。只有他姓和名的首字母作为装饰： 字母 J 充满柔情地与字母 B 交织在一起。

“约瑟夫决不会这样的。”苏珊断言道。

“关于这一点，”母亲说，“我认为她说得对。”

“生活会使他变得聪明起来。”巴尔奈不无

自豪地说道，仿佛他知道生活给予像约瑟夫那样的人什么样的安排。

苏珊想起了若先生那双想触摸她乳房的手。巴尔奈的双手放在我乳房上也将是一样的。是一种类型的手。

“生活什么都不会管。”苏珊说，“约瑟夫也不是个无关紧要的人。”

巴尔奈并没有显得难堪。他按照自己的思路说下去。

“他不是那类会使女人幸福的男人，相信我。”

母亲想起了什么。

“那么，”母亲说，“您想要娶我的女儿？”

母亲朝苏珊转过身去，向她微笑，显得漫不经心而又和蔼可亲。巴尔奈微微有点脸红。

“千真万确。为此，我会感到非常幸运。”

约瑟夫，约瑟夫。如果他在这儿，他就会说她不能跟他睡觉，别嫁给他。嘉尔曼告诉我，为了把我带走，巴尔奈愿出三万法郎，比钻戒还多一万。约瑟夫会说那不是理由。

“您是卖棉纱的？”母亲问道。

巴尔奈感到很吃惊。这已经是第三次说了。

“也就是说，”巴尔奈耐心地解释，“我代表加尔各答一家纱厂。我在世界各地为这家工厂接大量订货单。”

母亲陷入沉思，眼睛不离有轨电车的那条向心线轨道。

“我不知道我是否能把女儿交给您。很奇怪，我居然没有看法。”

“古怪的职业。”苏珊轻声地说。

“大部分时间，”巴尔奈听见了苏珊的话，他对苏珊的“淘气”真的非常在乎，于是接着说，“我是很自由的。我总是同领导层的人打交道。你们知道，到了那个阶段，一切都是在纸上解决的。所以，我有很多属于自己的时间。”

像这样，苏珊思量，我甚至连跟另一个人溜出去的机会也会没有的。像嘉尔曼说的脱身之计，不可能有的。

“您法语说得很好。”母亲又一次语气古怪

地说道。

巴尔奈莞尔而笑，感到很高兴。

“她要随着您到处奔波？”母亲接着又问道。

“G. M. B. 承担它的代理人和他们的妻子……以及他们子女的旅费。”巴尔奈添油加醋地说道，这是他身上一直存在的年轻人特有的胆大妄为。

人们的确不明白巴尔奈的公司究竟是什么玩意儿。沉默有顷后，母亲突然说话了，这也许是她的想法。

“其实，我既不赞成也不反对。这真是奇怪。”

“常常是这样的，不想的时候，事情就来了。”巴尔奈说道，他轻易就能鼓励别人。

“这不是她想要说的。”苏珊说道。

母亲长长地打了个呵欠，丝毫没有感到不好意思。她要集中那总是在游移的注意力，已经受够了。

“最好我今天夜里好好想想这件事。”她

说道。

当只有她们母女俩的时候。

“你认为他怎么样？”母亲问道。

“我宁愿要一个猎人。”苏珊说道。

母亲没有回应。

“我会永远离去。”苏珊说道。

母亲没有留意到问题的这一面。

“永远？”

“三年不回来。”

母亲又沉思起来。

“如果约瑟夫不回来，这也许还更好呢。这真是古怪的职业，但要是约瑟夫不回来呢？”

母亲眼睛盯着敞开的窗户凸现出的那四方形的黑沉沉的天空，但她视而不见。苏珊知道，总是同样的事情。“它还要纠缠着我，”母亲想，“这将永无尽头。”她想的不是那三万法郎，而是她的死。

“约瑟夫会回来的，”苏珊叫喊着说，“他迟早会回来的。”

“那可不一定。”母亲说道。

“可是……我还是宁愿要一个猎人。”

母亲微笑着，突然放松了。她抚摸着女儿的秀发。

“你为什么总是想要一个猎人？”

“我不知道。”

“总之，别担心，一个猎人，你会有的。明天我跟他说。我跟他说你不愿意离开我。”

蓦然间，母亲用一种刚想起被她忘记的主要事情的口吻说道：

“那钻戒呢？”

“我试了，”苏珊说，“但跟他坚持下去也毫无用处。”

“都是一个样。”母亲总结性地说道。

自从约瑟夫出走后，母亲第一回早起身。她到巴尔奈的房间去。苏珊永远都不明白她究竟对巴尔奈说了些什么。当天下午，苏珊在办公室又瞧见了巴尔奈，当时她正在替嘉尔曼守柜台。他好像有点恼火，对苏珊说，她母亲已经跟他谈过了。

“我承认我有点沮丧。我寻找了十年。您似乎……”

“什么也不该遗憾。”苏珊说道。

她微微笑着。而他，没有笑。

“关于身为处女这件事，早就结束了。”

“哦！”巴尔奈说，“为什么瞒着？”

“没有人会把这种事情大肆宣扬。”

“这真可怕！”巴尔奈叫了起来。

“就是这么回事。”

绝望中，巴尔奈抬眼望着天空，这时，他眼睛落在嘉尔曼写的牌子上：“精美钻戒待售……”

“这……这钻戒是您的？”他声音虚弱地问道。

“当然。”苏珊说道。

“哦！”巴尔奈又叫了起来，他所有的办法都被这伤风败俗的举动断送了。

“您哪，您就好好卖棉纱吧。”苏珊说道。

然而，苏珊还是又一次遇见了若先生。一天下午，当苏珊走出中心旅店时，看见他那辆利穆新车正停在旅店门前。若先生一瞅见苏珊，立刻朝她走来，迈着表面看来挺稳健的步子。

“您好，”他以得意的口气说，“我可把您找到了。”

他也许比平时穿戴得更好，但总是那样丑陋。

“我们来卖您送的戒指，”苏珊说，“它毫无用处。”

“我才不在乎，”若先生强颜欢笑，大大方方地说，“我还是又把您找到了。”

他大概找苏珊找了很久。找了有三天，也许更长时间。这里，在城里，远离约瑟夫和母亲的监视，他看上去没有在吊脚楼时那样腼腆。

“您这样是去哪儿啊？”

“我去看电影。我每天都去。”

若先生瞅着她，满腹疑虑。

“就这样，一个人？”他说，“像您这么漂亮的姑娘，就这样，独自一人去电影院？”他以那种习惯性的敏锐又说道。

“漂亮不漂亮，不管怎样，就是这样。”

若先生低垂下眼睛，沉默俄顷，这一次，谨小慎微地开口说道：

“您今天不去好吗？为什么老去看电影呢？这有害无益，而且会使您对生活产生一些不正确的看法。”

苏珊瞧着被擦得铿亮的利穆新车。优秀的司机，身穿白色制服，活像他所驾驶的那辆车的一个零部件。他显得无动于衷，他只注意尽可能表现出毫不在意的样子。但是，他还是可能知道在苏珊和若先生之间曾发生的事情。苏珊试图向他微笑，而他则依然无动于衷，就好像她是朝那辆车在微笑一样。

“至于不正确的看法，就像约瑟夫说的那样，您以后再说吧。至于电影嘛，我可不想按您说的那样不去看。”

他手指上始终戴着那枚大钻戒。这枚钻戒可比另一枚至少大三倍，毫无疑问，是没有蛤蟆斑的。有人可能想这枚钻戒在这儿、戴在这手指上干什么，人们可能思量它的主人本身在这座城市里、在生活中是干什么的。

“我们可以去散散步，”他红着脸说，“我宁愿同您聊聊我们最后一次的见面……您知道吗，我痛苦极了。”

“也许吧，”苏珊说，“但我还是想去电影院。”

若先生从头到脚打量着苏珊。自从他认识苏珊以来，他第一次和她这样相处，除了司机以外，没有旁人在场，他的目光有点像苏珊在浴室里向他袒露身体时那样。苏珊穿过上城区去电影院时已经被男人用这种目光打量过。有一两次，当她回中心旅店时，有几名殖民地士兵前来搭讪。但这想必都是由嘉尔曼的裙子引起的，因为，殖民地士兵只跟妓女搭讪。她因此而考虑也许会同意跟他们走，不过，他们不再同她搭话了。特别是有一次，在电影院里，曾经有一个人，她几乎同意跟他走了。在影片放映时，他们常常默默相视，他们的胳膊肘在椅子扶手上紧紧相靠。他和另一个男人在一起，电影散场出门后，他们俩都消失在人群中了。她又是孑然一人。从这个陌生人的胳膊向她传递过来一种热情，引起她一种莫名的伤感，让她想起了让·阿哥斯迪的亲吻。从那以后，她更加深信只有在电影院里，在电影院那浓重的黑暗中，才能遇见男人们。约瑟夫就是在电影院里遇见了她。也是在电影院里，三年前，在嘉尔曼之后，约瑟夫找到了他的第一个女人，他跟她睡了觉。只有在那儿，在银幕前，这才变得简单。面对同样的画面，与一个陌生人在一起，会使你产生对这个陌生人的欲念。不可能的变成了唾手可得的东西，一切障碍都自行排除，变成虚构的事物。在那儿，人们至少与城市是相等的，然而，在大街上，城市躲避你，人们也躲避城市。

“如果您要去，”若先生说，“我陪您一起去。”

他们坐上莱昂·博来去电影院。司机在门口等候他们。整个影片放映期间，若先生都在注视着苏珊，而苏珊则盯住影片。不过，这并没有比在平原时更令人窘迫。在某种意义上说，比起再一次独自一人，与若先生和他的利穆新车一起，甚至更好。若先生时不时拉苏珊的手，紧紧地握住，俯身亲吻。而这在电影院的黑暗中是可以接受的。

看完电影，若先生请她去上城区一家咖啡馆喝开胃酒。他总是显得很幸福，深思熟虑。他说这说那，无疑把他想要说的事情放到更晚些时候再说。是苏珊对他说起了那枚戒指。

“我们把它卖得很贵，”苏珊说，“比您认为的要贵得多。”

若先生并不在意她说的话。他内心所有与戒

指有关的温情已不复存在。

“约瑟夫呢？”他问道。

约瑟夫已经消失十天了。

“他很好。他大概在看电影。走之前，我们要好好享用城市。我们从来没有过这么多钱。母亲还了她一部分债务，她为此很高兴。”

若先生想要知道的则是母亲和约瑟夫是否会重新考虑有关他的决定。

“即使她想再见您，”苏珊说，“您也别同意。她会把您抢劫一空的。咳，她需要的是每天一枚戒指，不能少。现在，她已经对此产生了浓厚的兴趣……”

“我知道，”若先生满脸通红地说，“但是，为了能见到您，我有什么会做不到……”

“每天一枚戒指，不管怎样，您不可能……”

若先生避而不谈这个问题。

“您将变成什么样呢？”若先生问，语气中充满深切的怜悯，“您在平原过的生活真艰难。”

“您不必担心，这长不了。”苏珊说道，一

边盯着若先生，而若先生脸又通红起来。

“你们有……你们有安排了？”他深感痛苦地问道。

“也许，”苏珊笑着回答，“我就住在嘉尔曼那里。但是要付给我很高的价钱。总是因为约瑟夫。”

“如果您愿意的话，我再用车陪您回去。”若先生说道，他要结束这样的谈话，他不知道究竟怎么看待这次谈话。

苏珊欣然同意。她登上若先生的车。坐在车里真舒服。若先生向苏珊提议在城里兜一圈。车子在闪闪发亮的城里滑行，满街都是与它相仿的车子。夜幕降临时，小轿车依然在城里行驶，突然，全城都被照亮了，变成一个表面明暗相间的混沌世界，人们轻而易举地进入这个世界，每次，这一片混沌就在小轿车的周围散开，然后，在车子的身后再合拢……这辆轿车自我解析，所有事物随着它前行而确定方向，这也是一部电影。尤其是因为司机毫无目的、没完没了地开着车，因为，在日常生活中，人们通常是不这样做的……

夜色已浓，若先生挨近苏珊，搂抱住她。小轿车一直在城市的明暗相间的混沌中行驶，若先生的手在颤抖。苏珊看不见他的脸。若先生已经不易觉察地贴在她身上，苏珊随他这样。她已经为这城市的夜色而陶醉。汽车在行驶，这唯一的实实在在的东西，在趾高气扬地行驶着，在它一路的痕迹里，整座城市在无尽无休地衰落、坍塌，尽管城市闪闪发光，沓乱庞杂。有时，若先生的双手碰到苏珊的胸脯。有一次，他说道：

“你的乳房很美。”

话是低声说出来的。但毕竟是说了出来。这是第一次。而且手是直接放在赤裸的乳房上。在这令人恐怖的城市之上，苏珊看到了自己的乳房，她看见自己挺立的乳房比所有竖立在这座城市的东西都高，是它们将制服这城市。她莞尔而笑。然后，她仿佛必须立刻知道似的，狂热地拿起若先生的双手，把它们放在自己的腰上。

“那这个呢？”

“什么？”若先生惊愕地问道。

“我的身材怎么样？”

“很美。”

他非常认真地就近看着苏珊。而她，一边瞧着城市，一边只看着自己。孤单单地注视着她的王国，她的乳房、她的腰肢、她的双腿统治着这王国。

“我爱你。”若先生悄声说道。

在苏珊曾经读过的唯一一本书里，在她后来曾看过的电影里，“我爱你”这几个字只在一对情侣交谈过程中说过，而且只说过一次，这种交谈几乎仅持续几分钟，却了结了几个月的等待，可怕的分离和无穷尽的痛苦。苏珊只在电影里听到人说这句话。很久以来，她都认为说这句话比说完之后委身于人要严重得多，她认为，这句话一生只能说一次，以后就再也不能说了，否则，你就名誉扫地，丢人现眼。但是，现在，她知道自己错了。人们可能在情海欲火中，出于本能说出这句话，甚至会对妓女说。这是男人们有时想说这句话的需要，仅仅是为了立刻感受这句话那消耗体力的力量。然而，为了同样的理由，有时也需要听听这句话。

“我爱你。”若先生重复说道。

他又更加挨近苏珊的脸，猛然间，仿佛挨了一记耳光似的，苏珊感到他的嘴唇凑上自己的嘴唇。苏珊连忙挣脱，叫了起来。若先生想把她抱在怀里。苏珊冲向车门，把门打开。于是，若先生离开了她，对司机说开回旅馆。一路上，他们不再说一个字。当他们到达旅馆时，苏珊下了车，看都不看一眼若先生。

一下车，苏珊只对他说道：

“我不能。不必了，跟您在一起，我永远也不能。”

他默不作答。

就这样，他从苏珊的生活中消失了。但是，没有人知道这些，甚至连嘉尔曼也不知道。除了母亲，不过那也是在很久以后了。

一天下午，嘉尔曼匆匆忙忙走进母亲的房间，向她要钻戒。

“是约瑟夫，”嘉尔曼嚷嚷说，“是约瑟夫找到买主了！”

母亲像弹簧似的站起身，叫喊说要见约瑟夫。嘉尔曼告诉她约瑟夫并没有到旅店来，但是，他打电话让嘉尔曼立刻到上城区一家咖啡馆会面。最好母亲别陪她去。约瑟夫可能会以为她去催他把她们带回平原。然而，据嘉尔曼所知，显然，约瑟夫还没有决定是否回去。

母亲只得作罢，把钻戒交给嘉尔曼；嘉尔曼便赶到一个陌生的约会地方，同约瑟夫会面。

当天晚上，苏珊从电影院回来时，发现母亲

穿戴齐整，在她房间前的走廊上踱来踱去。她手里拿着一沓一千法郎面值的钞票。

“是约瑟夫。”她非常得意地说道。

接着，她又低声地补充说道：

“两万法郎。正是我要的价。”

然后，她立刻又变了语气，怨天尤人起来。她说她在床上呆腻了，她要立刻去银行付她债务的利息，但是，她的钱来得太晚了，现在，银行已经关门，这又是像经常遇到的那样倒霉。嘉尔曼一听见母亲同苏珊说话，就连忙从自己房间里出来。她显得很高兴，拥抱了苏珊。但是没有办法让母亲冷静下来。嘉尔曼建议她快点吃晚饭，晚饭后出去走走。母亲几乎没有吃什么。她不停地说话，或议论约瑟夫的才能，或谈谈自己的计划。晚饭后她跟苏珊和嘉尔曼到上城区的一家咖啡馆，但她不同意去电影院，借口她第二天一早必须去等银行开门。

当她们俩单独相处时，嘉尔曼告诉苏珊，约瑟夫就是把钻戒卖给了他遇见的那个女人。嘉尔曼与他见面的时间很短。他既没有问起母亲也没有问起她，苏珊。他看上去是那么幸福，以至她都没有向他提起母亲的焦躁情绪。她确信不管是谁都会这样做的。任何人都无法打扰约瑟夫激动人心的幸福。他们分手时，约瑟夫告诉她自己很快就会回旅馆，带她们母女俩回平原。但他不知道确切在哪一天。嘉尔曼劝告苏珊不要把这些情况告诉母亲。她说约瑟夫自己都没有把握是否回来。

就这样，母亲至少几个小时内手中握有两万法郎这笔钱。

第二天，母亲跑到银行付了一部分欠债。嘉尔曼曾经劝阻她，但是，她置若罔闻。她说，这是为了再次获得信任，以便今后能再去借贷必要的款项来修筑新的堤坝。这件事一解决，她就依次进行两个步骤的活动。首先是要约银行老板见面，请他给予新的贷款，那些下级职员愿意收下她坚持归还的钱，但是不接受率先表示同意她重新贷款的要求。第二步就是把她在第一个步骤中取得的约会提前，毫无疑问，付清利息以后，旷日持久的等待足以耗费掉卖戒指所得的那微薄的余款。

第二个步骤则最为漫长，而且毫无用处。当母亲明白了这一点时，她就去另一家银行，重新开始她那两个步骤。由于殖民地银行之间坚固的一致利害，这些步骤又一次显得毫无用处。

利息比母亲估计的要高得多。而为实现这些步骤需要奔走的时间也长得多。

几天后，母亲手头只剩很少的钱。于是，她又躺下，服用药丸，整天昏睡。她说，等着约瑟夫。约瑟夫，她所有不幸的起因。

约瑟夫回来了。一天早晨，将近六点钟，他敲响嘉尔曼的门，并立即闯了进去。

“咱们走吧，”他对苏珊说，“快起床。”

苏珊和嘉尔曼跳下床。苏珊穿好衣服跟着约瑟夫。他们也不敲就进了母亲的房间，然后在床前站定。

“如果您想走的话，就马上走。”他说道。

母亲神情迷惘地从床上坐起来。然后，她一言不发地开始低声啜泣。约瑟夫看都不看她一眼。他走到窗前，打开窗户，双臂交叉，双肘支在窗台上，等待着。因为过了几分钟，母亲一动不动，他回过头来说道：

“要么立刻走，要么什么也别想，您该赶紧

决定。”

母亲始终不回答，费力地从床上起来。她穿着一件不太干净的旧衬衣，几乎半裸着身子。她穿上连衣裙，梳起发辫，一直在哭泣，然后从床下拖出两只旅行箱。

约瑟夫始终待在窗前，不停地吸着美国烟。他瘦了。苏珊坐在房间中央的一把椅子上，只盯住约瑟夫。约瑟夫一定有好几夜没有睡觉了，他的脸色有点像破晓时分打猎归来那样。他心生愠怒，但不得不振作起精神。肯定不是他独自决定来找她们的。大概有人跟他说了什么，跟他说：“还是把她们带走吧，”或者，“还是应该带她们走，我明白这很难，但是，你不能就这样不管她们。”

“苏珊，帮我个忙。”母亲请求道。

“如果我乐意，我会走的。”苏珊说，“我挺喜欢这里，我从来没有在什么地方这么开心过。要是我高兴，我就留在这里。”

约瑟夫没有回头。母亲站起身，笨拙地想要

给苏珊一个耳光。苏珊并不躲避，她抓住母亲的手，使她根本动弹不得。母亲瞧着苏珊，几乎并不感到惊讶，然后，她甩脱开手，一声不吭，重新开始把那些乱糟糟的衣物放进箱子里。约瑟夫什么也不看，他既不看任何东西，也不看任何人。他继续一支接一支地抽着美国烟。于是，母亲一边收拾行李，一边开始叙述加尔各答那个推销员的故事，他曾经想花三万法郎娶苏珊。

“你想想，”她说，“就在三天前，有人向她求婚呢。”

约瑟夫听而不闻。

“如果我愿意，我就留下。嘉尔曼会收留我的。”苏珊说，“我不需要别人带我走。那种自以为必不可少的人，我才不放在眼里呢，就像他们说的那样。”

母亲闻言毫无反应。

“一个卖棉纱的商人。”她继续说，“从加尔各答来的。有一个好职位。”

“我也一样，可以用不着任何人。”苏珊

说道。

“我不喜欢这种职业。”母亲说，“像是不受约束，但实际上并非如此。而且，老是卖棉纱想必人会变傻的。”

“他根本不在乎你讲的故事。”苏珊说，“你最好还是赶紧吧。”

约瑟夫始终不回头。母亲又一次转向苏珊，然后，改变了主意，回到箱子旁。

“三万法郎。”她语气不变地继续说，“他要给我三万法郎。三万法郎又算什么？光是那个戒指就值两万法郎。这怎么能比呢。好像人家就是干这个的。”

有人敲门。是嘉尔曼。她手托盘子，托盘上有三杯咖啡，一些涂有黄油和果酱的面包片，还有一个用细绳捆扎的小包。

“动身之前，得喝点咖啡。”嘉尔曼说，“我给你们准备了一些三明治。”

嘉尔曼头发蓬乱，身穿睡袍，面含微笑。母亲从手提箱前站起来，也冲着她微笑，双眸还饱含眼泪。嘉尔曼俯下身，拥抱了她，然后，一言不发，踮起脚，悄悄退了出去。

约瑟夫依然不闻不问，好像什么也没有瞧见。苏珊拿起一杯咖啡，开始慢慢地吃嘉尔曼送来的面包片。母亲一口气喝掉自己那杯咖啡，但不吃面包片。喝完咖啡，母亲拿起第三杯咖啡递给约瑟夫。

“给，”她温和地说，“你的咖啡。”

约瑟夫接过咖啡，没有一声道谢，他喝咖啡时，脸上做出一副厌恶相，仿佛咖啡已经变了味。然后，他把空杯子放在椅子上，说道：

“手里没钱就不该在城里卖弄。试都不该试，没钱什么都不行。有人免不了要承担繁重的义务，总是同样的负担。如果不承担起来就寸步难移……”

苏珊简直听不出这是约瑟夫说的话。以前，他说话没有这样的深度，也极少对普遍规律发表见解。他肯定是在鹦鹉学舌，在重复那些曾听别人说过，而且留下深刻印象的话。所以，他回来，是因为他卖掉皮子的钱已挥霍一空，是因为他囊空如洗。并不是有人给他出主意。因此，这与苏珊所想的完全不同。

整个路途中，约瑟夫不言不语。母亲则相反，絮絮叨叨说个没完，大讲特讲她的计划。她说自己从银行取得了可以再次贷款的认真的保证，而且，利息比原来的低。

“我做了一笔好买卖。”她说，“本来要付百分之五的利息，我只要付百分之二。拖欠的利息，我都结清了。这样，我胸怀坦荡。”

约瑟夫把B12可能耗费的一切又设法全都还给它。他就像一个犯下了罪孽要逃离城市的杀人犯一样。他不时地停下车，提着水桶到水田汲水，把水倒在水箱里，撒尿，不知因为什么而反感地吐唾沫，想必是因为她们俩都在那儿，然后，又一次上车，对她们视而不见。

“我一向喜欢光明磊落。我总是这样摆脱困境。

"回家真好。现在该做的就是我要取得一次成功的抵押。当然不是以稻田作抵押，而是以高处五公顷土地作抵押。至于房子，咳！早已作抵押了。"

她是说给约瑟夫听的。然而，她平生第一次没有责备约瑟夫。她一次都没有影射她曾在旅馆等了他八天。按她的说法，她的事情进行得十分顺利。

"一下子还清拖欠两年的利息，这就会留下最佳印象。这以后，我也许应该有一次成功的抵押来摆脱麻烦。他们可能会给我那五公顷土地最终特许权，我对此有权，因为这些土地每年都有人耕种。不能用不属于你的土地来要求抵押，这很正常。"

她说话语气轻松，甚至显得愉快。听她说来，像是刚刚做了一笔最成功的交易。

"地籍管理部门那些人很快就会知道，我所有的利息都已付清。我很清楚，要把房子和高处土地的所有权给我，把租借地一分为二，这使他们为难，但是，管他们为难不为难，这是我的权利。你觉得呢，约瑟夫？”

“别打扰他了，”苏珊说，“三百公里之外，也许是你的权利，但是，你决不会有这个权利，同往常一样，你以为你对任何东西都有权利，而实际上，你对什么都没有权利。”

母亲朝她做了个手势，但随即想起来了。往后，这已经毫无用处。她恢复了自制。

“你最好闭嘴，”她说，“你甚至都不知道自已在胡说些什么。如果这是一种权利，那么，我就会有这个权利。有一些因为抵押而倒霉的，那是因为那些人滥用抵押。平原的一半多土地都被抵押了。那些人太不认真：他们先是抵押给银行，然后又抵押给个人。于是，银行就把那些卖了。就像阿哥斯迪家的结果那样……”

整个大白天，母亲都独自一人在唠唠叨叨地说，苏珊和约瑟夫根本就不理会她。只是在他们到了进入专行道的前一站，约瑟夫才开口说话。他下车，检查一下发动机，走到村子里的井边，汲取五桶水备用。然后，他测了燃料，往油箱里添加了一些，测了用油，也添加了一些油。这是必要的，因为在到达平原前，他们不再经过一个村庄，而且要在茂密的森林里行驶两百公里。接着，因为没有什么别的活儿要干了，约瑟夫便坐在踏板上，双手缓缓地、用力地插进头发里，就像人们刚睡醒那样。转瞬间，他的焦虑荡然无存，他好像不再急于动身。苏珊和母亲瞧着他，而他却不看她们。她们猜测他沉浸在新的孤独中，而她们根本不能使他从中解脱。或者，不如说，这甚至不再是孤独。另一个人无须在场，她们就感觉到他是和她在一起。苏珊和母亲只能充当他们怡然自得的见证人，是无能而又有点不知趣的见证人，她们起不到别的作用。约瑟夫的思绪是如此缥缈遥远，同时又是如此具体、确切，因此，尽管他坐在 B12 的踏板上，但是对她们来说，他就像在睡梦中一般魂不守舍。“只有我死了，他才会看我。”他一早就开始驾驶。现在已经傍晚六点钟。他的眼睛周围抹了一大圈白灰眼眶，使他在她们眼里变得很陌生。他好像已经累得精疲力竭，但是，显得平静、自信、踌躇满志。这一次，他把手久久地捋过头发，揉了揉眼睛，一边伸懒腰，一边打呵欠，总像酣睡初醒一样。

“我饿了。”他说道。

母亲连忙打开嘉尔曼给的那个小包，从里面拿出三份三明治。她递给约瑟夫两份，给苏珊一份。约瑟夫吃了一份，又登上 B12，然后，一边开车，一边狼吞虎咽地几口把另一份吃了。在孩子们吃东西的时候，母亲突然疲惫不堪，昏昏欲睡。直到那时，也许母亲都在怀疑自己竟还有东西喂养他。一个小时以后，当她醒来时，天色已黑。她的思维又回到正常的老路上去。

“也许，”她说，“我不应该那样，把那些拖欠款付清。”

然后，她低声地自言自语道：

“他们把我的一切都拿走了，一切。”

嘉尔曼曾经提醒过她，但是并没有引起她的

重视。

“嘉尔曼说得对，我把诚实摆错了地方。对他们来说，我付还给他们的钱是沧海一粟，甚至比这还要微不足道，然而，对于我来说，对于我……我以为付清了欠款以后，他们会借贷给我至少五万法郎。”

见没人理会，她蓦地痛哭流涕。

“我尽其所有全都付了。你们是对的，我是个傻瓜，是个老疯婆子。”

“现在说这些毫无用处，”苏珊说，“你应该在做之前好好想想。”

“当时，我没有把握呀，”母亲哀叹说，“但是，现在，我肯定是这么回事，我只是个老疯婆子。当我一想起约瑟夫那一口坏牙……”

约瑟夫第二次开口，说道：

“你不用为我的牙齿担心。睡吧。”

母亲便又打起瞌睡了。

母亲醒来时，大概已经是凌晨两点。她把身下的一条被子，拉到座位上，然后盖在自己身上。她感到冷。他们正在森林里。B12 正常行驶，加速器被踩到底。他们想必已经离康镇不太远了。母亲重又开始唉声叹气地说了起来。

“其实，如果你们那么坚持，我们可以把一切都变卖掉，离开这里。”

“卖什么？”约瑟夫说，“睡吧，这没什么用。”

约瑟夫开始一只手继续握着方向盘开车，另一只手在所有的口袋里翻寻，找到了他要找的东西，掏了出来伸手递给母亲。在车灯的反光下，起先，这东西显得模糊不清，小小的，闪闪发光，然后，突然间，不容置疑、实实在在的。就是那枚钻戒。

“拿着，”约瑟夫说，“拿回去吧。”

母亲发出了惊恐的叫声。

“就是那枚！有‘蛤蟆斑’的那枚！”

身心疲惫不堪的母亲瞅着钻戒，并不伸手去拿。

“你也许可以解释一下。”苏珊用不冷不热

的语气说道。

约瑟夫拿着钻戒的手一直伸在那头腾空举着，等待母亲拿去。他并不着急。这确实是原来的那枚钻戒，只是没有原先那层薄棉纸包裹。

“有人买了它还给我，”他终于说，声音显得很疲惫，“别追究了。”

母亲伸手，拿了钻戒，放回包里。然后，她又开始悄悄地哭了起来。

“你为什么要哭呢？”苏珊问道。

“又要从头开始，一切都必须从头开始。”

“你不应该抱怨。”苏珊说道。

“我不抱怨，但是，我再也没有精力再一次从头开始。”

母亲一到平原就雇用了下士。至今他已为母亲工作了六年。谁都不知道这个老马来人的年龄，连他自己也搞不清。他认为自己大概有四五十岁，但他不知道确切的数字，因为他一生都在寻找工作，这件事始终纠缠于他，使他忘记计算度过的年头。他所知道的，就是十五年前，他来到平原修路，从此就没有再离开过。

这是个高个子男人，瘦瘦的双腿长在一双像球拍似的硕大的脚丫上，这双脚由于一直待在稻田的污泥里，变得扁平，而且脚趾这样劈开，别人也许会希望双脚有一天会把他托在水面上，哎呀！对于下士来说，问题不在于这里。有一天上午，他来到母亲面前，恳求母亲施舍他一碗饭，作为交换，他提议帮母亲运一天树干，把树干从森林运到吊脚楼，当时，他一贫如洗，一筹莫展。从修完路到那天早上，下士在他的妻子和继女的陪同下，就在平原四处搜索，翻寻茅屋底部，村庄周围的垃圾，试图找到一些食物充饥。多年来，他们都睡在邦代村的茅屋下，母亲的租借地属于这个小村庄。下士的妻子年轻时，在平原四处卖淫，为了挣点钱或些许鱼干，对此，下士从来不认为有什么不妥。十五年来，他在平原到处闲荡，再说，他只注意到很少的东西，看不到有什么不妥。除了那长久而强烈的饥饿。

他一生的大事就是公路。他是为修筑这条公路而来。别人对他说："你是聋子，你也许应该去修朗镇的公路。"工程一开始，他就参加了。工作包括开垦荒地，填平路面，用碎石铺路，用夯把路基上的土夯实。如果这些活儿不是百分之八十由苦役犯来干，而且在当地辅助警察的监视下，那么，这和别的活儿是一样的；这些辅助警察平时看管殖民地的苦役犯监狱。这些苦役犯，这些罪孽深重的犯人，如同蘑菇一般被白人“发现”，被判为终身监禁。所以，要他们一天工作十六个小时，一个个被链子拴住，四人一行，紧紧挨着。每一行都有一名辅助警察看管，警察们身穿白人发的制服，就是所谓“本地警察治本地人”。与苦役犯一起的有像下士那样招募来的民工。如果说，最初人们还能将苦役犯和民工区分开来，最终，这种区别渐渐地减弱了，区别只是在于苦役犯不能辞退，而民工则可以。苦役犯包吃包住，民工则不是。最后，苦役犯好在没有老婆，而民工却有一大家子要养活，老婆孩子跟着他们住在工地后面的临时帐篷里，女人们总是在生育，总是在挨饿。警察们坚持要民工，是为了可以玩女人，即便在离最前面那些村子好几公里远的森林工作几个月，他们也有女人。此外，女人和男人、孩子一样，也相当快地因患疟疾而死去，这样就使得警察们可以经常地换女人（他们有权分发奎宁，无疑是为了保护他们一天天稳固、一天天富有创造性的权力）。因为，一个民工老婆死了，那么丈夫就立即被辞退。

因此，下士尽管聋得很，却由于他的老婆而没有被解雇，一直在干。而且，也因为，他刚被雇用时，因某种无可指责的狡猾所驱使，他明白为了自己的利益，必须尽可能地与苦役犯融为一体，不知不觉中使那些辅助警察忘记他不确定的民工身份。几个月以后，警察们竟习惯视他为苦役犯，心不在焉地把他和其他的苦役犯拴在一起，就像揍苦役犯一样揍他，他们再也想不起来辞退他，把他当作一个真正的罪大恶极的犯人。在此期间，下士的妻子如同其他民工的妻子一样，不停地生孩子，始终仅仅是警察们的杰作，十六小时在棍棒和烈日下打夯，使苦役犯和民工所有的创造力，甚至最自然的能力都丧失殆尽。她的孩子们中，有一个在饥饿和疟疾中幸存下来，一个女孩，下士照料着这女孩。六年中，下士的妻子在森林里，在雷鸣般的打夯声和斧头声中，在那些警察吼叫声和他们抽打鞭子的劈啪声中，究竟分娩了多少回？连她自己都不大清楚。她知道的就是，她始终不停地怀上警察的孩子，是下士在夜里起床去给死去的婴儿挖小小的坟墓。

下士说，他经受了一个人在不死的情况下所能挨的毒打，但是，不管挨不挨打，筑路期间，他每天都有得吃。公路竣工后，那就是另一回事了。他曾经做过，或者说尝试做过各种活计：捡胡椒，在朗镇港口卸货，伐木，为旅馆揽客等等。他找到的唯一持续时间稍微长点的活儿，那就是通常让孩子们干的活，由于他耳聋，就给他干了。他当过牛倌，尤其是，每年收获季节，他就扮成吓唬乌鸦的稻草人，站在稻田里。他双脚泡在水里，上身光着，饿着肚皮，头顶炎日，多年来，他出神地看着自己可怜的身影倒映在稻秧间，在稻田混浊的水里，而他则在反刍自己长期忍受的饥饿。经历了那么多那么多的苦难，下士过去的心愿只有一个始终还残存，那是他最大的心愿，即成为朗镇和康镇之间客车上的售票员。但是，尽管他无数次试图说服司机，由于耳聋，不能适应这样的工作，他从未被雇用过。不仅没有被雇用过，连试用都没有过，而且他从来也没有登上这些汽车，然而，这些车却是亏了他，才能在公路上行驶。他所知道的，就是这些车在走动，他瞅着它们过往，在一片寂静中，摇摇晃晃，鸣响着喇叭，震耳欲聋地驶过。自从他受雇于母亲后，当约瑟夫要到稍远处购物时，就带上他，开着 B12 去，以便他看管有漏洞的散热器水箱。约瑟夫把他绑在一块挡泥板上，要他拿着水壶，下士就此成了平原上最幸福的人，比他想象的人世间可能有的更加幸福。他从来无法预料这样的兜风，这取决于约瑟夫的诚意，可是，他很快就自己挑起这样的兜风。每当约瑟夫从吊脚楼下把车子开出来，他就去找水壶，登上前面挡泥板，待在缺了车灯的地方，用一根他固定在引擎盖上的绳子把自己绑住。当汽车行驶时，他不停地眨眼，总是这样惊叹不已地望着这条他曾花了六年时间来修筑的公路，这条路正以每小时六十公里的速度展现在眼前。

平时，下士的妻子和女儿春米，做饭，捕

鱼，饲养家禽。下士则要帮助母亲发起了的所有创举。他不仅要保证高地那五公顷地的插秧和收割，他还要顺从母亲所有的怪念头，铺路，栽植，移植，修剪，拔除，再栽种她想要的一切植物。夜里，当母亲给地籍管理部门或银行写信，或者她记账的时候，她要求下士待在那儿，坐在她对面，就在餐室的桌子旁，以他一贯的默许支持她。好几次，母亲因为他的耳聋而非常恼火，她曾想解雇他，但却从来没有这么做。母亲说那是因为他的双腿，她不能看着他的双腿，同时解雇他。的确，下士遭受过如此狠毒的殴打，他双腿的皮肤变成了青紫色，而且薄如轻纱。由于他的双腿，不管他做了什么，尽管他每年越来越聋，母亲却一直留着他。

下士是唯一长期留下属于母亲的仆人。他们从城里回来后，母亲告诉他，往后不能再付工资给他，但可以提供饮食。下士决定留下来，而且热情并不因此减退。他明白母亲的苦难，但是，在他自己的苦难和母亲的苦难之间，他无法找到共有的衡量标准。母亲家里毕竟每天有得吃，而且是睡在房子里。他清楚地知道母亲的麻烦事和租借地的故事。当他给香蕉树锄草、松土时，母亲常常一边大声吼叫着，一边向他讲述这些事情。可是，尽管母亲竭力让他明了他本身，这个可怜的下士的命运和朗镇地籍管理部门对平原的操纵之间的关系，但她从来无法治愈他那缺乏理解力的不治之症。他说，他是个不幸的人，因为他是个聋子，是聋子的后代，他不抱怨任何人，除了康镇那些管理员，因为他们伤害了母亲。

他们回来以后，下士几乎再也没什么要做的了。母亲把香蕉树抛在脑后，什么也不再种了。白天大部分时间她都在睡觉。他们仨都变得懒洋洋，有时，他们一直睡到中午。下士耐心地等他们起床，给他们端去米饭和鱼。约瑟夫几乎也不再打猎。不过，有时，他从阳台那儿朝一头迷路而来到森林边的涉禽射击。于是，下士又满怀着希望，跑去为他寻找那头猎物。可是，夜里，约瑟夫不再去打猎了，下士并不知道等待女人能阻止你去狩猎，便暗自寻思，约瑟夫大概得了什么病。然而，因为母亲用剩余的钱给他新买了一匹马，有时，约瑟夫下午重新又跑运输。他干运输是为了能给自己买最贵的美国烟，三五牌香烟。剩下的时间里，约瑟夫就捣鼓若先生的那台留声机。对于英文唱片，他已经改变了看法，除了《拉莫娜》外，他只喜欢这些英文唱片。他睡得很多，或者就躺在床上，一支接着一支地抽烟。他在等那个女人。

夜晚，下士又充满了希望。因为，每天夜晚，按照长久以来养成的习惯，母亲都要记账，做各种规划。甚至在申请获得永久租借地之前，她就想要知道，把高地的土地再次抵押出去是否能有足够的贷款来修筑新的堤坝，这一次是“小”堤坝，她也许独自一人来干。下士同她一起熬夜。也就是说，母亲大声地计算着，而下士则总是表示赞同。“尽管他在听我说话，”母亲说，“我依然更加肯定他什么也听不见，但是，现在我就是这样，我有他在身边，就感到高兴。”就在那些夜晚，母亲给地籍管理局写了她最后一封信。她说，这根本无济于事，但是她坚持要最后再写一次。“骂他们一顿，才能使我平静些。”她第一次信守诺言：这是最后一封致康镇地籍管理员的信。新鲜的是，在把信寄出后，她决定播种育苗，只是为了日后给那高地的五公顷地插秧。直到那时，虽然每年都失败，但母亲总是在离海最远的一部分租借地里撒种，她说是为了做试验。甚至两年来，自从堤坝被冲毁后，她一直继续这么做。这几乎完全是徒劳无用的，但她坚持不懈。这一年，她放弃了。她确定这根本无补于事。再说，她再也没钱了。

因此，自从他们在城里小住后，他们打定主意要行事适度，要有理性，他们好像决心要体悟自己完全真实的境遇，不再花功夫老是抱着愚蠢的希望。母亲的希望，她唯一还存有的对租借地的希望，也变得微不足道，而且，近期便见分晓。那就是会接到地籍局管理员的随便什么答复，要是没有，就到康镇，最后一次狠狠地痛骂他们一顿。

“如果我去那儿的话，”母亲说，“我会对他们一一细说，我确信能说服他们，至少可以抵押那五公顷土地。”

尽管她最后一封信寄出后，不再给他们写信了，然而，她每天晚上却无休止地记下论据和理由；如果有朝一日得以到康镇去，这些论据和理由想必能说明她申请的原因。有一阵子，母亲隐约希望约瑟夫能把运输活儿所得收入交给自己。她问了他。然而，约瑟夫拒绝了，借口说要是没有钱买三五牌香烟，他会比自己设想的时间更早离开此地。母亲只得作罢。于是，她渐渐开始瞄上若先生的留声机。

“为什么要两台留声机呢？在我们这样的境况，要两台留声机干吗？”

但是，苏珊和约瑟夫都没有提出自己去卖掉留声机。再说，苏珊做不成这样的事情。只有约瑟夫能做。很难弄清楚，母亲说要卖掉留声机是否为了最后一次试试表现自己对约瑟夫的权力，能成功地激怒他，或者，她是否真的有意用卖掉留声机的钱去康镇一个星期，去跟地籍管理员泡一个星期的蘑菇。她渐渐开始谈论这件事，仿佛大家都已经同意出售它，唯一还不确定的事情，就是一致同意把留声机脱手的期限。

“从来都没有想到过，”母亲说，“但是，我们有两台留声机，而约瑟夫甚至连一双合适的拖鞋也没有。”

三天内，母亲开始习惯于指望卖掉留声机来规划未来，就像她曾指望五公顷土地的抵押，指望若先生的钻戒，以及更经常、更持久地指望堤坝那样。

“在我们这样的处境，一台留声机都已经是多的了，何况两台，对于这，任何人都不会相信……最要紧的是，我们竟根本没有想到……”

不过，母亲很快就不再确切说明她想要用卖留声机的钱做什么。最初，她说是要到康镇去，“给他们点颜色”。但很快，这就过去了。她说留声机很漂亮，同 B12 一样，单留声机就至少值吊脚楼屋顶的一半，或者能在中心旅店住半个月。小住一阵，她可不那么说，这也许会使她再一次卖掉若先生的钻戒。

约瑟夫，他对卖掉留声机并没有什么想法，对世上这一方面的无论什么他都是这样。他对卖留声机一事既不赞成也不反对。然而，有一天，也许因为听够了母亲的唠叨，或者不如说，因为他感到百无聊赖，他决定去朗镇卖留声机。午饭时，快吃完的时候，他声称：

“我去把留声机卖掉。”

母亲没有回答他，但是，她惊恐的目光看着他。他之所以同意卖掉留声机，是因为他可能用不着它了，是因为他的离去已最终临近了。是因为他已经知道动身离开的日子，自他从中心旅店回来以后，他就已经了如指掌。

约瑟夫拿起留声机，把它装进袋子，然后把袋子放到小推车上，就朝朗镇方向去了，对于他如何设法卖掉留声机只字不作解释。只有惊愕万状的下士瞧着这稀奇古怪的器具被弄走了，他从未听见过它发出的一丁点儿声响。

留声机就这样离开了吊脚楼，并没有引起他们任何一个人表示惋惜的话。约瑟夫晚上带着空袋子回来了，坐下吃饭时，他把一张钞票递给母亲。

“拿着，”约瑟夫说，“我把留声机卖给了巴尔老头那混蛋，它至少值两倍的价钱，但我没别的办法。”

母亲拿了钞票，便走去放在自己的卧室里，然后又回到餐室。接着，她摆上晚餐，一切都如同平时那样，只是母亲什么也不吃。晚餐用毕，母亲宣称道：

“我不去康镇见地籍局那帮狗东西，因为这会跟银行一样，我把钱留着吧。”

“这才再好不过。”约瑟夫非常温和地说。

母亲尽力平心静气地说。她的前额已满是汗珠。

“到康镇去是毫无用处的，”她又说，“我还是把钱留着吧。”

突然，她哭了起来。

“为我自己一个人留着，就这一次，留给我自个儿。”

约瑟夫站起身，立在她面前。

“他妈的，你又要开始了。”他的声音柔和而低沉，好像是在自言自语。仿佛他不可避免的离去的确实性，他的幸福都有一种她们不得而知的痛苦且隐秘的一面。也许，他也值得怜悯。母亲对约瑟夫如此温柔的语气显得很吃惊。她望着他，约瑟夫正站在她面前，凝视着她，母亲顿时镇静下来。

“约瑟夫，你为什么要去卖掉那台留声机？”母亲问道。

“因为再没有什么可卖的。要确定再没有任何东西可卖了。要是我可以烧掉吊脚楼就好了，他妈的，我怎么来烧掉它！”

“还有 B12 呢。”苏珊说道。

“可是谁来开呢？”母亲问道。

然而，约瑟夫并不答话。

“总还有那‘蛤蟆斑’钻戒可卖。”苏珊突兀地说，“并不是因为我们没有说起它，没什么事要做，总还有这玩意儿可卖。”

从城里回来后，这是他们第一次触及钻戒的话题。母亲停止了哭泣，从上衣里拉出钻戒。自从她回来以后，她就把钻戒穿在细绳上，同储藏室的钥匙一起挂在脖子上。

“我都不知道为什么留着它，”她假惺惺地说，“因为它的价值！”

“有人会问你为什么把一枚戒指挂在脖子上吧？”约瑟夫问，“你就不能像所有的人那样，戴在手指上，是吗？”

“如果那样，我会时时刻刻看见它，”母亲说，“它太让我感到恶心。”

“这不是真的。”苏珊说道。

蹲在餐室角落里的下士是第一回看见这枚钻戒。显然，他对此根本不知就里，长长地打着呵欠。没有料到，从此，这枚钻戒成了他们唯一的财产。

“当时，我去了电影院，”约瑟夫对苏珊说，“我心想，我去电影院找个女人。我对嘉尔曼腻烦了，跟她睡觉，就有点好像跟一个姐妹睡觉似的，尤其是这一次。有一阵，我已经不大喜欢电影了。我们到城里不久，我就意识到这一点。当我坐在电影院里，我感觉很舒服，但是，要我决定去那儿，我不再像从前那样痛快。好像我总有更好的事情要做。好像我在那儿浪费了我的时间，而我不应该再浪费时间了。但是，因为我不清楚这究竟是件什么事情我应该去做而不是去看电影，所以最终，我总是去电影院。这个，你以后也得告诉她，我并不那么喜欢看电影。也许，最后，连她，我也不那么喜欢了。当我坐在电影厅里，直到最后一分钟，我一直在希望我会找到我应该做的事情，而不是待在那里，希望在影片开映前就会找到。但是并没有找到。灯光熄灭，银幕被照亮了，所有的人都已噤声不语，那时，我就像以前那样，我什么也不再盼望，我感觉良好。我跟你说这一切，是为了在我走之后，你依然记得我，记得我说的话。即使她死了，我也非这么做不可。

“我错了。正是在电影院里，我遇见了她。她迟到了，当时灯光已经熄灭了。我希望什么也没有忘记，而且，原原本本全都告诉你，一切，但我不知道我是否能做到。我没有立刻看清她的样子。‘瞧，一个女人，坐在我旁边。’像平常一样，这就是我当时心里所想的。她并不是独自一人。有一个男人和她在一起。她在那男人的右边，我则在他的左边。我的左边没有人，我坐在这一排座位最靠边的位置。现在，我已经不大记得清了，在放映新闻片和影片开头的时候，大约有半个小时的时间，我好像根本忘记了她。我忘记在我身边有个女人。我对影片的开头记得很清楚，但后半部分几乎忘得干干净净。我说我当时已经忘记她在身边，也不完全属实。在电影院里，我一向不会忘记坐在我身旁的女人。我也许应该说她并不妨碍我看电影。影片开始放映后多久呢？我跟你说，也许是半个小时。因为我不知道等待着我的是什么，所以，我并没有注意这些细节，而且，我为此感到遗憾，因为自从我们又回到了这鬼地方后，我一直在力图回忆这些细节。但是，无济于事，我无法想起来。

“就这样，这事情开始了。突然，我听见近旁传来一阵又响又均匀的呼吸声。我欠了欠身子，朝我这排那声音传来的地方转过去。是那个和她一起来的男人。他睡着了，脑袋往后靠在椅子上，嘴巴半张着。他睡得就像个困顿不堪的人。她瞧见我在张望，便朝我转过头，莞尔一笑。借助银幕的光线，我看见了她的微笑。‘他总是这样。’她几乎挺大声地跟我这么说，声音大到可以把这家伙吵醒。但是，这家伙根本没醒。我问道：‘总是这样吗？’她回答道：‘总是这样。’她微笑时，我发觉她长得很俏丽，不过她的声音尤其美。当我听见她说‘总是这样’时，我立刻就想同她上床。她说这句话，仿佛我就从来没有听见过似的，仿佛在听她说出这句话之前，我从来都不明白它的含义。确切地说，就好像与她对我说‘很久以来，我一直在等您’这句话没有什么区别。她和我，我们继续看电影。是我又开始问她：‘为什么？’‘哦，想必是因为他不感兴趣。’我再也不知道跟她说什么了。有一阵，我在搜索枯肠找话说，根本不再看电影了。最终，我厌烦这么绞尽脑汁，于是，我就问我感兴趣的问题：‘这家伙是谁呀？’那时，她笑得更加率性，她完全朝我转过身来，我看见了她的嘴，她的牙齿，我心想，等她和那个家伙一起离开电影院时，我就跟着他们。她稍作沉思。也许，她没有把握是否应该回答我，最后，她还是说道：‘是我的丈夫。’我说道：‘见鬼，这是您的丈夫？’我觉得挺讨厌，她的丈夫，居然在电影院里就这么睡在她身旁。即便她老了，又经历了那么多的不幸，她也绝不会在电影院里睡觉。她并不回答我，她从包里拿出一盒香烟。那是三五牌烟。她递给我一支，然后，问我要火。我立刻可以肯定，她之所以问我要火是为了借火柴的微光看我看得更清楚些。她也一样，她立刻就有同我上床的想法。我不用看她，她一问我要火，我就猜到她比我年纪大得多，是一个不会为自己想同某个家伙睡觉而感到羞耻的女人。蓦然间，她生怕吵醒那个家伙而悄声对我说道：‘您也许有火吧？’可在影片开始放映时，她并不介意可能会把他吵醒。我点了一根火柴，向她那儿伸过去。于是，我瞧见了她的手，她的纤细、发亮的手指，涂得红红的指甲。我也瞧见了她的眼睛，她的眼睛并不看自己抽的烟，却盯着我看。她的嘴唇也是涂得红红的，同她的指甲一样的红色。看到她的嘴唇和指甲挨得这么近，使我很震惊。仿佛她的手指和嘴唇都受伤了，我看见的是她的血，有点像是她身体的内部。于是，我非常渴望同她上床，我自忖，散场后，我要驾着 B12 跟着他们，以便得知他们的住处，如果有必要的话，我会守候着她，我会用我在城里逗留期间余下的所有时间来等待她。在火柴的微光下，她的眼睛熠熠生辉，火柴燃烧时，这双眸子一直肆无忌惮地盯着我。‘您很年轻。’我说了我的年龄，二十岁。我们开始悄声交谈。她问我干什么谋生。我向她解释我们住在朗镇，因为别人硬塞给我们的一块租借地而处于无法摆脱的困境之中。她丈夫曾去朗镇那儿打过猎，而她却从没去过。她刚来殖民地不久，才两年。我把手放在她的手上，她的手正平放在椅子扶手上。她随我这么做。她丈夫在殖民地住的时间更长，而她只是两年前才来此地同丈夫重聚。起先，我就是把手放在她的手上。来此地之前，她曾在一个英属殖民地待了两年，我记不得是哪个殖民地了。然后，我开始抚摸她那掌心热乎而手背凉凉的手。她在那个殖民地感到非常厌倦，简直厌倦透了。

她为什么会厌倦呢？是因为那儿的人品行太坏。我想起了康镇地籍部门的那些管理员，于是，我跟她说所有的殖民者都是垃圾。她微笑着表示赞成我的意见。我再也不看电影了，一心只想着我正握住她的手，她的手在我的手里渐渐变得滚烫。然而，我却记得银幕上一个男人被另一个人打在心口，跌倒在地，而那个打他的男人从影片一开始就在等待这一时刻。我觉得好像认出了这些人，不过，仿佛我早就认识他们似的。我从未有过握住这样一只手的感觉。这只手手指纤细，我用两根手指就可以绕它一周，它柔如无骨，柔软得像鱼鳍。银幕上，一名女子正在痛苦，因为那个男人死了。她俯伏在男人身上唏嘘不已。彼此再也不能交谈。再也没有这个能力。我缓缓地把她的手完全握在我的手里。这只手是那么柔嫩，保养得那么好，使人产生一种毁坏它的欲望。我大概弄痛它了。当我用力太猛地紧握这只手时，她稍作了一下挣扎。她身旁的那个家伙一直在睡。正当影片中那名女子伏在死去的男人身上哭泣时，她非常小声地对我说道：‘电影快结束了。’——‘怎么啦？’——‘您今晚有空吗？’当然，你知道我是否有空。她告诉我只要由她来安排，我只要跟着他们就是。我不知道为什么当时我却一下子泄了气。我害怕即将亮起的灯光，害怕在像我刚才所做的那样在黑暗中抚摸了她的手之后再见她。我寻思着：‘我快溜走吧。’你根本无法想象我当时多么害怕。就是这样，害怕灯光，仿佛灯光将使我们离开人世，或者使一切都成为不可能。我甚至以为我已经松开了她的手，我甚至确信这一点，因为她又抓住了我的手。我把我的手放在椅子扶手上，而她的手则放在我的手上面。她抓住了我的手，她试图把它整个儿覆盖住，当然，她没能握住。然而，她的手就好比是把老虎钳，我无法溜走。我心想，她大概习惯于像这样在电影院里找男人，只能任由她摆布。灯光亮了起来。她的手抽了回去，我不敢立即抬眼看她。但是，她却敢，她就这么做了，而我，低垂着双眼，我任她摆布。那个家伙突然睡醒了，那时，我们俩已经站起身来。他比她稍为年长些，衣着考究，身材高大，壮健结实。我发现他长得相貌堂堂。他的态度显得很超脱，而且精神饱满，丝毫没有因为在电影院里睡觉而感到尴尬。你知道，这就是我们瞧见的经过公路的那一类男人，他们坐着极其漂亮的汽车，飞快地驶来，他们预订一座瞭望哨所，在那儿过一夜，正好杀死一只老虎的时间。他们有三十来名跟班似的人在身边，这些跟班都是从城里某家大旅馆打电话到巴尔老爹那儿为他们预先雇好的。我心想，这就是那类男人。'皮埃尔，'那女人说，'这年轻人是朗镇的猎人。你知道朗镇吗？'他思索片刻，'我大概两年前去过。'我如释重负。'皮埃尔，今天晚上，我们可以跟他一起吗？''当然可以。'他们想必还在商量别的事情，但是，因为背对着我在说话，我没能听见。况且，我无意去听他们说话。我们随着人群缓慢地走出电影院。我走在她身后。她的腰板笔挺，也很结实，身材苗条。她的秀发剪得短短的，款式怪怪的，颜色很平常。

“我们在一辆美轮美奂的轿车旁停下，这是一辆德拉奇牌的八汽缸敞篷汽车。那家伙转身向我问道：‘您上车吗？’我说我自己有车，我可以跟着他们。他还算客气。他好像觉得我在场是件很自然的事情。而她，当时她不再注意我，仿佛我们向来就认识似的。她对我说：‘您的车呢？也许您可以把车留在这里，都上我们的车。’我表示同意。我说我去把车停泊在剧院广场，因为电影散场后，电影院前是禁止泊车的。B12 就在离他们的德拉奇几米远的地方。当他看见我朝 B12 走去，他跟着过来，说道：‘见鬼，就这辆车？’他接着又说，到电影院时，他就注意到这辆车了，他从来没有见过这样蹩脚的车。她步履从容地走到我们跟前。‘她见过这样的车。’这家伙说道。他们俩都盯着这辆车，他很认真，她则若有所思。他们本可以拿这辆车开开玩笑，的确，他们本可以这样做，因为应该看到它在他们的德拉奇旁边就像个怪物，就像一个破罐头似的。但是，没有，他们没有取笑。我觉得，这家伙在看见这辆车后，甚至变得更加和蔼可亲了。我把车停在剧院广场，回到他们那儿，然后就一起坐上德拉奇走了。

“这时，开始了我这一生中最奇妙的一夜。

“我坐在前排座位，她也要来坐在这儿，坐在我们俩之间。我不知道开往哪儿，也不知道，既然他在一旁，我跟她之间会怎样结束。然而，我就坐在她的身旁，汽车在行驶，这家伙驾车技术特棒。我想只好听之任之了。我身着短裤、短袖衬衫，脚蹬一双网球鞋。而他们，他们则穿着整齐、讲究，然而他们好像没有注意到这些，所以我并不感到局促不安。他们瞧见了 B12，这足以使他们明白其他的事，譬如我没有穿西服。这是一些大概能理解这类事情的人。

“就是在一出城那会儿，我开始渴望得到她。那家伙仿佛急于到达那个我始终不知道的地方。他开得更快了。他根本不注意我们。我感觉到她绷紧的身体紧挨着我。她双臂交叉在胸前，一只手臂环抱自己的肩头，另一只手臂则搂住我的肩。劲风吹得裙子紧贴她的身体，我大概能辨别出她乳房的形状，几乎和她裸露时一样清楚。她的确显得很结实。她拥有美丽的乳房，硕大、挺拔。离开城市绚烂的灯光后不久，她就用手按住我的肩头，按得紧紧的。我当时认为自己会这么做，马上就会一下子扑到她身上。车在疾驶，风声大作，一切都似乎易如反掌，有点像在电影里一样。她竭尽全力用手抓住我的胳膊，当她确定我不会这么做的时候，她便把手缩了回去。整个晚上，她都这样做。

“我们在第一家夜总会前停下车。‘咱们去喝一杯威士忌。’那家伙说道。我们走进花园尽头的一间小酒吧。已是座无虚席。我以为会在那儿用晚餐。已经十点钟了。‘三杯威士忌。’那家伙吩咐道。从他一开始饮酒，随着他渐渐酣饮起来，他越来越不在意我们了。看到他痛饮威士忌，我开始明白了。我们还在喝杯中的酒时，他又为自个儿要了两杯。他一杯接一杯地喝了下去。而我们，连第一杯都还没有喝完呢。他口干舌燥，是三天三夜没有喝水的焦渴的家伙。她见我对此十分惊诧，便对我莞尔一笑。然后，她低声说道：‘不要理会他，这是他的乐趣。’那家伙倒是挺可爱的，他甚至都懒得说话，他对一切都毫不在乎，对她，对我，对一切都不在乎，他兴致勃勃地喝着酒。所有的人都在瞅着他怎么喝酒，都情不自禁地看着他。她也一样，大家也在看她。她容貌俏丽，一头秀发被风吹得蓬乱。她的眼睛清朗晶亮，也许是灰色或者是蓝色的，我不知道。她简直像是个盲人，或者不如说，像她这样一双眼睛看不到别人所见的一切，而仅仅只看到一部分。当她眼睛里看的不是我的时候，她就好像什么也没看见。当她看的是我，她的脸顿时容光焕发，然后，几乎立刻就稍微低垂下眼帘，仿佛这令她目眩似的。在离开酒吧，她凝视着我时，我就明白了，今天夜里我一定会同她睡觉，不管发生什么事，不管她跟那家伙一样多么想喝酒。

“我们又上路了。我们默然相对，除了她偶尔对他说：‘小心这个十字路口’，或者，他独自咕哝，发牢骚，因为车辆太多。我们重新穿过城区的一部分，他大发牢骚，就好像他不得不这么做。但我后来才明白个中原因，他完全能够避免这么做。我们到了港口那边的另一家酒吧。他又要了两杯威士忌，而我们，这一次，只要了一杯。但是，这实际上是我喝的第三杯了，我开始有点醉了。她也一样，她大概也有点醉了。她喝得挺高兴。我寻思，她大概每天晚上都这么随他出入所有的酒吧，有时，就跟某个她找到的家伙一起喝酒。走出酒吧的时候，她悄声对我说道：‘我们可不能再喝了。只管让他喝去吧。’想必她越来越渴望同我睡觉。当那家伙费劲地登上汽车时，她利用这个时机，俯身向我，亲了我的嘴。于是，我想我会把那家伙扔出去，驾车和她一起远走高飞。我急切地盼着我们能立刻睡在一起。她大概又一次猜到我的想法，她搡了我一下，把我推到车门旁。

“我们又上路了。那家伙开始醉醺醺的，他想必也明白这一点。他开车速度已经不那么快了，不再背靠在车座上，而是身子挺直坐在方向盘前，以便看得更加清楚。我们又一次再穿过城区。我真想问问他，为什么要这样不断地穿过城区，可是，我想他自己也不明白。也许是为了延长路程。也许他不认识别的路，也许他对殖民地只认得市中心及其周围的酒吧。慢慢地，这使我感到不快，尤其是现在，他的确把车开得非常慢。然后，他就这样，问也不问我们是否乐意，随意支配我们，他给我们要了威士忌苏打，仅仅是因为他喜欢喝。我们在第三家酒吧停了下来。这一次，他要了三杯马泰尔酒，又一次不问我们是否想喝。我说：‘我可够了，您自己快喝您的马泰尔吧。’我突然产生一个念头，想扑上去揍他一顿。我们离开伊甸影院已经有一个小时了，而我真的看不出这事情将怎么结束。‘对不起，’那家伙说，‘我也许应该问问您想要喝什么。’他拿过我那杯马泰尔，一饮而尽。我又说道：‘可是，我在想，您为什么不在一家酒吧里喝呢？’他说道：‘您还是个孩子，您对此一窍不通。’这是他所说的最后一句合乎情理的话。把我那杯喝完以后，他又喝了两杯马泰尔。接着，他的背弯了下来，渐渐倒下。他坐在高脚圆凳上等着。他显得非常称心如意。我请求那女人跟我一起走，别去管他。她说她不能这么做，因为她同这家酒吧的老板不太熟，她不能确定人家第二天早上是否会把他送回家。我一再坚持。她拒不应允。然而，她越来越渴望同我睡觉。现在，这一点如同写在她脸上一样显而易见。她走到他身旁，亲切地摇晃他，提醒他已经快十一点钟了，而我们还没有吃晚饭呢。他从口袋里取出一张钞票，放在柜台上，不等人找零钱便站起身，我们走出了酒吧。

“那时，他开始把车开得很慢很慢。她给他指路，哪儿该拐弯，该走哪条路。我们就像在糖浆里行驶。我，当她给他指路时，我把她的裙子撩起来，开始慢慢地抚摸她全身。她则听之任之。那家伙什么也没瞧见。他正在开车。这太棒了，我就这样抚摸着她，就在他鼻子底下，而他却什么也没有瞧见。即使他瞧见了，我想我会继续抚摸她，因为，要是他说三道四，我就会借此把他扔出车外。我们到了一家夜总会，是一种高高的吊脚楼式的房子，里面可以跳舞、用餐。舞池在一边。另一边有一些隔开的小间，供人用晚餐。他把德拉奇停在吊脚楼下，然后，我们便上楼。她搀扶着他，帮助他拾级而上。他已酩酊大醉。灯光下，她显得形容憔悴、疲惫不堪。而我知道个中缘由，那是因为她很想同我睡觉，是因为我在车上对她所做的举动。我一看到别人用一种古怪的神态瞅着我们，好像在嘲笑他，我便不再想抛开他了。我因为他而对所有的人都不满，除了她。同时，我也腻烦极了，你无法知道我是多么腻烦。她对他那么温柔，而他却慢条斯理、慢慢悠悠，我们离开第三家酒吧已经三刻钟了。整个这段时间里，我都在抚摸她。没完没了。她挑选了一个朝向舞池、正对入口处的小间。他跌坐在圆凳上，因为不用开车，不需要再做什么，甚至不用再走路，而感到如释重负。片刻间，我曾自问，我在这儿，跟这些人在一起干什么，但是我可能已经无法离开她。然而，她使我感到恼怒，因为她对他那么温柔，那么有耐心，而他却是那么迟钝，那么慢腾腾的。人们彼此在靠近，仿佛沉浸在这糖浆中，不能自拔。从伊甸影院出来后的两个小时里，我就一直在一条隧道里寻找她，她站在隧道的尽头，用她的双眸、她的乳房、她的嘴巴呼唤我，而我则无法触及到她。奏起了《拉莫娜》。于是，突然，我想动动，想跳舞。我相信，如果舞池里空寂无人，我也许会随着《拉莫娜》的乐曲独自起舞。直到那时，我以为我根本不会跳舞，突然一下子，我成了一名舞者。也许，我会成功地在钢丝绳上跳舞。我必须跳舞，或者把那家伙甩掉。你知道，在某些情况下，《拉莫娜》要比人们想象的更加优美。我站起身。我邀请最先在那儿见到的女子跳舞。一名娇小漂亮的女子。跳舞时，我是那么渴望着另一个女人，根本感觉不到拥在怀里的小个子女人。我怀抱着这轻如羽毛的女子在独舞。当我回到小间时，我意识到自己已经醉得很厉害。她眼睛睁得大大的，目光炯炯地盯着我。后来，她告诉我：‘我瞧见你同另外一个女人在跳舞，我就喊了起来，可是你没有听见。’我明白她很不舒服，也许很不幸，但是，我不知道什么原因。我想是因为他的缘故，我想，也许在我跳舞的时候，他对她说了些什么，责备了她。桌上有三份蛋黄酱煮蛋。那家伙用他的餐叉拿起整整一个，把整个蛋放进嘴里，咀嚼起来。蛋汁从他嘴角流出来，形成一条细流，一直流到他下巴上，然而他并没有觉察。我拿我的那一份，也像他一样，用餐叉叉进整个鸡蛋，也像他一样，我把整个鸡蛋塞进嘴里。她见状笑了起来。那家伙也开怀大笑，看模样就好像我们仨一向都认识似的。那家伙满口含着鸡蛋，慢慢地说道：‘我喜欢这家伙。’然后，他要了香槟。从我同那个小个子女人跳舞以后，她好像下决心要做某件事情。香槟端上来时，从她给他倒酒的方式，我便懂得了是什么事。她为他倒了满满一杯酒，手里拿着酒瓶，等他把酒喝掉。他贪婪地喝酒。于是，她给自己倒了一杯，给我也倒了一杯，并给他斟满第二杯。接着，她又一次等着，酒瓶拿在手里，等他干掉第二杯酒。然后，她又给他斟酒，但这一次，只给他一个人了。接连喝了四杯酒。我瞅着她，动弹不得。我明白我们融为一体的时刻即将到来。

“侍者端上来三份炸鳎鱼，上面放有几片柠檬。想必这和蛋黄酱煮蛋一起就是我们的全部晚餐了。时值午夜。大厅里座无虚席，挤满了人，因此只供应饮料。那家伙吃了一半鳎鱼就睡着了。我喝了杯中的酒，再要了她的酒。我把我的那份鱼全吃了，又把她给我的那份也吃了。有生以来，我从来没有如此饥饿，如此干渴，如此渴望一个女人。

“猛然间，她的眼睛睁得大大的，她的双手开始轻微地颤抖。她站起身，在桌子上方探过头来，那家伙的脑袋就搁在桌子上，我们互相拥吻。当她挺直身体时，她的嘴唇发白，而我则觉得在我嘴里有她口红的杏仁香味。她一直在颤抖。而那家伙却一直酣睡不醒。

“我们向对方俯过身，我吻住她的嘴。‘别人在看我们呢，’她说道。我可不在乎。

“那家伙醒了。我们可以预料到他什么时候快醒过来。快醒时，他 嘟嘟囔囔，整个身子摇摇晃晃，在他抬起头之前，我们完全有时间分开。‘我们在这儿干吗？’她非常轻柔地回答他：‘别担心，皮埃尔，你总是操心。’他便又喝酒，然后又睡着了。我们又俯身，在桌子上方，在那闭着眼睛的大脑袋的上方，我们彼此亲吻。也就是说，只要他在睡觉，我们就嘴对嘴地互相亲吻，无法分离。只有我们的嘴碰触在一起，没有任何别的。而她一直在颤抖。甚至含在我嘴里的她的嘴也在发抖。他又醒了：‘总而言之，只要有喝的就好。’他说话的声音缓慢，迟滞。她给他倒了香槟。他的确已经烂醉如泥，他睡着时，就好像解除了某种巨大的痛苦而感到宽慰，这种痛苦和他一起沉睡，随着他睁开眼睛而苏醒。我暗想他是否觉察到我们的所作所为。但是，我不大相信，我想他无法承受的就是睡醒过来，让他心里感到难受的就是见到灯光，听见乐队的奏乐声，看见人们在舞池翩翩起舞。时而，他抬起身子，睁开眼睛，仅仅十秒钟，他就轻轻地不知道在骂什么人，然后，又把脑袋搁在桌子上。'皮埃尔，你这样挺好。你还要什么呢？睡吧，别担心。'那时，他也许就微微一笑，说道：'丽娜，你说得对，你真好。'她名叫丽娜，是他告诉我的。她跟他说话时特别温存。现在我了解她，我相信这不仅仅是为了使我们能够放心地拥抱亲吻，也是因为她对他怀有深情厚谊，甚至还有爱。每次当他试图清醒过来时，她就给他的酒杯里斟满香槟。他一饮而尽。香槟酒如同渗入沙子一般进入他的体内。他不是在喝，他是把香槟酒倒进自己身体里。他又睡倒了。她探过身来，我们又拥吻在一起。她不再颤抖。她的头发完全被弄乱了，嘴唇苍白。她的美只对我一个人而言，我吃了她嘴唇上的口红，我弄乱了她的秀发。她心花怒放，欣喜若狂，她手足无措，显得肆无忌惮。那家伙在喃喃抱怨。我们便分开了。那家伙抬起头说道：‘我想要的是威士忌。’她回答他的话，我还记得很清楚：‘皮埃尔，你总是要求办不到的事。我不知道侍者在哪儿。我得去找找。’那家伙回答道：‘丽娜，别麻烦了，我真是个混蛋。’其他人都在看我们。我不觉得有人在笑话我们。和我跳过舞的那个小个子女人坐在我们的邻桌，与她同座的那些人已经停止交谈，只是看着我们。

“那家伙想小便。他费劲地站起身。她搀着他的胳膊，扶着他穿过整个大厅。穿过大厅时，他大声地叫骂：‘真是乌七八糟！’声音大得透过乐队奏的音乐都能听到。她俯在他耳旁窃窃私语。无疑是要他安静下来。他们俩不在时，我喝了好几杯香槟，也许是四杯，我记不清了。我如此深深地吻她，我感到非常渴。我那么想要她，想得浑身火烧火燎的。

“正当我独自一人待在那里时，我寻思，我正在永远地变了。我瞧着我的手，我简直认不出来：我长出了和我原有的不同的另外的手，另外的胳膊。真的，我再也认不出自己了。我觉得自己一夜之间变得聪明起来了，我终于懂得了到那时为止我曾注意到却没有真正明白的所有重要的事情。当然，我以前从来没有结识过像他们那样的人，从来都不认识像她或他那样的人。但是，并不完全是因为他们。我知道他们之所以如此自由自在，如此潇洒自如，主要是因为他们有很多钱。不，我的变化并不是因为他们。我想，首先，是因为我还从来没有像这样想要一个女人，其次，因为我喝得不少，我醉了。所有这些我感受到的聪明才智，大概很久以来就已潜伏在我身上。是情欲和酒精把它们诱发出来。是欲望使我对感情满不在乎，甚至把对母亲的感情也不放在眼里，欲望使我懂得再也不必为此而害怕，因为，直到那时，我其实一直以为自己深深地陷于情感的罗网中，并为此感到害怕。是酒精向我阐明这样一个事实：我是一个残酷无情的人。一直以来，我就准备着做一个残酷无情的人，一个有朝一日会离开母亲的人，一个会远离母亲，到某个城市学习生活的人。此前，我为这种念头感到羞愧，然而如今，我明白，这个残酷的人是对的。我记得，我曾想到过，离开母亲，我就是把她丢给康镇的地籍管理员们任意摆布。我想到了康镇的那些地籍员。我心想，总有一天，我必须就近了解他们。有一天，我应该不再会满足于像在平原那样只是了解他们的卑劣行为，而应该深入了解他们的手腕，熟悉这种卑劣手段而不受其害，要心狠手辣以更彻底地灭掉他们。必须返回平原的念头重又出现在脑海里……我记得，为了确定站在这里的就是我，我曾高声立誓，我心想，一切都结束了。我曾想到了你，想到了她，我想，一切都结束了。你也好，她也好，都结束了。我永远也不再可能变成为孩子，即便她死去，我想，即便她死去，我也要走的。

“他们俩回来了。她挽着他的胳膊，而他，因为费力地来回穿过大厅，已是精疲力竭，步履蹒跚。如果真有人嘲笑他或者不管说他什么坏话，那么我就会痛打他一顿。我感觉自己跟他更加亲近了，他酩酊大醉，却依然无拘无束，比起所有在那儿的人，那些没有喝醉的人，我觉得跟他更亲近。所有的人都显得很幸福，除了他。而她，她把他灌醉了，以便我们可以毫无顾忌地拥吻，她如此温情脉脉、如此体贴入微地扶着他，仿佛他是其他人的受害者，是那些没有喝醉酒的人的受害者。当她回到座位时，立刻瞧见酒瓶已经空了，她站起身，去告诉舞厅另一头的侍者再拿瓶酒来。侍者却迟迟未来。她又开始抖动不已。她生怕他酒醒过来。我去找侍者。我仿佛踩在棉花上似的，双腿发软。我拿来了一瓶酩悦牌香槟。现在，我觉得这一时刻快到了。她又给他斟了三杯香槟，他又睡着了，她叫醒他，让他喝酒。这越来越接近了。他喝完酒，就倒在桌子上。我说：‘咱们走吧。’‘如果他过了十分钟还不醒的话，我们就走。’她回答道。于是，我又说：‘要是他醒了的话，我就把他扔出去。’不过，他不可能还能醒过来。我想，如果他醒过来的话，我也许会朝他扑过去，这是真的，因为，我们已经为他，为这个妨碍我们的人竭尽所能。当她确定他不会再醒过来时，她便抱住他的肩膀，把他放倒在长凳上，让他伸着身子躺好。然后，她解开他的上衣，拿出他的钱包。接着，她起身喊侍者。侍者不过来。我必须再一次走过去找他。‘让他睡吧，’她对侍者说，‘等他醒了，您给他叫辆出租车。这是地址，您交给司机。’她把钱和一张名片递给他。侍者拒不收钱，他说必须问过领班，他不知道这位客人是否可以待在这里，睡在长凳上过夜，还有那么多的顾客正在等空桌子。我们根本无法反驳侍者的话，我们不能强迫他答应。必须等他去把领班找来。‘已经客满了，’领班来后说，‘不能为他一个人留这张桌子。’我想她快要哭了。而我，我觉得领班已经被我拽在手里，他的脖子，我觉得他的脖子已经被掐在我的手指间。她从钱包里抽出不少钱，说道：‘我付钱，把这张桌子包一整夜。’她又往领班手里塞了好几张钞票。他收下了。她最后朝那家伙看了一眼，我们就下楼了。一进停在吊脚楼下的汽车，我就把她推倒在后座上，亲吻她。在我们的头上，乐队仍旧在演奏，听得见跳舞的人的舞步声。后来，我握住德拉奇的方向盘，我们到了她指明的一家旅馆。我们在那儿待了八天。

“一天晚上，她要我告诉她我的身世，我们为什么离开平原。我同她谈到了钻戒这件事。她便叫我立刻去拿钻戒，她要买我的钻戒。等我回到中心旅店来找你们的时候，我发现钻戒却在我的口袋里。”

约瑟夫即将动身。有时，母亲深夜来找苏珊，同她谈这件事。最后，思索再三，她寻思这是否还不失为一个解决办法。

“我不知道该怎样阻止他走，”母亲说，“我想我没有这个权利，因为，我看不出，除此以外，他怎样摆脱这一切。”

她只在夜里触及这个问题，而且只同苏珊谈。与下士一起算了几个小时的账之后，她觉得自己有勇气谈谈约瑟夫。白天，她也许还抱有幻想，然而夜阑时分，则不，她变得头脑清晰，能够平静地谈谈这件事情。

“如果说，他怨恨我，”她说，“想必有他的理由。现在，你们可能遇到的唯一一件好事，就是我死。地籍部门也许会可怜你们。他们会把那五公顷的永久性租借地给你们。你们可以把它卖掉，然后远离此地。”

“去哪儿？”苏珊问道。

“到城里去。约瑟夫会找到工作。你呢，你去嘉尔曼那里，等着找到合适的人结婚。”

苏珊没有回答。母亲留下这么几句话，几乎立刻就走开了。显然，她所说的对苏珊并不重要。苏珊觉得她从来没有如此衰老，如此疯癫。约瑟夫行期的临近，使她心烦意乱、忐忑不安地跌入到索然寡味的往日。只有约瑟夫才是重要的。约瑟夫所遇到的事情才是重要的。自从他们回到平原以后，苏珊与他形影不离。当他坐上两轮车到朗镇去时，大部分时间都带上苏珊。然而，自从他跟她讲了自己所经历的事情后，也就是说，从城里回来的最初几天以后，他就很少跟苏珊说话了。但是，尽管他跟苏珊说话很少，还是比跟母亲说的话多些，显然，他没有勇气跟母亲说话了。他所说的不要求任何回应。他只是在说话，因为他无法抗拒要谈论那个女人的欲望。几乎总是围绕着她。他从来都不会相信和一个女人在一起能够这么幸福。他说，在她之前自己所结识的女人都微不足道。他确信自己可以和这个女人一起待在床上好多好多天。他们曾经整整三天，几乎不吃不喝，就是做爱，把其他所有的事情都置于脑后。除了他，母亲。正是因为这个，才使他回到中心旅店，而并非因为缺钱花。

一次去朗镇时，约瑟夫趁机向苏珊承认，那个女人就要来找他了。是他请求她等半个月再来。他无法确切地说明原因。“也许我想最后一次再看看这个破地方，可以有把握些。”现在，她马上就要来了。他曾经想过，一旦他离开了平原，她们会变成怎样，对此，他考虑了很久。对于母亲，除了租借地，他看不出有什么可能的未来，这是一种不可救药的怪癖。“我确信，每天夜里，她都在重新开始琢磨她那抵挡太平洋的堤坝。唯一的区别就是，这个堤坝是一百米高，还是二百米高，这取决于她身体的好坏。但是，无论规模大小，每天夜里，她都在重新琢磨修筑堤坝。这是一种过于美好的想法。”他断言，他永远都不可能忘记这些堤坝。他永远不会忘记她，或者确切地说，不会忘记她曾忍受的一切。

“这就好比忘记我是谁，这不可能。”

他不再认为母亲还能活很久，但与过去不同，他认为这已经无关紧要。当一个人如此渴望死，别人就不应该阻止。只要他知道母亲健在，那么他就无法在生活中有作为，他就一事无成。每次他同那个女人做爱，他就想起母亲，他记得，她在父亲谢世后，就从来没有做爱，因为，她就像个傻瓜似的认为，为了他们，她的孩子们有一天能够男欢女爱，她自己没有权利做爱了。他告诉苏珊，母亲曾经同伊甸影院的一名职员深深相爱了两年，是她把这件事告诉约瑟夫的，而且，始终是因为孩子们，她从来没有跟他睡过一次。他跟她谈论过伊甸影院。母亲在伊甸影院弹奏钢琴度过的十年是多么可怕。对此，他比苏珊记得更清楚，因为他年龄大些。而且她自己有时也跟他谈起这些事。

得到伊甸影院钢琴师的位置后，母亲不得不突然间重新弹奏钢琴。从高师毕业后，她有十年没弹钢琴了。她曾对约瑟夫说：“有时候，看到自己的手在乐谱前变得那么笨拙，我就哭了，有时候，我甚至想叫喊，真想合上钢琴盖，一走了之。”但是，渐渐地，她的手在琴键上自如起来。因为总是弹奏一样的乐谱，而且伊甸影院的经理又允许她每天早上来练琴。她始终生活在被辞退的萦念里。她之所以习惯于把孩子们带在身边，并不完全是因为她不敢让孩子们独自留在家里，而更是想让经理同情她不幸的命运。她在影片放映前先到场，在钢琴两侧的两把靠背椅上分别铺好毯子，让孩子睡在上面。约瑟夫对此犹在心目。这件事很快就人尽皆知。当电影厅里来的人越来越多，渐渐客满时，有一些观众走到乐池前，看钢琴师那两个正在熟睡的孩子。这很快就形成一种吸引力，影院经理并不因此而生气。母亲告诉约瑟夫说：“因为你们是那么漂亮，所以人家都来看你们。有时，在你们身边，我看到有玩具，有糖果。”她至今还相信这一点。她相信是因为他们长得漂亮，所以别人给他们玩具。他从来都没有敢向母亲道出真相。他们在灯光熄灭，新闻片开始放映时便进入了梦乡。母亲要弹奏两个小时的钢琴。她不可能看银幕上的影片，因为钢琴不仅同银幕处于同一水平面，而且远远低于电影厅的层面。

在这十年里，母亲没有看过一部影片。不过，末了，她的双手在琴键上变得如此灵巧，她不再需要盯着琴键了。但是，她始终对头顶上放映的影片一点儿也看不见。“有时，我觉得自己一边弹一边睡着了。我试图看银幕时，那简直可怕极了，头晕眼花。在我脑袋上仿佛一锅黑白色的粥在沸腾，好像在晕船。”有一次，仅仅这一次，她想看电影的愿望是那么强烈，她装做生病，然后偷偷去看了场电影。可是，在影院出口处，一名职员认出了她，后来她再也不敢这么做了。十年间，唯一的一次她敢这么做。十年里，她一直想去看电影，而只有一次，她偷偷地去了。十年里，这个欲望在她心头始终那么新鲜，然而，她，她已渐渐衰老。过了十年，已为时太晚，她动身到了平原。

回忆这些有关母亲的事情是如此令人难以忍受，对于约瑟夫和苏珊来说，母亲不如死去的好。“你不得不回忆这些事情，回忆伊甸影院，不得不总是做与母亲所做的相反的事情。”然而，约瑟夫爱母亲。他甚至相信，他说，他永远不会像爱她那样去爱任何一个女人。没有一个女人会使他忘记母亲。“但是，和她一起生活，不，那是不可能的。”

他遗憾的是，他不能在走之前杀死康镇的那些地籍管理员。他曾经读过母亲写给他们的信，当时，母亲叫他把信交给客车司机带去，在交信之前，他读了信，于是决定不交出去，留下了那封信。他决定永远保留这封信。当他读这封信时，他就感到自己变成了自己所希望的那样，如果遇见那些地籍员，就有能力把他们一一杀死。

这就是他所希望的，一辈子都是这样，无论发生什么，即便他成了富翁也是这样。这封信对约瑟夫要比在康镇地籍员手中有用得多。

因此，即便约瑟夫的计划一定会使母亲痛苦万分，鉴于母亲所经受的一切，这些计划依然在策划中。如果说他对母亲变得十分严厉的话，他说，这与对康镇地籍员的冷酷是一样必要的。

苏珊并不理解约瑟夫所说的那些话的全部含义，但是，她非常认真地聆听着，仿佛是在聆听一首充满阳刚之气和真理的歌曲。重新思考这些话，苏珊激动地发现，她觉得自己能够安排好生活，就像约瑟夫说的应该做的事情。她看到她所欣赏的约瑟夫身上的东西，自己也同样拥有。

从他们回来以后的一星期里，约瑟夫神色困顿，愁眉不展。他只是在吃饭时才起床。他很少梳洗。可是，接着，却迥若两人，重又开始从阳台那儿射击涉禽，每天细心地洗澡。他的衬衫总是非常干净，而且每天早上，他都刮胡子。因此，母亲知道他的行期已经临近。再说，不管谁瞧见他都会猜到这一点，而且，无论谁，无论什么事情，都不可能再阻止他远离。他时时刻刻整装待发。

等了整整一个月。母亲既没有收到地籍部门的回信，也没有银行的回应，原因毋庸重述。不过，她对此已经无所谓了。末了，她也不再叫醒苏珊，跟她谈约瑟夫的事情。既然约瑟夫要走，也许，她甚至巴不得看到他尽快走呢。她大概还隐约想到，只要约瑟夫在，她就无法向巴尔老爹出示那枚钻戒。因为自从巴尔老爹买了那台留声机后，她就常想到他。她常谈起这件事，说真的，她只谈论他，谈论他的资产，他拥有的财力，并且说如果她处在他的位置会去进行投资，而不会贩卖酒，等等。这是不是又一次为自己安排未来的方式？她自己大概都不清楚。约瑟夫一旦走了，万一她成功地把有瑕疵的钻戒卖给了巴尔老爹，她也不知道拿这笔钱派什么用场。

母亲时时在意的计划之一就是有朝一日能把吊脚楼的茅草屋顶换成瓦片屋顶。她不仅从未能如愿以偿，而且，六年来，她甚至从未能请人把破旧的茅草屋顶翻新。于是，她常常提心吊胆的就是，在还没有足够的钱翻新屋顶前，茅草里就开始长虫子。然而，就在约瑟夫动身前几天，她担忧的事情发生了，在腐烂的茅草里出现一大堆蠕虫。慢慢地，它们开始有规律地从屋顶往下掉。赤脚踩上它们会发出嘎吱声，它们掉落在坛坛罐罐里，家具上，盘子里，头发上。

然而，约瑟夫、苏珊，甚至连母亲都根本不提这事。只有下士为此惊恐不安。他反正闲得难受，不等母亲吩咐，便开始整天清扫吊脚楼的地板。

临走前几天，约瑟夫把母亲写给康镇地籍管理员的最后一封信交给苏珊。他坚持要苏珊在他走之前读这封信。一天晚上，苏珊背着母亲读了这封信。这封信只是证实了约瑟夫的话。这就是母亲写的信的内容。

“地籍员先生：

“请原谅，我再次给您写信。我知道我的信件使您深感厌烦。我怎么可能不知道呢？几个月以来，我没有收到您的回信。另外，请注意，一个多月以来，我没有再给您写信。然而，您可能并没有注意到这一点。有时，我寻思您甚至并没有读我那些信件，拆也不拆便把它们扔进废纸篓里。这个想法一直萦绕于我脑海，要知道，我只剩下唯一一个希望，就是您看一次信，哪怕只有一次，您能读一读我的一封信，只要一次。但愿这唯一的一次，其中一封信引起了您的注意，因为，那一天，可能您正好没有紧急事务要办。随后，我觉得您会看其他的信，就是在那封信以后寄给您的那些信件。因为，我还觉得，我的处境，如果您对此了解的话，不会完全无动于衷。即使从事多年您那可怕的职业后，内心的善意所余无几，然而，无论那善意多么微乎其微，您也会考虑到我的处境。

“您知道，我向您要求的，是件微不足道的小事。就是请您同意把我的吊脚楼周围那五公顷土地，永久性地租让于我。那五公顷地就在我的租借地之外，您知道，我那块租借地是根本不能利用、完全无法耕种的。请给予我这小小的优惠吧。现在我向您所请求的一切，就是让这五公顷的地属于我所有。然后，我可以把这块地作抵押，最后一次再试试修筑一部分堤坝。我下面将向您陈述理由，为什么我想要尝试重新修筑堤坝，这些事情并不简单。虽然您很不愿意承认您的反对意见，而且从您的利益考虑，同样不能表明您的意见，可是我对您所有的异议完全明了：高处的五公顷土地与低处的一百公顷土地只是形成一个‘整体’，确切地说就是用来让人对这一百公顷土地产生错觉，用于使人相信，租借地的其余部分同这五公顷的地一样。的确，到了旱季，当海潮完全退却时，谁能相信不是这样呢？多亏了这五公顷地，您才能先后四次把租借地分给不同的承租人，给那些没有钱收买您的不幸的穷人。这是我在每封信里，经常提醒您的事情，但是，除了不知疲倦地反复诉说这些不幸，您要我怎么办呢。对此，我永远都不适应，决不会对您的无耻行为习焉不察，只要我还活着，直到我生命的最后一息，我必定会时刻说这件事，我将时刻向您仔细认真地叙述您对我干过的事情，您每天正在对其他人干的事情，而您这么干却问心无愧，堂而皇之。我深知，如果把这五公顷土地和其他的一百公顷地截开，那么就根本谈不上什么租借地。甚至不再有滋生逆境，请人建造吊脚楼所需的地方，而且，甚至不再有生产足够维持一年生活所需水稻的地方。因为，再说一遍，剩下的租借地是不该有所指望的。七月大潮来时，太平洋的浪潮触及到偏远村子的茅屋，租借地从那儿开始，当潮水退去，留下了干巴巴的泥土，必须让雨水冲洗一年，才能洗掉这干泥土里的盐分，这盐碱土竟有十厘米厚，有成熟期稻谷的根那样的长度。那么，您告诉我，您那些受害者在哪里安顿下来呢？这一切，我都一清二楚，我也知道您有可能不再会有受害者了。但是，尽管您把这五公顷土地永久性地分配于我给您造成不便，然而，请您务必同意。您知道我为什么要这片地。我辛勤劳动十五年，在这十五年里，我牺牲了直至最微小的欢乐，为了向政府买下这块租借地。然而，以我十五年的生命，十五年的青春，每天节省下的积蓄，您给了我什么？一片饱含盐和水的不毛之地。您让我把钱交给您。这笔钱，在七年前的一天早晨，我带给您，我把钱放在一个信封里，恭恭敬敬地带给您。这是我所拥有的一切。那天早晨，我把自己拥有的一切都交给了您，我倾其所有，就好像我把自己的肉身作为祭品带来给您，就好像从我那祭献的肉身上即将为我的孩子们盛开幸福未来的花朵。这笔钱，您拿走了。您拿走了装着我所有的积蓄，所有的希望，我的生存理由，我十五年的忍耐，我所有的青春岁月的那个信封，您泰然自若地拿走了信封，而我则兴高采烈地回了家。您看，那时是我全部生涯中最荣耀的时刻。但是，您给了我什么来换取我这十五年的生命呢？什么也没有，只有风，只有水。您偷了我的所有。如果我得以把这些事情告知殖民地总督府，如果我有办法让总督府了解这些事，那也于事无补。那些享有特权的承租人将对我群起而攻之，而我则立刻会被剥夺所有权。我的诉状很可能还没有送达总督府，就被您的上级截住了，他们比您更有特权，因为他们的位置使他们获取的贿赂更高。

“不，在这方面，我没有办法触及到您，我对此一目了然。

“我曾多少次请求您不要再对我干这种无耻行为？我曾多少次请求您别再来视察我这儿，因为，这毫无用处，因为，世上没有任何人能够使大海，使盐碱地长出什么东西来？因为，您不仅仅（我也许可以不厌其烦地把这些事情重复一千遍）给了我一个毫无价值的东西，而且，你还定期前来视察这块没有任何价值的不毛之地。您说道：‘今年，您又什么也没干？您知道规定吗？’等等。然后，您就算办完了事，扬长而去。为此，您每月领一份薪金。当我尝试着想修筑堤坝时，您害怕了，您怕我能在这片荒漠里种出些东西。也许你没有平时那么自负。说到这里，您是否还记得当我的儿子朝天射了一发大粒霰弹，您是怎么落荒而逃的吗？正如人们所说，吓得屁滚尿流。我们大家都记得这件事，把它当作一个美好的回忆，因为瞧见像您这样的人吓得屁滚尿流，是一件我们特别喜欢看见的事。但是，您对此尽管放心，立起一道抵挡太平洋的堤坝还是要比揭露您的无耻行为容易。要我在我那块租借地里种出不管什么东西来，就等于要我上天摘月，您对此心中有数，因此，您的视察也就仅仅十分钟的来访，期间，您甚至都不停止您汽车的发动机。啊，您那么急急忙忙。因为租借地的数量有限，其他人像我曾经等待过的那样正等着。而您，您生怕失去从您播下的不幸的种子里所获取的利益，您害怕，如果我不快点离去，或者我不快点死去，那么您就不得不把可耕种的租借地给予那些没有能力贿赂您的穷人。

“然而，我请您对此忍让些。在我之后，没有人会来这里。您最好马上给我向您要求的东西。因为，万一您把我赶走了，您来把这块租借地，也就是说，把高处的那块装门面的五公顷土地指给新来的承租人看，那时，成百名农民就会来围住您，他们会对新承租人说：‘叫地籍管理员带您去租借地的其余部分。一到那里，您把手指伸进稻田的泥土里，尝一尝。您认为水稻能在盐地里生长吗？您是第五位承租人了。之前别的人不是死了就是破产了。’而您，您对这些农民毫无办法，因为，如果您想要试着让他们闭嘴，那么您必须请武装民兵来护送您。在这种情况下，还能让人踏看土地吗？不能。因此，从我提醒您这一点之后，请立刻同意给我高处的五公顷土地。我熟知您的势力，按照殖民地总督府本身授予您的权力，我知道您掌管着整个平原。我也知道，对您的丑行，对您所有的同事、您的前任和后任的丑行，对殖民地政府本身的丑行的了解，如果只是我一个人对此了如指掌（仅仅这种了解就可能置我于死地，只要忍受它的压力就会置一个人于死地)，对我也毫无用处。因为，单单一个人对上百人的错误的了解对他是毫无用处的。这是我用了很久时间才弄明白的一件事情，但是现在我对此会铭记一生。那么，平原上已经有几百人了解您的所作所为，也许有两百人像我一样了解您，了解详情细节和方式方法，了解您的做法。是我长久而耐心地给他们解释您究竟是何等样人，是我让他们明白要炽烈地憎恨您这类人。因此，当我遇见他们其中一个人时，我并不是向他问好，表示敬意，表达我对他怀有的友情，而是说：‘怎么，这星期没有瞧见康镇那帮狗东西来过这里？’我认识他们中一些人，一想到也许可以在某个视察日杀死您，杀死其他几个，就是你们康镇三名地籍员，就不由得先高兴得搓手。不过，请放心，我又让他们平静下来，我告诉他们：‘这没有太大的作用。如果三只老鼠后面跟着一大群老鼠，那么杀死这三只老鼠又有什么用？不应该这么开始行动……’我向他们解释您同新承租人来的时候，怎么怎么，等等。

“我发现我的信写得太长了，可是，我有整夜的时间来写。自从发生堤坝崩塌这一不幸之后，我就不再入眠。在给您书写这最后一封信之前，在把所有这些思考告诉您之前，我犹豫良久，但是，现在，我觉得我没有早些这么做是错了，仅这些想法就可能使您关注我的情况。换句话说，为了使您注意到我，我必须同您谈谈您。

也许谈谈您的卑鄙龌龊，反正就是谈谈您。如果您读了这封信，那么，我确信，您会读读其他的信，以便明白我如何逐渐加深认识您那狗彘不如的行为。

“如果某个视察日杀死您，对他们来说还是无济于事的话，那么对我来说，也许有一天会有用。当我孑然一人，当我的儿子远走高飞，当我的女儿也远离而去，我独自一人，万念俱灰，对我来说，任何事物都无关紧要了，也许，在我死之前，我会想要看见你们三具死尸被平原的流浪狗吞噬。它们终于能享受一顿美味佳肴，它们会有一场盛筵。那么，是的，在我逝去之前，我可以对农民说：‘如果你们中间有人愿意为我做最后一件好事，那么在我死之前，去把康镇的三名地籍员杀死。’但是，时机未到时，我不会对他们说这些话。目前，如果他们问我，譬如：‘这些中国种植园主把森林边缘我们最好的土地用来种胡椒，他们是从哪里来的？’我给他们解释说，是您利用他们没有财产证书这一理由，把地卖给了这些中国种植园主。他们问我道：‘财产证书是什么东西？’我向他们解释道：‘你们不可能知道这玩意儿。这是一份证明你们财产的文件。但是你们拥有它和河口的鸟儿或猴子拥有它是一样的。谁会给你们这些证件呢？是康镇地籍部门那些狗东西发明了这玩意儿，以便能够掌握你们的土地并出卖它们。’

“对于这块毫无用处的租借地，这是我仅仅能做的事。我同下士说了。我同别人说了。我同所有来修筑堤坝的人都说了，我坚持不懈地向他们解释您究竟是什么样的人。当一个孩子死去时，我就告诉他们：‘这就是让康镇那帮狗东西开心的事。’他们问道：‘为什么这会使他们开心？’于是，我就把真相告诉他们，平原上的孩子死得越多，人口就越少，而你们对平原的控制权就越强。正如您所看到的，我只是把真相告诉他们，面对死去的小孩，我不得不说出真相。‘为什么他们不把奎宁送来？为什么没有一个医生？没有一个卫生所？旱季里为什么不用明矾来澄清水质？为什么连一次牛痘也没有种？’我告诉他们个中原因，即使这一真相超出了您的智力，超出了您个人对平原的意图，我对他们道出的真相并不因此而有失真实，而您所有的处心积虑都在酝酿这些真实情况。

“您也许并不知道，但是，这里死去了那么多的小孩，人们直接就把他们埋在稻田的污泥里，茅屋下，总是当父亲的用双脚踩平埋葬自己孩子的那个地方。这就使得这里没有任何东西表明有死孩子的迹象，这片您垂涎三尺，从他们手中夺走的土地，平原上这片最松软的土地，挤满了孩子们的尸体。于是，我，为了让这些死者最终对某些事情有用，谁能料得定呢，也许很久以后，作为葬礼，或者，您爱这么说也可以，作为悼词，我要说出这些对我而言是非常神圣的话：‘这就是让康镇那帮狗东西开心的事。’至少让他们知道这一切。

“现在我真的一贫如洗，处境非常艰难——可是，您又怎么会知道这一点呢？——我的儿子，对如此无穷尽的贫困已厌烦透顶，多半就要永远地离我而去，我感到自己再也没有勇气也没有权利留住他。我忧心如焚，伤心得难以入眠。我度过了一个个不眠之夜，反复思索这些事情，这种状况已经开始很久了。自从我反复思量这些事情，而且毫无用处以来，我不知不觉地开始希望这些事情有所帮助的时刻即将来临。那么，我的儿子，像他那样年轻力壮，而且对您的丑行又一清二楚，就要永远地离去了，这也许就已经是一个开端。这是我自我安慰的话。

“您看，您必须把吊脚楼周围高处的五公顷地给我。要是哪一次您愿意回我信的话，您也许会跟我说：‘这有什么用？这五公顷地对您是不够的，如果您把它们作抵押，来修筑新堤坝，这些堤坝还是和先前的情况一样糟。’啊！你们这类人根本就不懂得什么是希望，此外，你们只会制造希望，你们只有勃勃野心，而且从来都不失算。有关堤坝之事，我来回答您吧。‘如果我连对自己的堤坝今年能够牢固地挺住都不抱希望的话，那么，我最好立刻把我的女儿送到妓院里去，最好催促我的儿子快快离去，最好让人把康镇的三名地籍员杀死。’请设身处地为我想想：如果我在即将来临的这一年里，连这个希望都没有，甚至连遭受新的失败的展望都没有，那么，除了叫人杀死你们，我还有什么更好的事情可做呢?

“咳，我以前挣下的钱，为了买这块租借地，我一个子儿一个子儿节省下来的钱都到哪里去了？这笔钱现在在哪里呢？它就在你们已经装满金子而变得沉甸甸的口袋里。你们是窃贼。如同那些死去的孩子不可能死而复生那样，我的钱，我的青春，我永远不会失而复得。必须给我这五公顷地，要不然，有一天，有人会在沿着公路的沟渠里发现你们的尸体，在这些沟渠里，曾活埋了修筑这条公路的苦役犯。因为，我最后再对您重复一遍，人必须靠某种东西而活，如果这不是对新堤坝的希望，哪怕这希望十分渺茫，那么，这就是尸体，即使是康镇三名地籍员那可鄙的尸体。当人们没什么东西可吃的时候，就不会挑三拣四了。

“期盼收到您的回复之时，地籍员先生，敬请接受……”

一声长长的汽车喇叭声在桥那头的公路那边响起。那是一声长长的电动喇叭声。时值晚上八点。没有人听见她的到来，连约瑟夫也没听见。她大概停在桥的另一头，否则这就不大可能，因为，当一辆车经过桥的时候，总能听见因为高温而钉子脱落的桥板发出的爆裂声。因为没有人听见她到来的声响，可以假设她在桥前面已经待好长时间了。也许，她不能立刻确定这就是它，就是约瑟夫曾跟她谈起的那座吊脚楼。她想必已久久地凝视着这座呈现在夜色中的吊脚楼，它建成了一半，还没有栏杆，她大概已在室内点燃的乙炔灯旁寻找着约瑟夫的身影。的确就是这里，在他的身影旁还有另外两个人，其中有一位老妇人。她大概在按响汽车喇叭之前又等候了一阵。又等了一会儿，然后，突然按响汽车喇叭，发出了他们之间约定的暗号。这并不是一声畏缩的呼唤，不，这是谨慎而命令式的叫唤。一个月以来，从八百公里开外，她就在等待这一声喇叭声响。一旦面对这吊脚楼，她则不慌不忙，在按电钮前，先要确定是否应该按下去。

当喇叭声响起时，他们正在吃饭。约瑟夫猛地跳了起来，好像身上挨了枪子儿似的。他离开饭桌，推开了椅子，穿过餐室，跑步下了吊脚楼。母亲缓缓地从桌旁站起身，仿佛从此以后，她必须极其谨慎地面对自己，她躺靠在客厅的长椅子上，面对大门。苏珊跟在她身后，坐在她身边的一把椅子上。这有点像马死的那个晚上又开始了。

“好了。”母亲小声说道。

她半闭着眼睛，注视着传来喇叭声响的方向。只是她脸色显得十分苍白，要不别人可能会以为她在打瞌睡。她一言不发，纹丝不动。公路那儿漆黑一团。他们俩大概正在黑夜中紧紧地搂抱着。约瑟夫已经去了很长时间。但是，汽车并没有启动。苏珊确信约瑟夫会再上楼来，哪怕只有几分钟，会来同母亲说几句话，也许不会同自己说什么，但肯定会同母亲说的。

约瑟夫的确又上楼来了。他站在母亲身前，凝视着她。一个月来，他没有主动同母亲说过一句话，也许对她视而不见。他温和地轻声对母亲说道：

“我要离开几天，我不能不走。”

母亲抬起眼睛，看着儿子，就这一次，没有抱怨，没有哭泣，她说道：

“走吧，约瑟夫。”

她的声音清晰，却又嘶哑，仿佛突然开始说话走了调。她说完话后，苏珊抬起眼睛望着约瑟夫。她几乎认不出他了。他目不转睛地盯住母亲，同时又在笑，显然，尽管他也许并不想笑，但他无法忍住。他从沉沉黑夜中走来，却可能是从一片火海里出来：他的双眼炯炯发光，满脸汗珠流淌，发出的笑声就仿佛在燃烧着他。

“天啊！我会回来的，我发誓。”

他一动不动，等待母亲有所表示，而随便什么手势，母亲都无法做。公路上出现了一道巨大的光束，望不到头。车灯把公路一分为二，好像公路就是从车灯那儿伸出，另一边，一无所有，只有浓重黑夜里扑面而来的令人窒息的热气。光束渐渐地、断断续续地斜射着，扫过了吊脚楼、河流、沉睡的村子，以及远远的太平洋，直到与这条公路相反方向的另一条公路。没有听见汽车拐弯的声音。这想必是一辆上好的八汽缸德拉奇车。只消几个小时，他们就可以到城里。约瑟夫会像个疯子那样开车，遇到第一家旅馆，他们就会停下车去做爱。现在，车灯的光束正指向城里的方向。约瑟夫正是要从那儿动身。约瑟夫转过身去，光束在他面前扫过，他把身子挺得直直的，耀眼的灯光使他眼花缭乱。三年来，他一直等待一位默默下定决心的女子来把他从母亲身边夺走。她就在这儿。她们感到从今以后与他隔离开来，如同他已经精神错乱，或者，即使不是疯了，至少也是丧失了一般的理智。真的，很难正视这个与她们不再有什么关联的约瑟夫，这个对她们而言形同行尸走肉的约瑟夫。

约瑟夫又朝母亲转过身来，他还是站在母亲面前，一直在等待母亲那无法做的祝福平安的手势。他一直在笑。他的脸呈现出那么幸福的神情，以至别人再也认不出他了。以前，任何人，甚至苏珊，都不可能相信这张如此令人捉摸不透、绝不开朗的脸庞能这样轻率而不加掩饰地袒露自己。

“他妈的，”约瑟夫重复说，“我向你发誓，我一定会回来的，我什么都留下，连我的猎枪都不带走。”

“你不再需要你的猎枪了。走吧，约瑟夫。”

母亲又闭上了眼睛。约瑟夫抓住她的肩膀，摇晃她。

“既然我向你发了誓，即使我想丢下你不管，我也不可能那么做。”

她们确信约瑟夫永远地走了。只有他自己对此还不肯定。

“拥抱我吧，”母亲说，“走吧。”

母亲任凭约瑟夫摇晃她，然而，约瑟夫开始叫喊起来。

“一星期以后！等我不再厌烦你们了，我就会回来的！好像你们不认识我似的！”

他转身向苏珊说道：

“告诉她，他妈的，告诉她！”

“别担心，”苏珊说，“一星期以后，他就回来了。”

“走吧，约瑟夫。”母亲说道。

约瑟夫下决心到他的房间去取衣物。那辆汽车一直等着，现在车灯已经熄灭。她没有第二次按响喇叭。她给约瑟夫留有时间，留了足够的时间。她知道走出这一步很难。有一点是肯定的，她也许会等一整夜，而并不再次鸣响喇叭。

约瑟夫穿着网球鞋又走了回来。他提着一包大概事先已准备好的衣着用品。他急匆匆地走向母亲，一把把她抱在怀里，用尽力气拥抱她，亲吻她的头发。他并没有朝苏珊走去，但强迫自己看着她，在他的眼睛里流露出恐惧，也许还有羞愧。随后，猛然间，他从她们中间穿过去，奔跑着拾级下楼。过了一会儿，车灯重又亮起在公路上，朝着城里的方向。然后，汽车轻轻地发动起来，人们听不见它开动的声音，车灯在移动，远离而去，渐渐地更远了，在它身后留下一道总是越来越宽阔的夜幕。然后，再也看不见什么了。

母亲紧闭双眼，始终保持着同样的姿势。吊脚楼里鸦雀无声，以至苏珊能听见母亲那嘶哑而又不规则的呼吸声。

下士由妻子陪着登上楼。他们已目睹一切。他们拿来了热气腾腾的米饭和炸鱼。如同往常一样，是下士先开口说话。他说桌子上的鱼和米饭已经凉了，他端来了另外的鱼和米饭。他的妻子平时从来不待在吊脚楼里的，现在则待在客厅一个角落里，蹲在下士身旁。他们终于明白，自从他们从城里回来后，究竟在策划什么事情，他们的眼睛业已流露出饥饿的迟钝。他们在等待母亲给予他们任何一丝希望，一丝还有得吃的希望。约瑟夫走后一个小时，大概正是为了他们，母亲才开口说话。她瞅着下士夫妇，然后对苏珊说道：

“去把饭吃完吧。”

母亲满脸通红，眼光呆滞无神。苏珊给她拿来一杯咖啡和一粒药丸。下士和妻子端详着她，就像一个月前母亲看着那匹垂死的马一样。母亲喝了咖啡，服下药丸。

“你无法懂得这意味着什么。”母亲说道。

“这不比他死去更可怕。”

“我并不抱怨。这里已经不再有什么要做的了，我白白地找事做，再也没什么了。”

“他有时还会回来的。”

“可怕的是……”

她的嘴扭动起来，仿佛要呕吐似的。

“可怕的是，”她重复说，“他没有接受过任何教育，我看不出他能做什么，一点儿也看不出。”

“她会帮他的忙。”

“他会离开这女人的，他在哪儿都总是要走的，就像他以前在我送他去的任何学校都待不长那样……只有跟我在一起，他待得最久。”

苏珊帮她脱了衣服，向下士和他妻子示意，他们也该下楼了。只是在躺下的时候，母亲才开始放声痛哭，仿佛她从来都没有哭过，仿佛她终于真正地发现什么是痛苦。

“你会看到，”她叫喊着，“你会看到，这还没够呢。他走之前，应该给我个枪子儿，既然他很知道这么做……”

夜里，母亲的病发作了，她差点丧命。但是，这事情也一样还没个完呢。

苏珊在想约瑟夫。并不是因为那个女人，也不是因为他的出走，使他变成了另外一个人。苏珊想起了两年前发生的事。正是在堤坝崩毁后的一个星期。

那一天，一辆锃亮簇新的小轿车停在吊脚楼前。约瑟夫从客厅走出来，身后跟着苏珊，他从阳台那里望着那辆车。一个中等身材、棕色头发的男人下了车，在软木太阳帽遮掩下的面庞看上去狭窄而又普通。他把公文包夹在腋下。他迈着坚定的步伐朝吊脚楼走来。当时正是七月大潮汛期，是一年中这种人露面的时期。他们开着车前来视察平原上的租借地。因为这份差事，他们领取丰厚的薪金，而且还提供给他们一辆车，便于工作。他们从来都不坐客车。

“您好，”那男人说，“您母亲在吗？我要跟她说话。”

“您是地籍管理员吗？”约瑟夫问道。

那个男人站在阳台下，他有点惊讶地一会儿瞧瞧苏珊，一会儿瞧瞧约瑟夫。看苏珊，因为他第一次看见苏珊，猜想她也许是个不可忽视的人。看约瑟夫，则是因为他明显的粗鲁无礼，这种无礼的态度时时处处都令人狼狈不堪、心生惧意、局促不安。苏珊从未遇见过像约瑟夫这样不礼貌的人。要是不认识他，别人从来都不知道该用什么语气同他说话，采取什么办法对待他，怎样来消除这种粗鲁，面对这样的粗鲁，最有把握的人也会心慌意乱。约瑟夫靠在栏杆上，手托着下巴，瞅着地籍管理员，那地籍员大概从来没有被人如此从容而粗暴地盯视过。

“您为什么要见我的母亲？”约瑟夫问道。

地籍员力图近乎亲切地向约瑟夫微笑。苏珊认出了这种笑容。她早已在面对约瑟夫的那些人的脸上见过这样的笑容。以后，经常在若先生的脸上见到。这是恐惧的笑。

“现在是视察期。”地籍员客气地说道。

约瑟夫好像被别人挠了痒痒似的突然笑了起来。

“视察？您来视察？”约瑟夫问，“如果您是来视察的，就不必不好意思。啊，他妈的，您可以视察所有您想要看的。”

地籍员仿佛挨了一记闷棍猛地低下头。

“干吧，”约瑟夫说，“还等什么呢？您不需要我的母亲来干您的活儿吧？”

约瑟夫说的一番话苏珊觉得妙极了。她已经听人说起过很多关于这帮地籍员的事，说起过他们的巨额财产，他们随心所欲、几乎神化的权势。这个地籍员，正站在约瑟夫的脚下，令人发笑。必须克制住不去叫母亲，她好看着他，笑话他。她想介入其中，像约瑟夫那样讲话。

“干吧，”苏珊说，“既然他都跟您说了。”

“如果您想要个小船，我们甚至可以借给

您。”约瑟夫说道。

地籍员抬起头，不过还是不敢面对约瑟夫的目光。接着，他竭力又正言厉色地说话。

“我提醒您注意，我是来这里办公事的。给您母亲耕种的三分之一租借地，今年到期了。”

这时，母亲出现了，无疑是被谈话声惊动了。

“什么事？”

但是，她一瞧见这个小个子男人，就认出了他。这个人曾经让她在康镇办公室的候见室里等了数十次，而她则给他寄去过也许有五十来封信。

约瑟夫朝母亲转过身，做了个手势，好像要打断她的话，他换了一下口气，对母亲说道：

“别管。”

这是他第一次参与有关租借地的事情。而且，他跟母亲说这话的口气很默契，好像他们俩，她和他，早就一起做出了决定，他本人也要参与这件事。母亲则没有意识到这就是约瑟夫进入青年时代的最早迹象，表明他具有新的影响和重要性。

地籍管理员在母亲面前并没有摘下帽子，只是向她点头示意，嘴里嘟囔了几句客气话。母亲神情疲惫。她身穿一件难以描述的、不成样子的连衣裙，她那时开始穿的那些连衣裙类似肥大的罩衫，她的身子在里面犹如劫后的残骸在漂浮。自从堤坝坍塌后，母亲第一次梳头，她那条灰色的发辫梳得紧紧的，辫梢用一个内胎垫圈系住，垂在背后，天真而又滑稽。

“啊！”母亲说，“我在等您呢，您不会姗姗来迟的。”

约瑟夫又一次做手势让母亲住嘴。她这样费神地回答是毫无用处的。

“我们的堤坝挺结实，挺住了。”约瑟夫说，“我们的收成好极了，您这辈子没见过这么好的。”

母亲瞅着儿子，张开了嘴，好像要说些什么，不过还是没有吐出一个字。然后，突然，她的脸部表情变了，完全变了样，瞬息间，变得喜气洋洋，只有欢乐，满脸倦容一扫而光。

地籍员狼狈不堪地瞧着母亲。他大概等着母亲帮他解围，指望母亲不会坐视不管。

“我不明白……有人告诉我说你们运气不佳……”

“就是这样，”约瑟夫说，“您瞧，有的人比您走运。您嘛，我们看得很清楚，您不走运。”

“是呀，这个，是明摆着的。”苏珊说道。

地籍员满面通红，他把手放在面颊上，好像要抹掉这一羞辱。

“我没有太多要抱怨的。”地籍员说道。

“可我们哪！……”约瑟夫说道。

他坦然大笑。苏珊清晰地记得那一时刻，当时，她已深知，她也许永远都不会遇到一个能像约瑟夫这样让她喜欢的男人。其他人也许以为他有点疯疯癫癫。譬如说，他毫无道理地非要把B12的零件拆掉，的确，别人也许可以这么认为。母亲有时也怀疑这一点。但是，她，苏珊，历来知道，他一点儿也不疯。面对地籍员，啊！

多么肯定他不是疯疯癫癫的！他表现得多么恰如其分！他上身裸露，因自己的独特想法而欣喜不已，怀着某种几乎卑劣的乐趣，从栏杆高处，辱骂另一个衣冠楚楚、满面通红的人，他把这个人如此有把握，而直到那时为止，对所有的人来说，如此可怕的权力，砸得粉碎。

“我想我们严肃地谈一谈，”地籍员说，“为了你们自己的利益……”

“为了我们的利益？你们听见了吗？他说到我们的利益！”母亲转身朝他们说道，就好像演戏时，提醒别人接台词。

母亲也笑了起来。约瑟夫把她像小鸟一样紧紧拽住。再说，正是从母亲那儿他继承了像这样大笑的天赋，这样能够突然间想出理由而大笑的天赋，而前一天，这些理由还使她痛哭流涕。

“他妈的，”约瑟夫说，“我们说的都是严肃的事。是您不严肃。如果您干您的活儿，那么您就会去看看我们的堤坝。我来吩咐下士备船。应该不用六个小时就可以什么都看到了，您全都能看到。”

地籍员略微抬起太阳帽，揩额上的汗。他站在土台上，头顶烈日，没有人邀请他上楼。他一直都知道，甚至在堤坝开始修筑前，他就知道堤坝会挺不住的，而且，的确也没有挺住。但他担忧的并不是这一点，而只是要制止他们的笑声，无论如何要制止他全部的权威在他们的笑声中意外地垮掉。他们还不至于强迫他下到堤坝那儿去。他徒劳无益地力求逃避这件事，他环顾四周，寻找一个脱身办法。他像只落入圈套的老鼠。显然，他不习惯眼瞧着自己的权力经受考验。他一无所获。

“下士！”苏珊叫喊起来，“备船，快给地籍员备船！”

地籍员抬起头，朝苏珊虚伪地微笑，竭力想表现得宽厚，几乎是对他们关心备至。

“不必了，”他说，“我知道你们不走运。这件事整个地区全都知道了。”他转身朝母亲，用温和的责备语气补充说，“对此，我早就告诉过你们。”

“我的堤坝好极了，”母亲说，“如果说真有一个好心的上帝，那么，就是他使得堤坝巍然挺立，仅仅就是为了给我们这个机会看看你们，你们这帮地籍局的人是怎样拉长了脸……而您，您来了，您来就是给我们看这嘴脸的。”

苏珊和约瑟夫纵声大笑。听见母亲这么说他们感到说不出的开心。地籍员面无笑容。

“你们知道，你们的命运可是攥在我的手里。”他说道。

这一次，他试用威胁了。约瑟夫停止大笑，从吊脚楼上走下几步台阶。

“那么，您的命运，您以为您的命运不在我们的手里？如果您不立刻去堤坝，那么我就硬把您扔到小船上去，您还没到那儿，就会被晒死。现在，如果您愿意，可以滚开，不过，赶快滚。”

地籍员小心翼翼地朝路的方向走了几步。当他确定约瑟夫并没有跟着他时，便转过身来，声音嘶哑地说道：

“这一切都将写进报告里，务必确信这一点。”

“到这儿来说，来呀，”约瑟夫跺着脚大声叫喊，好像他马上就要跑下楼去，地籍员飞快地走了四五步，后来才明白，约瑟夫根本原地未动。

“下流坯！”母亲叫喊道，“狗东西！贼！”

母亲因气愤而精神焕发，毫无拘束，充满活力，她朝约瑟夫转过身来。

“这真让人痛快。”她说，“他们连狗都不如。”

然后，她又回头朝向地籍员，她控制不住自己了。

“小偷！杀人犯！”

地籍员头也不回。他绷紧着身子，步履缓慢地走向他的汽车。

“这已经四次了。”母亲说，“我们是这块租借地第四个承租人。以前的都破产了或者死了。而他们，他们则养肥了自己。”

“第四个，”约瑟夫愣住了，“他妈的，第四个了，我不知道啊，你没有告诉我。”

“我也是不久前才知道的，”母亲说，“我忘记告诉你了。”

约瑟夫在找寻他能干的事。他找到了。

“等一会儿。”他说道。

他跑到自己的房间里，拿着他的毛瑟枪又出来了。他又笑了起来。母亲和苏珊愣愣地瞧着他，只字也不敢对他说。他要去把地籍员杀死。一切都将改变。一切都将就此结束，片刻间就完结。一切都将重新开始。约瑟夫把他的毛瑟枪抵在肩上准备射击，瞄准了地籍员，准确地瞄准他，最后一秒钟，他冲天抬起枪管，朝空中射击。令人沉闷的肃静。地籍员竭尽全力拼命向汽车跑去。约瑟夫放声大笑。然后，母亲和苏珊也大笑起来。地籍员想必听见了笑声，但是，他并不因此放慢速度，继续飞快地跑。一到汽车旁，立刻冲进车里，看都不看吊脚楼一眼，发动车子，全速朝朗镇方向驶去。

从此，地籍员只是邮寄书面“警告”。他再也不来视察了。她们本来以为地籍员会在约瑟夫走后马上就来的。但是，大概他还不知道约瑟夫的离去。

于是，任何人，甚至连地籍员都没有在吊脚楼前滞留过。霰弹还留在约瑟夫的子弹盒里，毫无用处。他那无辜的毛瑟枪，也没有了主人，傻呵呵地挂在他房间的墙上。还有那辆 B12——“B12 就是我，”约瑟夫以前常这么说——慢慢地布满灰尘，渐渐地生锈，永远地被放在吊脚楼下的主桩之间。

由于受到嫩绿的秧苗的吸引，众多猎物纷纷来到平原。因此，每年这个时期，有不少狩猎者的汽车途经此地。四年来，经过的汽车一年年增多，因为朗镇以它的猎区而变得越来越出名。开始先听见远处传来的他们汽车的发动机在公路上发热的声响，然后，这声响渐渐变大，一直到汽车来到吊脚楼前，这声音就更加大了，好像充满了整个平原。那些汽车过去了，一会儿，就只传来汽车穿过朗镇森林的长长的喇叭声的回声。有时，好几个小时，汽车久等不来，那时，苏珊就躺在桥下的阴凉处。

母亲发病后的几天，医生又来诊视她。医生看起来并没有什么不安。他嘱咐母亲加倍剂量服用药丸，叮嘱她要安静休养，不过也开始可以起床，每天做些活动。医生告诉苏珊，母亲应该做的也许是少想约瑟夫，少焦虑，她应该“恢复一些对生活的爱好”。母亲同意按时服用药丸，因为这药丸有助于她入睡，但仅此而已。她断然拒绝起床。最初几天，苏珊曾坚持要她起床，然而，无济于事，母亲固执己见。

“如果我起床，我就越发要等他。我再也不愿意等他了。”

她开始几乎整天都在睡觉。

“二十年了，”她说，“我一直期待能这样睡觉。”

她的确是因为想睡觉而睡觉，以她还从来未曾有过的快乐和执著而睡。不过醒来后，她终于表现出对某些事情的兴趣。但是，最经常的则是有关钻戒。

“我真应该有一天起床去把它处理掉。”

她端详着戒指，也许不像以前那么厌恶它，钻戒一直就和储藏室的钥匙一起挂在她的脖子上。

苏珊很快就让母亲随心所欲，让她做自己想做的事情，除了每隔三小时拿来母亲同意服用的药丸。自从约瑟夫走了以后，母亲第一次最终对租借地完完全全地不感兴趣。她无所期待，既不指望地籍部门，也不指望银行。这一回，是下士主动培育秧苗，这些秧苗应该确保高处那五公顷土地的耕种。母亲随他去做。而且，也多亏了下士，一日三餐，餐桌上总是有热米饭和炸鱼。苏珊把米饭和鱼端来给母亲，常常就坐在床上母亲身旁吃饭。

除了吃饭和晚间，母亲不仅整天都不同苏珊说话，而且，当苏珊进她房间时，常常看都不看她一眼。一般来说，她只在晚上就寝时才同苏珊说话。几乎一成不变地对苏珊说，她哪天应该起床去见巴尔老爹。

“一万法郎，这一次，我只要一万法郎就成交。”

苏珊通常就回答道：

“这就不错。这样一共有三万法郎了。”

于是，母亲便羞怯而勉强地微微一笑。

“你瞧，我能应付的。”

“不过，也许还用不着卖掉它？没有任何急用。”有时，苏珊这么说。

在这一点上，母亲显得很迷茫。她不知道拿这笔钱可以干什么。她知道的就是她再也不想尝试新的堤坝了。也许，可以用来离开此地。或者，也许她要这笔钱什么也不为，就是为了身上揣着一万法郎。

每隔三小时，苏珊上楼把药丸拿给母亲，然后就又走到桥边坐下。但是，没有一辆汽车停在吊脚楼前。苏珊便惋惜地怀念起若先生的车，怀念起它每天停在吊脚楼前的时光。至少有一辆车停在那里。哪怕是一辆空车，也好过根本没有车。如今，就好像吊脚楼已经看不见了，就好像桥边的她也已经是看不见的，似乎没有人注意到那儿有一座吊脚楼，而且，更近处，有一位少女正在翘首以待。

于是，有一天，在母亲酣睡时，苏珊走进她房间，从衣柜里拿出以前若先生送给她的一包东西。她从中抽出她最漂亮的连衣裙，就是他们去朗镇餐厅用餐时她穿的那条裙子，有时她去城里也穿这条裙子，约瑟夫曾经说这是妓女穿的。这是一条鲜亮的蓝色连衣裙，老远就能看见。苏珊早就不再穿这条裙子，免得约瑟夫骂她。但是，今天，约瑟夫已经走了，没有什么好怕的了。就在约瑟夫选择离开此地，扔下她不管的时候，苏珊就可以这么做了。苏珊穿上这条裙子，就明白她正在实施一个非同小可的举动，也许是迄今为止她所做的最重要的一个举动。她的双手不禁颤抖起来。

但是，和此前一样，没有汽车停在这位身穿蓝裙子，身穿妓女穿的裙子的少女面前。苏珊试了三天，然后，在第三天的晚上，她把裙子扔到河里去了。

就这样度过了三个星期，在这段时间里，什么都没有收到，既没有约瑟夫的信，连银行的信也没有，甚至连地籍部门的警告也没有来。在这段时间里，没有任何人在此停留。这以后，一天早晨，苏珊看见小阿哥斯迪走来。他孑然一人，也没有开着车来。

他并没有立刻朝吊脚楼走去，而是到桥边找到了苏珊。

“你母亲让下士带话给我，她要我帮个忙。”

“她有点不舒服，”苏珊说，“约瑟夫走了以后，她就不适应。”

阿哥斯迪有个妹妹两年前跟朗镇港口的一名海关职员跑了。但是她，她常捎音信回来的。

“所有的人都要走的，”阿哥斯迪说，“不是这个问题。糟糕的是约瑟夫不写信回来，这对他来说一点儿不费事。我妹妹走了以后，我母亲也险些丧命，后来，她来信了，就好多了。现在，好了，她已经习惯了。”

有一次，在朗镇餐厅里，在播放《拉莫娜》时，他们曾拥抱过。他把苏珊拉到外面，亲吻了她。苏珊好奇地打量着他。简直可以说他与约瑟夫很相像。

“你整天呆在桥边干什么呀？”

“我在等汽车。”

“真愚蠢。”阿哥斯迪不以为然地说道。

“没别的事情可干。”苏珊说道。

阿哥斯迪略作思索，表示同意。

“的确，这也许倒是真的。那么，如果有人提议要带你走呢？”

“我会跟他走的，甚至，即使她正在生病，我也会立刻就走。”

“可笑极了。”阿哥斯迪说道，语气不十分

肯定。

也许他也想起了自己曾亲吻过苏珊，便也怀着好奇心端详着她。

“我妹妹也这样等待过。”

“只要心想，”苏珊说，“最后，就能事成。”

“你想要什么呢？”阿哥斯迪问道。

“我要离开此地。”

“不管跟谁吗？”

“是的，不管跟谁。以后，我再看怎么办。”

他好像在思考什么事情，但没有说。他朝吊脚楼走去。他比约瑟夫长两岁，他到处跑，平原上所有的人都知道他在从事鸦片和酒的走私。他个子小小的，但极其强壮。他长了一口很密的大牙，牙齿被尼古丁熏得蜡黄，笑的时候，一口大牙毕露无遗，显出可怕的样子。苏珊躺在桥下，等他回来。她热切地想着他，他的到来使她摒弃了其他的念头，占据了她的全部心思。只要心想就可以了。这是平原这儿唯一的男人。而他，他也要走的。也许，他忘记他们在《拉莫娜》乐曲中互相拥吻已经有一年了，忘记她比那个晚上又长了一岁。应该提醒他这一点。听说他和平原上所有最漂亮的本地女人都有染，甚至其他的，不那么漂亮的也有过。还有朗镇所有足够年轻来干这事的白种女人。除了她。只要愿意，再加上勇气。

“她把这个交给我，让我设法卖给巴尔老爹。”阿哥斯迪返回时说。

他漫不经心地拿着钻戒，灵巧地在手心里掂掂戒指，就好像在玩弄一颗小小的子弹。

“你尽量设法把它卖掉，这会让她好受些。”

阿哥斯迪沉思着。

“你们从哪儿弄来的？”

苏珊又站起身，微笑着盯住阿哥斯迪。

“是一个家伙给我的。”

阿哥斯迪也微笑起来。

“是那个开莱昂·博来牌车的家伙？”

“当然，别人有谁会给我钻戒？”

阿哥斯迪开始非常专注地瞅着苏珊。

“我从来都不相信。”过了一会儿，他说，“唉，你真是个十足的婊子。”

“我可没有跟他睡觉。”苏珊说道。她一直笑容可掬。

“我可不信。”他瞧着钻戒，没有一丝笑容，又说，“卖掉它让我倒胃口，即使是卖给巴尔老爹。”

“他以为我会跟他睡觉，”苏珊说，“这可不一样。”

“你什么也没跟他干？”

苏珊笑得更欢了，仿佛在嘲笑。

“有时，当我洗澡时，就给他看看我的身子。脱得精光。仅此而已。”

约瑟夫说的话恍惚间如醉酒一般令人愉悦地出现在她脑海里，恍惚间又如醉酒一般全然逸出。

“他妈的，”阿哥斯迪说，“真厉害。”

可是，他的确非常注意地凝视她。

“只是看看你……”

“我长得好呀。”苏珊说道。

“你就跟你自己说这个吧。”

“这是证据。”苏珊指着钻戒说道。

他第二次经过此地。这一次，苏珊明白是为了她而来。他甚至都没有上吊脚楼。

“我想巴尔老爹那儿很顺利，”他语气怪怪地说，“要是他不接受，要么我让他卖不成茴香酒，要么我就去告发他。”

紧接着他又对苏珊声称道：

“过几天，我来找你，你应该去看看我的菠萝园。”

他向苏珊微笑，开始用口哨吹起了《拉莫娜》乐曲。然后，他没有向她道别，吹着口哨离去。

小阿哥斯迪来访后的两天，母亲收到约瑟夫的一封信，一封很短的信，信里说他很好，他已经找到了一份有意思的工作。他陪那些美国富翁去高原打猎，挣了不少钱。他还说大约一个月后会回来看她们，并取走他的猎枪。他住在中心旅店，至少，这是他要求她们寄信去的地址。苏珊大声地念了信，可是，母亲把信要过去，自己又念一遍。她发现约瑟夫犯了很多拼写错误。对此，她怨言连连，仿佛他这么做只是为了使她更加难受。

“我没想到他犯这么多错，他应该在寄给我之前请人先读一遍。”

但是，约瑟夫的第一封信还是使母亲平静下

来。她抓住拼写错误的问题不放，但过了几个小时，她好像从中恢复了元气。她开始要小阿哥斯迪来，缠着苏珊，想知道他是否又来过。她每天两次要找阿哥斯迪。苏珊便向她重复阿哥斯迪告诉她的那些话，说他希望巴尔老爹会买下那枚戒指，为了说服巴尔老爹，他甚至威胁不再售给他茴香酒。苏珊补充说，阿哥斯迪已经告诉她过几天会再来的，而且，那时，他肯定已把戒指卖掉。如果他不来的话，母亲说，就得去找他，因为她需要钱。要去同约瑟夫见面。他犯了太多的拼写错误，他，身为小学教员的儿子。她应该马上到城里去，至少要教会他基本的语法规则。否则，他最终将为此而羞愧不已。在城里可不像在平原。只有她能够教约瑟夫语法规则。她发现了钱的用途。她急得火烧火燎的，苏珊终于只得告诉母亲：阿哥斯迪要来找自己，然后去看菠萝园，到时，肯定会把卖戒指的钱带来。母亲瞬即不再想到戒指。她沉默了几分钟，她的急躁情绪也好像突然间消失了。然后，她对苏珊说最好去看看他们家的菠萝园，那是一片很美的菠萝园。

“你不用告诉他你已经跟我说过这些。”她又补充道。

现在，秧苗业已长高，鲜绿诱人，随时可挖起秧苗移植。每相隔很长一段距离，已经有人拔起秧苗，扎成一捆捆，以备半个月后插秧之用。下士问苏珊他们家是否也应该开始工作，他们的秧苗大致上都可以移植了。苏珊对母亲说了这事，母亲起先告诉她，如果下士认为行，他可以去做，她没有什么意见，她根本不在乎。但是，第二天，经重新考虑，她说最好还是拔秧，让那些秧苗烂在那儿很可惜。

“我们走以后，他总还可以把没有收割的庄稼卖掉。”

于是，下士便开始和他妻子一起拔秧。有一次，母亲起床，站在阳台高处看他们干活。秧苗一旦拔起，他们等再下过几天雨，便开始把秧苗移植到高处的五公顷土地。他们热情高涨地干，就像有的人无所事事反倒难以忍受一样。既然母亲起床来看他们干活，哪怕只有一次，他们相信母亲的情况不会比他们原先以为的差。

每隔一定时间，苏珊就登上吊脚楼，把药丸拿给母亲，然后又走出去，到桥边坐下。只有在这儿，在她身旁这座桥这儿，她才可能忍受。汽车依然在桥前经过，孩子们依然继续在桥边玩耍。他们在河里洗澡、捕鱼，或者坐在桥的栏杆上，摇晃着腿，他们也在等待猎人们的汽车经过。那时，他们就朝公路上的车子跑去。这个季节里气候极其炎热，下雨时，孩子们就更多了。他们来自四面八方，聚集在桥的四周，在雨中狂热地一边吼叫，一边玩耍。一道道由污垢和头虱混合而成的长长的灰色泥浆，被雨水裹挟着，从他们的头顶流下，顺着他们细细的小脖子流淌。对他们来说，这是一场及时雨。他们张开嘴，昂起脑袋，贪婪地喝着雨水。母亲们把还不会走路的婴孩抱出来，然后把他们赤裸裸地放在茅舍的屋檐下。孩子们玩雨水，以及其他的东西，阳光、青芒果和野狗。苏珊不再像约瑟夫在的时候那样捉弄他们。现在，她看着他们玩耍、生活，但却是带着厌倦的心情在看。他们在玩耍。他们不停地玩耍，只是为了就这样死去。贫困而死。每一处、每一时都在发生。在他们的母亲为了暖和他们裸露的四肢而生起来的火的微光下，他们的眼睛渐渐变得呆滞无神，他们的双手变得青紫。毫无疑问，到处都有孩子在死去。在世界各地，同样如此。在密西西比河。在亚马逊河。在满洲里地区的那些毫无生气的村落里。在苏丹。在康镇的平原也一样。到处都和此地一样，孩子们因贫困而死。因贫困中果腹的芒果。因贫困中吞食的稻米。因贫困中啜饮的奶，因他们的母亲太稀薄的乳汁。他们死了，头发里满是头虱，他们一咽气，当父亲的就说，众所周知，虱子不待在死孩子身上，必须马上把孩子埋了，要不然，很快就会蔓延开来，而当母亲的则说，等我再看看他，父亲便又说，如果虱子到茅屋里来，我们怎么办呢？于是，他抱起死孩子，把身子还温热的孩子埋在茅屋下的污泥里。尽管有成千上万的孩子死去，然而朗镇的公路上还是有那么多的孩子。孩子太多了，母亲无法好好照管孩子。孩子没有母亲照料，自己学会了走路、游泳、捉虱子、偷窃、捕鱼，他们死的时候母亲也不在身旁。他们一到了会走路的年龄，便立刻走上公路，走上路桥，与聚集着平原孩子的大队人马汇合。孩子们从平原上的角角落落，从每一个村子，登上公路。如果他们不是在芒果树上采摘那永远不会成熟的芒果，那么可以在公路上见到他们。在整个殖民地，哪里有公路车道，孩子和野狗便被视为道路交通的灾难。然而，对于这个灾难，任何强制命令，任何警察，任何惩罚，从来都无能为力。公路一直是属于孩子们的。当某个汽车司机轧死了一个孩子，有时，他会停下车，付给孩子的父母一些钱作为赔偿，然后又走了。而最经常的则是父母在远处，他什么也不给就走了。但是，如果轧死的是一只狗或一只家禽，或甚至是一头猪，汽车司机根本就停都不停，径直开走。因为轧死了孩子，他们才在时刻表上损失了一点时间。司机一走掉，其他的孩子便又蜂拥云集。因为，孩子们的上帝就是朗镇的客车，转动的机械，猎人们的电喇叭，运转的铁家伙，然后，还有翻腾的河水，致命的芒果。没有任何别的上帝主宰平原上孩子的命运。没有任何其他的。那些说相反意见的人是在撒谎。白人们对这种状况很不满意。孩子们阻碍了他们汽车的行驶，损坏了桥梁，弄掉了铺路的碎石，甚至造成一些道德良心问题。白人们说，是的，孩子死得太多了。但是，他们将总是这么死去。孩子太多了。因饥饿而张开的嘴太多了，它们在叫喊，在要求，在贪婪地渴望一切。正是这样才使得他们死去。这片土地上有太多的阳光。田野上有太多的花朵，还有什么呢？什么东西不是太多呢？

猎人们、凶手们的喇叭声很远就能听见。喇叭声越来越逼近，也越来越清晰。终于，他们的汽车在一团团尘土中，在木桥发出的难听的劈啪声中，从吊脚楼前驶过。苏珊再也不像过去那样望着他们。这条路完全不再是她过去所看的那条路，在这条路上，本来应该有一个男人停下来把她带走。自从她等待这个男人来到这里时起，这就不再可能完全是同样的路了。倒不如说这条路是约瑟夫在几年焦虑的等待之后，最终踏上而离去的路，是出现了若先生那辆令母亲眼花缭乱的莱昂·博来的路，是让·阿哥斯迪走来告诉她过几天会来找她的路。几乎只有对下士来说，这条路永远是一成不变的，永远是抽象的、耀眼的、完整无损的。

下雨时，苏珊就回家，坐在阳台下，始终面对着公路，她等着雨停。如果等得太久，她就拿起旧的《好莱坞电影》，寻找拉克尔·梅尔的照片，这是约瑟夫最喜爱的艺术家。以前，这张脸给她许多安慰，因为，她觉得它具有一种令人惊奇的、神秘莫测的、亲如手足般的美。但是，现在，当她想起把约瑟夫带走的那个女人，她脑海里就浮现出拉克尔·梅尔的面庞。毫无疑问，因为这是人们所能见到的最美的面庞，约瑟夫曾这么说过，这张脸完美无缺，是永久性的，完全不受任何东西毁损。但是现在，它再也不能安慰苏珊了。在拉克尔放大的照片旁，有一张题名为《〈紫衣女人〉卓越的扮演者在巴塞罗那街头漫步》的照片。在拥挤的人行道上，拉克尔正大步行走。她迈着欢快的大步，穿越人生，克服种种障碍，可以说以一种令人困惑的灵巧轻易地把它们消化掉了。但是，她总是令人想到约瑟夫的那个女人。苏珊合上书。她有自己的烦恼，而拉克尔·梅尔想必也有她的烦恼，至少，苏珊开始对此产生怀疑了。但愿她也如此轻易地消解这些烦恼，但愿她自己也能迈着在巴塞罗那的那样的步子，丝毫不用提前离开平原的时间。

让·阿哥斯迪开着车来找苏珊。他开的是雷诺牌车，比B12新得多，速度也快得多。约瑟夫早就对他这辆车深为叹羡。通常，当阿哥斯迪来看他们的时候，开一辆小破车，或步行而来，沿路打猎，他怕如果开雷诺车来，约瑟夫会向他借用，开车兜一圈。自从他曾把车借给约瑟夫用的那一天起，他就害怕了，那一天，他大概等了三小时，约瑟夫才回来。约瑟夫把他忘了，开着车去了朗镇。现在，阿哥斯迪说起来就捧腹大笑。

“只有对女人，他还有点规矩。他大概对你那个家伙极其厌恶，所以才忍得住不向他借用莱昂·博来。”

他们缓缓地开着车驶向菠萝园附近。然后，

他把雷诺停在路上，就在阿哥斯迪家的吊脚楼前，在一片树丛的后面，这样，阿哥斯迪大妈就看不见这辆车，自从女儿走后，当阿哥斯迪不在家时，她极大部分时间就是等他，或者留神观察大路。然后，他们在一条沿着山丘伸展的小道上走了相当久的时间，在山丘高处，略为缩进的地方就是他们家的吊脚楼。在这山坡上则是菠萝园。有不少排菠萝已经死了，不过，在其他排里的，花儿正在怒放。

“这是磷肥的作用，”阿哥斯迪说，“应该现代化，这是我做的一个试验。这样下去再做三年，我就可以带着钱远走高飞了。”

菠萝园铺展于热带森林边缘，没有一棵树，酷热难当。阿哥斯迪家所有的稻田也被七月潮汐淹没，但是，他们因为在这山坡上种植了玉米、胡椒、菠萝，从而摆脱了困境。此外，让·阿哥斯迪同巴尔老爹一起走私贩酒。阿哥斯迪老爹是名退役军士，作为老军人，由于没能力贿赂地籍局，只得到了一块无法耕种的租借地。他们五年前来平原安家。阿哥斯迪老爹开始抽上鸦片后，便对租借地完全漠不关心。他时不时地销声匿迹两三天，通常在朗镇的烟馆里可见到他的踪影。于是，让·阿哥斯迪通知客车司机，其中一人便把老爹弄上车，强行把他带回吊脚楼。他总是故态复萌。每隔两三个月，他就把家里所有的钱搜罗一空，扬言所谓要回欧洲去，然而，他总是在朗镇那所烟馆里驻足不前，完全忘记自己的计划了。父亲和儿子经常打架，而且总是在同一个地方，在菠萝园下。阿哥斯迪大妈一路跟着他们，跑下山坡，试图把父子俩分开。她两条大辫子拍打着背部，她一边跑，一边喊圣母马利亚来救命，一边跳过一垄垄菠萝。她向老爹身上扑去，压倒他。这样的场面时有发生，因此，阿哥斯迪大妈总是保持着像蜘蛛那样的敏捷和瘦削。

阿哥斯迪全家几乎都是文盲。每次，他们要写信给地籍局或银行，就来看母亲，请她帮他们写。因此，苏珊对他们的事情如同对自家的事一样明了。她知道，他们之所以经受得住，完全是因为让·阿哥斯迪通过巴尔老爹干的茴香酒和鸦片的走私买卖。走私不仅使他有钱给他母亲，而且，还能在朗镇餐厅那儿拥有一间按月租的房间。通常，他带那些女人到那个房间去睡觉。而苏珊，他更愿意带她到菠萝园，苏珊不知道是什么道理，但他想必有他的理由。

这正是午休的时候，大路的这一边，森林旁，阒无一人。只是在稻田那边，放牛娃在唱歌。

“你在桥边等的是我。”阿哥斯迪说，“幸好我过来了。我知道约瑟夫走了，我寻思你能做些什么呢。即使你母亲不带话来，我也会来的。”

“自从约瑟夫走了以后，我从来没有想到过你。”

他像约瑟夫有时那样声音低沉地笑了起来。

“不管你想还是不想，你等的是我。我在这地方可是绝无仅有的了。”

苏珊向他莞尔一笑。他似乎胸有成竹，知道把她带到哪里去，应该怎么安排她。他显得如此自信，苏珊因此而感到很放心，有一天，他曾经要苏珊跟他走，而苏珊也决定跟他走，如今，苏珊更加确信自己跟他走是对的。他说的话丝毫不假：这个男人，一想到平原随便哪个地方有个女孩在独自等候猎人的车，他就会情不自禁。即使母亲不请他来，有朝一日，他也会开着雷诺车来的。

“到森林里去。”阿哥斯迪说道。

阿哥斯迪大妈大概睡了，不然，她早就叫唤起来了。而阿哥斯迪老爹想必在吊脚楼阴凉处抽大烟。他们离开了菠萝园，走进森林。相比之下，森林里空气凉爽极了，让人以为浸润在凉水中。让·阿哥斯迪停住脚步的那片林中空地，十分狭小，宛如被繁密而高大的树群包围着的幽绿的深渊。苏珊靠着一棵树坐下，摘下帽子。当然，在那儿，她感觉比在其他任何空旷的室内更加安全，不过，如果说是为了这个把她带到此地，已没什么必要了。约瑟夫已经走了，而母亲是同意的。母亲答应苏珊去阿哥斯迪那儿，甚至比以前同意约瑟夫去朗镇找女人还要容易。也许，苏珊更喜欢让·阿哥斯迪在朗镇餐厅的那个房间。他们会关上百叶窗，除了从窗户接缝处射进来的光线，有点像电影院里沉沉的黑暗。

阿哥斯迪躺倒在苏珊身旁。他抚摸着苏珊的脚。她的双脚赤裸着，白白的，全是尘土，和他的脚一样。

“你为什么总是光着脚？我可是让你走了不少路。”

她有点勉强地微微一笑。

“没什么关系。是我自己愿意的。”

“这的确是你愿意的。无论是谁，你都会跟他走吗？”

“我想，是的，无论是谁。”

他不再笑了，说道：

“他可能会囊空如洗了。”

他曾占有过所有的女人，除了她。这是一种使他成为幸运面孔的荣耀。他开始慢慢地，一个纽扣一个纽扣地解开苏珊的上衣。

“我可没有钻戒给你。”他非常温柔地微笑

着说道。

“其实，正是因为钻戒我才来的。”

“我把戒指卖给巴尔。一万一千法郎，比她要的价钱多一千法郎，行吗？”

“行。”

“我带着钱，在我口袋里。”

开始看见她的乳房，于是，他掀开她的上衣，一对乳房赫然在目。

“你的确长得很美。”

然后，他又悄声而恶毒地补充道：

“你确实值一枚钻戒，甚至更多些。不要拘束。”

当他脱光了她的衣服后，便把她的衣服铺在她身下，让她轻轻地朝天躺下。然后，在触摸她之前，他稍稍地抬起身看她。她闭上了眼睛。她忘记了若先生曾用留声机和钻戒来换取这样看她的权利，她确信这是第一次别人这么看她。在触摸她之前，他问她道：

“你们现在有了钱准备做什么呢？”

“我不知道。也许远走高飞。”

当他拥吻她的时候，在餐厅柱子暗处巴尔老爹的电唱机放出的《拉莫娜》乐曲又在她耳边回响起来，还有一旁盖住了乐声的海浪声，这乐声使她得以永存。从那时候起，她在他的怀抱里，随着世界一起漂浮，任凭他随心所欲，想要怎么样就怎么样，该怎么样就怎么样。

天色已晚。母亲房里的灯亮着。阿哥斯迪把车向后转，然后停在桥边道路地势高的地方。但是，苏珊在他身旁纹丝不动，好像并不急于下车。

“这对你大概很难吧。”阿哥斯迪说道。

他说话的声音也令人想起了约瑟夫，音调变化十分生硬，并不讲究效果如何。他们躺在林中空地的一棵树下，做了两次爱。第一次是他们刚到那里时，第二次则是在要离去时。正是在他们要离开时，突然间，阿哥斯迪又把苏珊衣服脱掉，抱住她，他们又开始做爱。在两次做爱之间，阿哥斯迪同苏珊说着话，他告诉她自己也要离开平原，但不是像约瑟夫那样，不是靠某个女人的帮助，而是靠自己挣的钱离开此地。约瑟夫的事早就是意料之中，对此不必感到惊奇。他们曾经在巴尔老爹那里见过面，约瑟夫离开前的最后一个月曾在那里待过，约瑟夫跟他说，大概会有个女人来找他。他并不了解约瑟夫，就像他们许多人那样都不了解约瑟夫，但是，他谈起约瑟夫，并没有什么嫉妒，而是带有一种不加虚饰的赞赏。听他这么说来，别人会猜测约瑟夫对他来说一直是个难题，而且有关约瑟夫的一些问题，他也无法解答。于是，和许多人一样，他认为约瑟夫有点疯疯癫癫，可能做些无法解释的事情。他们曾一起打猎，他从未见过什么人打猎像约瑟夫那样无畏、勇敢。有一天，他说，他曾经有点嫉妒约瑟夫。那是两年前的一次夜间狩猎。他非常害怕，然而，约瑟夫则不，约瑟夫甚至都没有注意到他的恐惧情绪。“从那一天起，我永远都不可能完全成为他的朋友。”他们被一头年轻的母豹紧紧追逐，因为他们杀了雄豹。母豹追了整整一个小时。约瑟夫一边逃，一边对着母豹射击。他躲了起来，并从隐藏处向外射击。他的枪声每一次都等于把他们的藏身之处告诉母豹，这头畜牲变得越来越怒不可遏。一个小时之后，约瑟夫终于成功地击中了母豹。他的子弹夹里只剩下两颗子弹了。他们跑得那么远，已经离公路有两公里之遥。从那天起，阿哥斯迪只是很难得才跟他一起打猎。

他告诉苏珊，有一个时期，几个月的时间，约瑟夫总是有不管怎样也要了结这一切的想法。他说他再也不能忍受在平原的生活，再也不能忍受康镇那帮地籍员的卑劣行为。一天晚上，他们在朗镇喝了点酒回来，约瑟夫向阿哥斯迪坦承，每当他打猎归来，或从城里回来，或同某个女人做了爱回来，他对这些事情、对自己是那样的厌恶，自己居然会一时间甚至忘掉康镇那些地籍员的卑鄙行径，以致他都想死掉。正是堤坝坍塌的那一年。他想要杀死康镇地籍员的欲望是如此强烈，他之所以那么厌倦生活，是因为他认为自己因怯懦而没有那么做。

苏珊没有同让·阿哥斯迪谈论约瑟夫。她无法同任何人谈约瑟夫，也许除了同母亲谈。但是，母亲已经丧失谈论无论什么话题的兴趣，除了她儿子犯的拼写错误和钻戒。

不，重要的是他对她做的动作，他的身躯向她靠近的方式，以及他们第一次做爱后他对她产生的又一次欲求。他从口袋里拿出手帕，擦干净顺着她大腿流淌的鲜血。然后，临走前，他把这块血迹斑斑的手帕的一角放进嘴里，丝毫没有反感，而是用自己的唾沫再一次揩干净业已干了的血迹。在爱情中，种种差异竟能够这样一笔勾销，苏珊永远也不会忘记这一点。是阿哥斯迪重新给她穿上衣服，因为他看出苏珊显然不想穿好衣服，不想起身离去。他们走的时候，阿哥斯迪砍下一个菠萝要带给母亲。他以温柔而致命的手法，把菠萝果实与根部分离开来。这个动作使苏珊想起他对她使用的动作。相比之下，他说的有关约瑟夫的那些话就无足轻重了。

苏珊待在雷诺车里不动弹。他们已经到了十

分钟。然而，阿哥斯迪见她不太想下车也并不感到奇怪。

他把她抱在怀里。

“你愿意回家还是不愿意？”

“我愿意。”

“我跟你一起上楼看你母亲。”

苏珊表示同意。他把车拐到小路上，在吊脚楼前停下车。天色几乎漆黑。母亲已经躺下，但是还没有入睡。房间的一个角落里，下士蹲在那里，跟往常一样，在等一个示意动作，总是同样的示意动作，表示她还活着，他还会有吃的。自从苏珊白天去桥边度日，而他已插完秧苗以来，下士就越来越经常地蹲在那里。吊脚楼里冷清得可怕。

母亲转身向阿哥斯迪，朝他微微一笑。她看上去很激动，她的脸因微笑而皱紧了。她瞧见苏珊手中捧着一个菠萝。

“太客气了，谢谢。”她很快地说道。

阿哥斯迪也许有点尴尬。房间里没有椅子。

他坐在床脚处。约瑟夫走后，母亲的确瘦多了。这天晚上，她显得非常衰老、疲惫。

“您太为约瑟夫担心了。”阿哥斯迪说道。

苏珊把菠萝放在床上，母亲无意识地抚摸着菠萝。

“我并不担心。是别的事情。”她费力地又说，“谢谢你好心来找她。”

“约瑟夫总会有办法应付的。他极其聪明。”

“见到你很高兴。”母亲说，“我们简直不像是邻居。苏珊去给你倒碗咖啡来吧。”

苏珊来到餐室，让门敞开着，以便在里边能看得清楚。自约瑟夫出走以后，家里就只点一盏灯。多亏了下士悉心照料，餐柜里总有咖啡。苏珊把咖啡倒进两只碗里，然后又拿了药丸。

“我们还是在朗镇见过面。”阿哥斯迪说，“您那时一直同那个开莱昂·博来的家伙在一起。”

母亲朝苏珊转过身，对她温柔地微笑。

“好几次我都在寻思他可能变成什么样了。”

“有一次，我在城里见到过他。”苏珊说道。

母亲不加注意。这如同她的青春一样遥远。

“他有一辆棒极了的车，”阿哥斯迪说，“不过，对这个家伙来说……”

他谨慎地开起了玩笑，大概想起了苏珊告诉他的那些只有他一个人知道的事情。

“你说话就像约瑟夫。”母亲说，“这可怜的人儿长得是不英俊……但是，这不是什么充分的理由……”

“约瑟夫并不只是因为这个而怨恨他，”阿哥斯迪说，“而是因为他什么都不懂。”

“人懂自己能懂的事，”母亲说，“也不能因为这一点而跟某个人过不去。这个家伙不坏，不是坏人。”

“有时候，会情不自禁地恨什么人。约瑟夫就是这样，这种情绪太强烈，他难以控制。”

母亲默不作答。她久久地打量着小阿哥斯迪。

“我在巴尔老爹那儿见过约瑟夫，”他继续

说，“当时，他去卖掉那个家伙送给你们的留声机。他说他很高兴看到这台留声机从这里弄走。”

“这不仅仅因为留声机是那家伙送的，”母亲说，“如果他能卖掉吊脚楼……你知道他是怎么样的人。”

有一阵，他们已经无话可说。母亲始终越来越注意地瞧着小阿哥斯迪，而且这种关注的神情越来越明显。可以肯定，她刚在他身上发现了某种新的兴趣。只有苏珊注意到这一点，而阿哥斯迪则还没有注意到。

“你经常在巴尔老爹那儿。”母亲终于说，“你一直在走私茴香酒吗？”

“必须这么做。我父亲又把胡椒收成的一半钱花光了。再说，我也并非不乐意干这个。”

母亲喝了咖啡，吞下苏珊给她拿来的药。

“要是你被抓住呢？”母亲问道。

“我们可以买通他们，那些海关职员，就像买通地籍部门的职员一样。不过，不该想这些，不然就完了。”

“最好别这么想。你说得对。”

她避免同苏珊说话。阿哥斯迪总是感到局促不安，如同第一次见母亲那样。也许是因为看到吊脚楼这样子深为震惊。因为他自己的母亲费尽心思整理布置他们的吊脚楼。他们有朗镇电网供应的电，有屋顶，甚至还有天花板。他们家的吊脚楼造得比较好，隔墙板壁也没有散开。阿哥斯迪大妈想，要把男人留住，首先就应该给他们精心布置一个雅致的家。为了让儿子尽可能长时间地待在家里，她在板壁上挂满了名画的复制品，在桌上铺了色彩鲜艳的桌布，座椅上放着绣有人物的靠垫。让·阿哥斯迪是第一次在晚上来看望她们。最近的一次来访是某个早晨很早的时候，来问约瑟夫打猎归来时，是否瞧见他那又一次失踪的父亲。

“苏珊告诉我您有约瑟夫的消息了。所以我跟您说不用担心，还是说得对的。”

“你说得没错。但是，他犯了那么多的拼写

错误，让我很难过。”

“我的拼写错误比他的还要多，”阿哥斯迪大笑着说，“我想，归根到底，这并不很重要。”

母亲竭力露出微笑。

“而我，我认为这很重要。我总是在寻思，他为什么会写那么多的错字。苏珊就比他错得少。”

“如果需要，他会学的，您总是操心。我打算学拼写，必须得学。”

几个月来，苏珊第一次注意地看母亲。她好像终于甘心所有的失败，但是还没有完全能够控制原有的刚烈。不过，和小阿哥斯迪一起，她尽力表现得和蔼可亲、性情随和。

“有时，”母亲说，“我想即便约瑟夫想学，学起来也会很费劲。他生来就不是干这些事的，这些事让他感到烦闷极了，他永远也学不会的。”

“你总在为什么事情担心，”苏珊说，“现在是因为约瑟夫犯拼写错误，你总是要想出些事情。”

母亲点头表示赞同。甚至连她自己也没有什么要学的。她在思索再说些什么，突然，她对他们是否在场竟置若罔闻。

“如果有人告诉我，”她终于说，“当他们年幼时，如果有人跟我说，他们到了二十岁还会犯拼写错误，那么，我宁愿他们死掉。我年轻时就是这样，我那时很极端。”

她不再瞧他们俩。

“但是后来，当然，我变了。然而，现在，老脾气又来了，就像我年轻时那样，有时，我觉得，我宁愿看着约瑟夫死去，也不愿看见他犯那么多的拼写错误。”

“他挺聪明的，”苏珊说，“他想学的时候，就能学会拼写。只要他愿意。”

母亲做了个否认的手势。

“不，现在，他不会再学了。现在，没有人来负责教他，我必须去他那儿。只有我能做这件事。你说他聪明，而我，我说我不知道他是否聪明。现在，他走了，我重新考虑这些事情，我感到他也许并不聪明。”

她的话里流露出愤怒，她总是无法控制这股怒火。她好像已精疲力竭，说话时，汗流浃背。她大概在以她全部的愤懑来对抗麻木和迟钝。自从她加倍剂量服用药丸以后，这是她唯一一次与人持续地交谈。

“并不是只有拼写，”阿哥斯迪说道，他也许觉得自己成了母亲的靶子，也许力图让母亲平静下来。

“有什么呢？没有什么更重要的了，如果你不会写信，那么你就一无所能，这就好比你缺了，我也不清楚，好比缺了条胳膊。”

“你写了那么多的信给地籍管理局，又有什么用？”苏珊问，“这对你毫无用处。当约瑟夫朝天开了一枪，那比你所有的信对那些家伙更起作用。”

她并不信服。关于拼写的交谈越是继续下去，她就越是因为无法找到说服他们的论据而感到气馁。

“你们不可能理解。所有的人都会朝天开枪，但是，要对付这些坏蛋，需要别的东西。等到你们明白过来，就太晚了。约瑟夫会被所有这些坏蛋欺骗的，我一想到这一点，这真是比他死去更糟糕。”

“要对抗他们还需要什么呢？”让·阿哥斯迪说，“对付康镇的地籍管理员该怎么办呢？”

母亲从被子里伸出手来拍打着床板。

“我不知道，但是，肯定有些事情要做的，迟早会的。在这里的那帮家伙，咱们无论如何都可以把他们干掉。只有这样才会让我好受。没有任何别的，也许，连约瑟夫也不行。为了能看见这个场面，我也许就可以起床了。”

她稍等片刻，然后，在床上坐了起来，双眼睁大，炯炯发亮。

“你知道，你知道这个，我为了买下这块租借地，整整辛劳工作了十五年。在这十五年间，我脑子里只想着这个。我本可以再婚，但是，我没有，就是为了不分心，全神贯注于这块我以后留给他们的租借地。然而，你看，我落到个什么地步？我希望你看清楚这一点，永远也别忘记。”

她闭上双眼，疲惫不堪地倒在枕头上。她穿着一件她丈夫的旧衬衣。脖子上再也没有钻戒，只有系在一条细绳上的储藏室钥匙。钥匙也已经毫无意义，因为现在，她已无所谓被人偷盗。

“我想约瑟夫是对的，我对此越来越确信。我之所以老待在床上，并不是因为约瑟夫或因为我病了，是另一回事。”

“因为什么？”苏珊问，“因为什么？应该说出来。”

母亲的脸涌起皱纹。也许，她快要当着阿哥斯迪的面哭出来。

“我不知道，”她说话的声音像孩子似的，“我觉得待在床上很好。”

显然，她在阿哥斯迪面前竭力忍住眼泪。

“我看不出来，如果我起床的话还能做些什么。我，我对任何人都不再有什么用了。”

她一边说，一边举起双手，然后，又无能为

力、悲愤难抑地任双手垂落在床上。

“在高处，”过了一会儿，苏珊轻声说，“他们种了菠萝。卖得很好。也许应该去看看。”

母亲把头朝后仰，泪水情不自禁地潸然而下。小阿哥斯迪向她移动了一下，好像防止她摔下来。

“他们家那儿是干地，”她一边哭一边说，“这里，我们没法种菠萝。”

现在，不管从哪个方面来同她谈，总是会触及到敏感的痛处。不管什么事情，再也不可能同她谈论。她所有的失败连成一张错综复杂的网，种种失败彼此紧紧相连，以至不可能触动其中任何一个而不牵动所有其他的，不让她感到绝望。

“再说，我干吗去种菠萝？为谁而种？”

小阿哥斯迪站起身，走近她，在她床头站了很久。她默默不语。

“我该走了。”他说，“这是卖掉钻戒的钱。”

母亲一下子坐了起来，满脸涨得通红。让·阿哥斯迪从口袋里拿出一沓一千法郎的钞票，递给母亲。她机械地接过钞票，拿在张开的手里，并不看手中的钱，也不道谢一声。

“应该谅解我，”她慢慢地说，“不过，你们对我说的一切，我都知道。我曾想过种菠萝，我知道康镇的工厂以高价收购来制果汁。你们所能告诉我的一切，我都清楚。”

“我该走了。”阿哥斯迪重复说道。

“再见。”母亲说，“也许你还会来吧？”

他做了个鬼脸。他大概突然发现她们也许要他做的，她们想要他说出来的，是那份保证，即使是她们期待的非常含糊的保证。

“我不知道，是的，也许吧。”

母亲向他伸出手，没有答话，没有向他道谢。阿哥斯迪和苏珊一起走出房间。他们走下吊脚楼的楼梯。他看起来局促不安。

“别介意她说的话，”苏珊对他说，“她可是烦透了。”

“陪我一起走到小路尽头吧。”

阿哥斯迪仍然显得很不自在。他心不在焉地

在苏珊身旁走着。下午时，他和现在迥然不同，那时，他非常关注地盯着她看，说道：“我喜欢你这样子。”苏珊半路上停住了脚步。

“我不想走到尽头，我要回家了。”

他吃惊地停了下来。接着，他微笑起来，搂住她。苏珊任他摆布，无动于衷。她必须告诉他的那件事很难用确切的字眼来表述。她还从未做过这方面的努力，她为此而调动全身的力量，使自己无法感受到他正在拥抱她。

“你不需要害怕。”她终于说道。

“你在说什么呀？”他放开她，伸直手臂抓住她，与她面对面。

“我永远也不会嫁给像你这样的人，我向你发誓，以后我们永远别提这个，而且，再也别介意她对你说的话。因为，我向你发誓，我永远不会嫁给你的。”

他非常好奇地瞅着她。然后，他轻松地笑了。

“我想你也跟约瑟夫一样有点疯了。为什么你不会嫁给我？”

“因为，我是要走的。”

他又变得严肃起来。也许，他甚至有点窘迫。

“我曾打算娶你的。”

“我知道。”苏珊说道。

“也许，我哪天还会来的。”让·阿哥斯迪说道。

“再见。”

他走了，随即，又回过头来，赶上她。

“甚至今天下午在森林里，你也从未想到可能和我一起生活？”

“即使在森林里也没有。”

“一分钟也没想过吗？”

“和你一起生活？从来没想过，和若先生在一起也没想过，和你在一起就更没想过了。”

“你为什么不跟他睡觉？”

“你没有看清楚吗？”

他笑了，而她也开始泰然自若地笑了。

“你倒说得好！在朗镇，瞧见他和你一块儿来的时候，所有的人都捧腹大笑。你甚至都没有拥抱过他吗？”

“一次也没有，就连约瑟夫都不相信。”

“这一手还是挺厉害的。”

这是一种宁静的胜利，没有一丝涟漪扰乱他。让·阿哥斯迪亲切地抓住她的手臂。

“这使我很高兴，你是同我睡觉。但是，我想你也跟约瑟夫一样疯了，所以，我还是不再来的好。”

苏珊走了，这一次，阿哥斯迪不来追她了。

苏珊轻声走进母亲的房间。母亲没有入睡。她进去时，母亲静静地瞅着她，双眼闪闪发亮。她放在胸口的手里，一直握住那一沓阿哥斯迪交给她的一千法郎的票子。她大概连数都没有数过。她或许在寻思现在用这笔钱来干什么。

“还好吗？”苏珊说道。

“还行，”母亲有气无力地说，“其实，这个小阿哥斯迪还不坏。”

“睡吧，他和所有的人一个样儿。”

“总归，你太苛求了，这并不是因为约瑟

夫……”

“你就别担心了。”苏珊说道。

苏珊拿着乙炔灯走了。

“你去哪儿？”母亲问道。

苏珊走近母亲，手里提着灯。

“我宁愿在约瑟夫的房间里睡觉，没什么理由让房间空着。”

母亲低垂下眼睛，又一次脸涨得通红。

“的确，”她悄声地说，“既然他走了，没有理由空着。”

苏珊走进约瑟夫的房间，把母亲单独留在黑暗中，母亲还醒着，手里握着那一沓一千法郎一张的钞票。

所有这些她已经无所用处的钱被握在她那虚弱无力的手里。

约瑟夫的房间一如他走时留下的样子。他的床旁边的桌子上，有一些他捡回来的空弹壳，临走前，他没有时间重新装弹药。还有一包抽了一半的香烟，因仓促动身而落在那里。床也没有铺好，被单还留有约瑟夫身体的痕迹。猎枪一支不缺地都挂在各个钉子上。苏珊抓起被单，抖落掉从屋顶掉下来的虫子，然后，细心地铺好被单，脱了衣服躺下。如果约瑟夫在这儿，她就会告诉他自己和小阿哥斯迪睡了觉。但是，约瑟夫不在，她没有人可以倾诉。苏珊连着好几次在回想让·阿哥斯迪的动作，仔仔细细地想着每一个动作，每一次，这些动作都使她滋生同样的一种心安理得的慌乱。由于一种新的领悟，她感到泰然自若。

一天下午，苏珊不在家时，母亲最后一次发作而病危。

与他曾做的决定相反，阿哥斯迪在他们散步后的第二天又来了。“我情不自禁地要来。”从此，他每天开着他的雷诺牌汽车，在午休时间来。他再也不去看母亲。他一到，他们俩便一起去朗镇，他们到那餐厅他租用的房间里。母亲知道这件事。她大概认为这样有益于苏珊。她想得没错。从他们在菠萝园的散步到母亲病亡之间的八天里，苏珊终于忘掉那些空幻的梦想，不再愚蠢地等待猎人们的车。

母亲告诉苏珊不用待在她身边，她可以自己服药，只要把药放在床边的一把椅子上就行了。

也许，母亲没有按时吃药。也许苏珊的疏忽导致母亲的去世比应该发生的时间早了些。这是可能的。但是，她的去世已经酝酿了那么多年，她自己经常这么说，所以提早那么几天也无关紧要。

傍晚，他们从朗镇回来时，瞥见下士呆立在路上，向他们挥手示意赶紧回来。

剧烈的痉挛性发作已经过去，母亲只是断断续续地在抽动。她的脸部和手臂布满紫斑，她呼吸困难，透不过气来，从她的喉咙里发出一阵阵喑哑的叫声，是某种对世上万物和自己表达愤怒和仇恨的吼声。

一看见母亲这样的状况，让·阿哥斯迪立刻开了雷诺去朗镇，给住在中心旅店的约瑟夫打电话。苏珊独自一人和下士待在母亲身边，这一次，下士显得没有任何希望了。

不久，母亲就根本不动弹了，她毫无生气，已失去了意识。她还在呼吸，但随着她昏迷时间的延长，她的脸变得越来越古怪，这张脸如被分割似的，介于非人性的极其厌倦的表情和同样非人性的极其快乐的表情之间。然而，在她咽气之前那一瞬间，快乐和厌倦的表情则荡然无存，她的脸不再反映出她自身的孤独，好像在向整个世界询问。她的脸显现出一种费解的嘲讽。我逮住他们了。所有的人。从康镇的地籍管理员直到这正在瞅着我的人，我的女儿。也许就是这样。也许还是对她以往所相信的一切的嘲讽，是对她曾严肃地着手做的那些蠢事的嘲讽。

阿哥斯迪回来后不久，母亲死了。苏珊蜷缩在母亲身旁，有几个小时之久，她也想死。她那么热切地想死，无论阿哥斯迪，还是想起新近同他一起时所获得的愉悦，都不能阻止她最后一次回到童年那无节制的痛苦的放纵中去。黎明时分，阿哥斯迪才强行把苏珊从母亲的床边拉开，把她抱到约瑟夫的床上。他躺在苏珊身旁，一直把她抱在怀里，直到她入睡。在她睡着时，他对她说，也许，他不会让她跟约瑟夫一起走，因为，他觉得自己已经开始爱上她了。

是那辆八汽缸的德拉奇轿车的喇叭声惊醒了

苏珊。她跑到阳台上，瞧见约瑟夫下车。他不是单身一人。那女人跟随在他身后。约瑟夫向苏珊示意，苏珊向他跑去。他一旦比较清楚地看见苏珊，就明白母亲已经去世，他来得太晚了。他推开苏珊，向吊脚楼跑去。

苏珊跟着他走进房间。他倒在床上，扑在母亲身上。从他年幼时，苏珊就从来没有见过他哭泣。他不时地抬起头来，以一种可怕的温情注视着母亲。他呼唤着她。他拥抱她。但是，母亲紧闭的双眼覆盖着一层紫色的阴影，如水一般深邃，紧闭的嘴保持着令人晕眩的沉默。她那交叠摆放的双手已经变成毫无用处的东西，更甚于她的面庞，这双手在为她曾经倾注于生活的热情化为泡影而呼号。

苏珊走出房间时，发现让·阿哥斯迪和那女人在客厅等候。女人已经哭过，她的眼睛红红的。当她瞧见苏珊出来，倒退了一下，随即又平静下来。她大概很怕再见到约瑟夫，怕他会指摘她。

阿哥斯迪显得果敢、耐心，好像也在等待他的某些事情。也许，他在等约瑟夫，等着同约瑟夫谈谈苏珊。这是可能的。但是，这已经与她毫不相干了。即使他同约瑟夫谈些什么，也不会再谈她了，关于她，他只能是判断失误。然而，这八天来，直到昨天为止，他们每天下午都在一起做爱。而母亲是知道的，她听任他们去做，她把他给苏珊，让她同他做爱。但是，现在，苏珊不再在这个产生爱的世界这一边。当然，一切还会重现。但是，现在，她正在另一边，在母亲那一边，那里好像不再有即时的未来，让·阿哥斯迪在那里失去了他全部意义。

她坐在客厅里，就在他的身旁。对她来说，他完全变得和那女人一样陌生。

阿哥斯迪站起身，走到餐柜前，给她冲了一碗炼乳。

“你得吃点东西。”他说道。

她喝了奶，觉得奶味苦涩。从前一天起，她就粒米未进，但是，她肚子里像填满了难以消化的、如铅一般沉重的食物一样，大概足够维持许多天。

下午两点钟。吊脚楼的周围有许多农民，他们是来为母亲守灵的。苏珊想起来了，那个夜里，让·阿哥斯迪把她抱到约瑟夫的床上时，她从客厅敞开的门外看见过这些农民。那女人看着这些农民，感到大惑不解，不清楚他们在干什么。她的眼里一直流露出同样的惊恐。

“下士走了。”阿哥斯迪说，“我把他们送上朗镇的客车，给了他们一些钱。他说他一天也不能耽误，要赶紧找工作。”

孩子们被聚集的农民所吸引，光着身子在土台的尘土中戏耍。农民们并不理睬这些孩子，如同他们根本不理睬在他们周围飞舞的苍蝇一样。他们也在等待约瑟夫。

那女人忍不住了，说道：

“是因为他，”她悄声说，“她才死的。”

“并不是因为什么人。”阿哥斯迪说，“不应该说是因为约瑟夫。”

“约瑟夫会认为是因为他，”那女人又说，“那可是太可怕了。”

“他不会那么想的，”苏珊说，“不需要担心这一点。”

那女人的神态非常温顺而谦逊。她的确很美，很优雅。她那不施粉黛的脸庞，因舟车劳顿和忐忑不安而显得憔悴，但依然非常美。她的双眼正如约瑟夫曾说过的那样，那么明亮，简直可以说因耀眼的光线而目眩。她不停地抽烟，紧盯住房门。从她的目光，从她整个人，都显露出对约瑟夫怀有的某种绝望的爱情，看得出来，她再也无法摆脱这份爱情。

约瑟夫终于从房里出来了。他看着他们三人，并不特别留心其中的哪一个，但是，眼神则显出同样可怕的无奈和虚弱。他一言不发地坐在苏珊身旁。那女人从她的烟盒里抽出一支烟，点燃烟，递给他。约瑟夫贪婪地吸着烟。回到客厅后不久，他看见吊脚楼周围的农民。他站起身，走到阳台上。苏珊、让·阿哥斯迪和那女人尾随着他。

“如果你们想要看看她，”约瑟夫说，“是可以的。所有的人都可以，连小孩也可以。”

“你们要走吗？”一个男人问道。

“永远离开这里。”

那女人不懂本地土话。她一会儿瞧着约瑟夫，一会儿看看农民们，不知所措，好像是从另一个世界来的。

“他们就要收回租借地了。”其中一个男人说，“您也许该留下一把枪。”

“我把所有的东西都留下来，”约瑟夫说，“尤其是枪。如果我必须留在此地，我会同你们一起干。但是，所有能离开此地的人都应该走。我，我能走，所以，我要走了。只是，如果你们干的话，就得干好。你们应该把他们的尸体抬到森林里去，在最远那座村子的北面那片森林，你们知道，就是第二块林中空地，两天后，那些尸体将荡然无存。晚上用湿木柴生火，烧掉他们的衣服，但是，要注意鞋子、纽扣，然后把灰埋掉。把他们的汽车沉到远处的河里。你们用牛把车拖到河岸，把大石头放在车座上，你们把车扔到当时你们要筑堤坝而挖过的地方，扔到河里去，两个小时后，汽车便完全陷进去，无影无踪。特别当心别给抓住。你们当中任何人都决不要去认罪。不然，就全都去认罪。如果你们一干人一起干这件事，他们拿你们毫无办法的。”

约瑟夫打开母亲房间那扇朝着大路的门，也打开了朝向院子的门。农民们都走了进来。孩子们高高兴兴地玩追人游戏，穿过吊脚楼的各个房间。约瑟夫回到客厅，待在苏珊和那女人的身旁。阿哥斯迪对约瑟夫说道：

“该想想其他的事情了。”

约瑟夫把手插进头发里。的确，应该考虑了。

“我今天夜里就把她运到康镇，”他说，“在那儿，我会请人安葬她。明天就下葬。”

阿哥斯迪说最好今晚就把母亲安葬在这里。那女人也这么认为。

他们俩坐上那女人的车，开往朗镇。约瑟夫已经猜测到阿哥斯迪在场的含义。一旦他单独同苏珊在一起，便对她说他又要动身回城里，如果她愿意的话，她可以来。他要求她只要最后一分钟告诉他，就在他离开此地的时候告诉他。然后，他回自己的房间拿子弹盒，从墙上取下猎枪，把所有这些东西乱七八糟地堆放在客厅的桌子上。当农民们在讨论如何把这些东西藏起来的时候，约瑟夫去坐在母亲的床上，在他剩有的还可以看着母亲的所有时间里，一直凝视着母亲的遗容。

当阿哥斯迪和那女人从朗镇回来的时候，天色已经不早了。他们把一口当地人制造的浅色木棺放在车顶上拉了回来。德拉奇轿车驶进小路，来到吊脚楼前的土台上。

阿哥斯迪把苏珊带到桥边。在约瑟夫和农民们安葬母亲的时候，他不愿意苏珊依然待在吊脚楼里。当他单独同苏珊在一起时，他对她说道：

“我并不想要阻止你离开，但是，如果你愿

意留下来和我一起待一段时间，随后再去找他们的话……”

阵阵沉闷而均匀的敲击声从吊脚楼那儿传来。苏珊要阿哥斯迪别做声。她又一次像昨天夜里那样痛哭流涕。

她回到吊脚楼。那女人坐在客厅里，默默地哭泣。苏珊走进母亲的房间。棺木停在四把椅子上。约瑟夫躺在床上，就在母亲以前躺的位置。他已经不再哭泣，但是，又一次流露出那种无奈而虚弱的可怕表情。他好像没有瞧见苏珊进来。

阿哥斯迪准备了咖啡，倒了四杯。然后，他招呼约瑟夫和苏珊。也正是他想到最后一次点燃那盏乙炔灯。他给每个人端来咖啡。别人觉得他急于要看到约瑟夫走。

“天已晚了。”女人轻声地悠悠说道。

约瑟夫站起身。他身穿一条长裤，脚蹬一双漂亮的红棕色皮鞋，头发剪得更短。他非常注意仪表，穿着讲究。他再也不对那女人看上一眼，然而，那女人则相反，她的眼睛一秒钟都不离开他。

“我们就要走了。”约瑟夫说道。

“她跟我或者跟别人在一起都无关紧要了。”阿哥斯迪生硬地说道。

“我认为不那么重要，”约瑟夫说，“她只管做决定就是。”

阿哥斯迪开始抽烟，脸色有点苍白。

“我走，”苏珊对他说，“我不能不这么做。”

“我无法阻止你，”阿哥斯迪终于说，“换了我，我也会像你这样做。”

约瑟夫站起身来，其他人也都站了起来。那女人把汽车发动起来，在原地打了个转。阿哥斯迪和约瑟夫把棺木装上车。

天色完全黑了。农民们一直在那儿，等着他们上路后再走。但是，孩子们已经同太阳一起离去。人们听见他们叽叽喳喳的声音轻轻地从茅屋传来。

Marguerite Duras
Un barrage contre le Pacifique

图字：09-2006-162号

图书在版编目(CIP)数据

抵挡太平洋的堤坝 / (法) 玛格丽特·杜拉斯(Marguerite Duras)著；谭立德译. -- 上海：上海译文出版社，2025. 8. -- ISBN 978-7-5327-9876-6

Ⅰ. I565.45

中国国家版本馆 CIP 数据核字第 2025C9M236 号

抵挡太平洋的堤坝 Un barrage contre le Pacifique	玛格丽特·杜拉斯 著 谭立德 译	责任编辑 周 冉 装帧设计 汐和 at compus studio 封面插画 boho

上海译文出版社有限公司出版、发行
网址：www.yiwen.com.cn
201101 上海市闵行区号景路159弄B座
浙江新华数码印务有限公司印刷

开本 890×1240 1/64 印张 7.125 插页 6 字数 146,000
2025年8月第1版 2025年8月第1次印刷

ISBN 978-7-5327-9876-6
定价：69.00元